火のみち 上

乃南アサ

Nonami Asa
Hinomichi

講談社

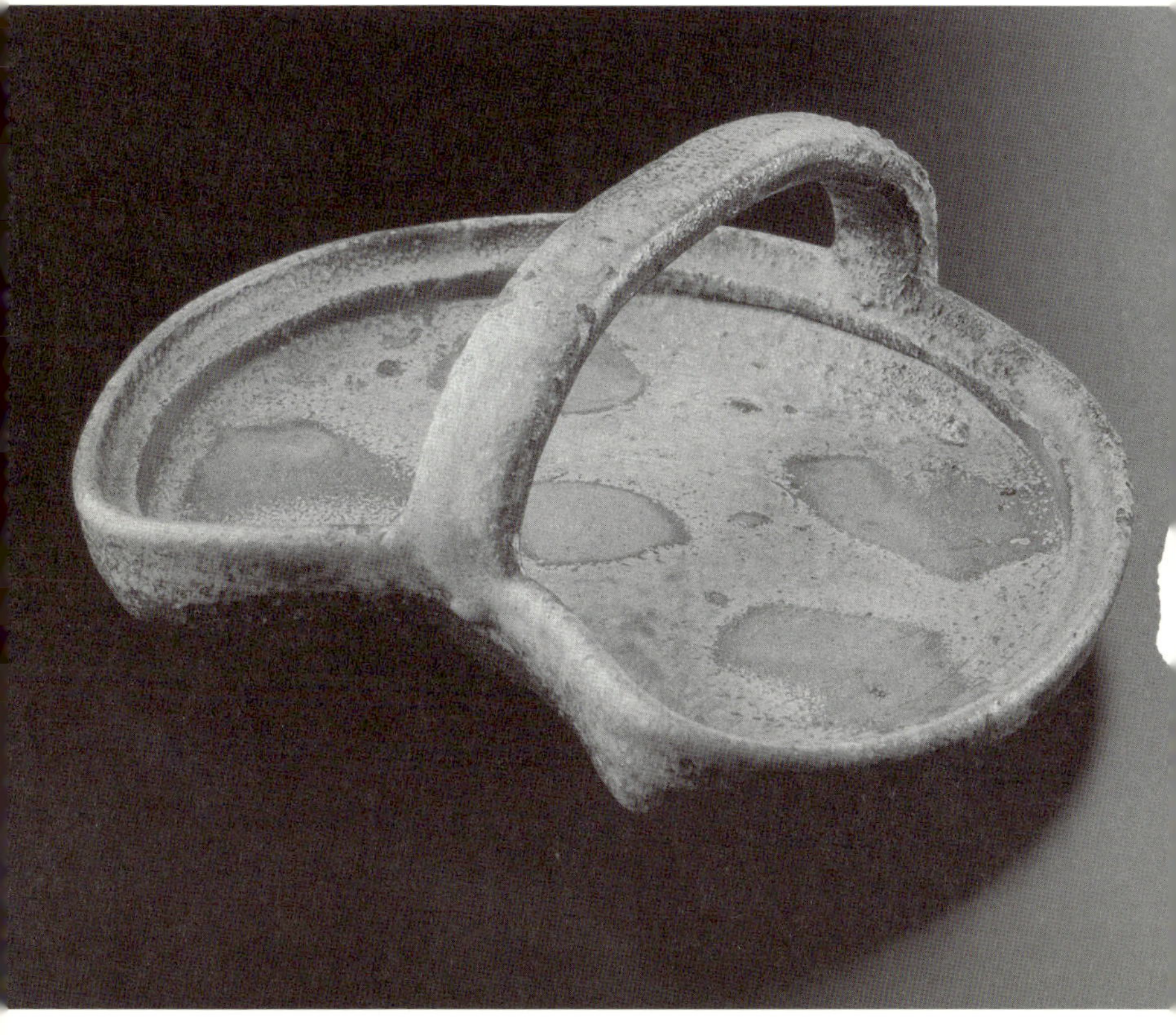

目次

装幀　菊地信義
扉写真　古備前　半月形手鉢
（岡山県立博物館蔵）

火のみち　上

序章

通報により警察官が駆けつけたとき、南部次郎《なんぶじろう》は土砂降りの雨の中に立ちつくしていた。

狭い路地の両側には軒の低い、トタン張りのバラックが建ち並んでおり、辺りにはいっそう激しい雨音が響き渡っていた。漆黒の天から降り注ぐ雨音の他に、整備されていない下水口に向かって激しく流れる水音や、軒先にぶら下げた金だらいが洗われる音、無数の雨だれの音などが広がって、「止まれっ」と怒鳴る警察官の声さえ、容易にかき消されそうな夜更けだった。

「そこで、何しよるんやっ」

一人の警察官が怒鳴り声を上げた。辺りには、軒を連ねるバラックの外れに、ぽつり、ぽつりと細い丸太の電柱が立つものの、やかんのフタのような傘に守られた電球の明かりは、実に頼りない黄色い薄明かりを灯しているばかりである。ゴム引きの雨合羽を着込んだ警察官の持つ懐中電灯も、そう遠くまで照らす力は、持ってはいなかった。

それらの明かりが闇の中に浮かび上がらせた南部次郎は、片手に丈の長い棒状のものを持ち、水たまりに両足を突っ込んで、文字通り仁王立ちになっていた。興奮のためか、または激しく汗でもかいたのか、冷たい雨に叩かれながら、その全身からは、湯気さえ立ち上っていた。

警察官は、さらに、南部次郎から少し離れた水たまりに、黒々とした大きな固まりを認めた。懐中電灯が探ると、その固まりからは明らかに雨水とは異なる、どす黒い新たな流れが生まれていた。警察官たちの緊張がさらに高まった。

「おいっ、警察だ！」

「動くなっ」

その瞬間、南部次郎はようやく我に返った様子で、ぐらりと身体を揺らした。放心したようにぶら下げていた棒を、さっと構える。激しい雨が、その全身を水煙で包んだ。

「凶器を奪うんじゃっ」

「反対側からも回れっ！」

「応援を呼べっ！」

怒声が飛び交った。水たまりの中を走り回るいくつもの足音が雨音を乱し、バラックの窓のあちこちに明かりが灯った。その明かりが、警察官たちに味方した。薄闇の中にさらにはっきりと、南部次郎の姿が浮かび上がった。

「逃げられんでぇっ。おとなしゅうせえっ！」

昭和二十八年、南部次郎は殺人容疑および公務執行妨害で現行犯逮捕された。二十歳になったばかりの十一月。広島県呉《くれ》でのことだった。

南部次郎が殺害した相手は、通称「谷やん」と呼ばれる、見るからに貧相な五十代の男だった。何でも戦後間もない頃から、口利き屋の手先のようなことをしていて、右も左も分からない山出しの娘を赤線辺りに売り飛ばす手伝いをしては、あぶく銭を稼いでいたらしい。だが、所詮《しょせん》は小物ということか、話すことだけは年ごとに大きくなっていったらしいが、年齢だけ重ねても、どこに顔がきくようになるわけでもなく、結局はその日暮らしに毛の生えた程度の金しか稼げずに、いつまでたってもアナグマのような顔つきで、方々の金の匂いを、まさぐって歩いていたという。

そんな男だから、叩けばいくらでも埃《ほこり》が出るはずだった。南部次郎が殺害に至った動機についても、ことと次第によっては十分に情状酌量の余地が生まれてくるだろうと思われたが、警察の取り調べに対して、次郎は、犯行そのものは認めたものの、それ以外については一切、語ろうとはしなかった。

「そんな態度だと、損をするだけだぞ。せっかく刑期を短くできるかもしれないのに」

国選の弁護人は、せめて犯行の動機だけでも次郎に語らせようと試みたものの、それも努力と呼べるほどに熱心なものとは言えなかったし、もとより、年齢のわりに頑固一徹な次郎の気持ちが動くものでもなかった。

「こう言うちゃあ何じゃが、やられたんが谷やんじゃったいうんが、せめてもの救いじゃったのう」

一方巷《ちまた》では、人々はそう言って肩をすくめた。いつかは、こういうことを起こすのではないか、何かしでかすのではないか——それが、南部次郎を知る人たちの、おおかたの印象だった。

短気で粗暴、一度、怒り出すと見さかいがなくなり、手当たり次第に暴れ出す。何ごとにも反抗的で我慢ということを知らず、人のいうことは決して素直に聞かない、まるで飢えた野良犬のような青年。南部次郎を知る人たちは、誰もが口をそろえてそういう印象を語った。

早くに父親を亡くしたせいだ。引き揚げ者だからに違いない。何より、その貧しさのせいだろうと、人々は思い思いのことを言い合ったが、そんな生き方を強いられた者は、なにも南部次郎だけではなかった。ともかく、その端正な顔立ちや、一見すると細身で優しげな外見とは裏腹に、次郎がその内側に、人よりも抜きん出て燃えさかる炎をはらんでいることだけは、誰の目にも明らかだった。

南部次郎は昭和八年、左官職人の次男として大阪に生まれた。だが、生後まもなく一家で満州に渡ったため、大阪での記憶は何もない。

当時、一家は両親と子ども四人の六人家族だった。次郎の上には、二歳上に長男の一《はじめ》、五歳上には長女の昭子《あきこ》がおり、また次郎のひとつ下にも三男の栄三《えいぞう》がいた。さらに満州に渡った後に、四男の満《みつ》男《お》、次女の君子《きみこ》、さらに、末っ子の邦子《くにこ》が、次々に生まれている。

父親の南部光吉《こうきち》は腕の良い左官職人だったが、酒好きな上に無類の博打《ばくち》好きときており、そのせいで暮らし向きは楽とはいえなかった。ついに博打で作った借金のかたに、住む家まで失うことになりかけたとき、幼い子どもを抱えて泣くばかりの女房を見るに見かねて、古くからの知り合いだった大工の棟梁《とうりょう》が、満州行きをすすめたという。

母親のきよゑの方は、普段は口数も少なく、夫につき従って、とにかく耐えることばかりが得意なような女だったが、このときばかりは光吉に心機一転、満州行きを決断することを迫ったという話だった。

「そやかてあんた、考えてもみい。あんたら抱えて、どないもこないも、ならんようになっとったんやから。腕一本で生きていかれる職人やったら、ここはもう覚悟を決めて海を渡らな、一家六人、軒先の洗濯もんみたいに、ぶうら、ぶうら、並んで首くらな、あかんようになっとったんや」

物心ついたころから次郎は何度となく、そんな話を聞かされた。どこからともなく、自分たちの本当の故郷は、海の向こうにある小さな国であることを教えられて、ではなぜ、その日本から、この満州へ来たのかと質問したときなどに、きよゑは決まってため息をつきながら、「なんでやろ」とつぶやいたものだ。

——もう、そうするより他、どないもこないもならんようになってたんや。運命やなあ。

満州に渡った後も、光吉の酒好きと博打好きは改まることなく、おかげで新京《しんきよう》、大連《だいれん》、奉天《ほうてん》と、一家は何度か転居を繰り返したらしい。だが、次郎が記憶している幼い頃の光景は、奉天のものがほとんどだった。

やがて南部光吉は現地召集を受けて戦地へ赴き、あっけなく戦死した。残された一家は母のきよゑに率いられて昭和二十二年、命からがら日本へ引き揚げてきた。その時点で、七人いた兄弟は、既《すで》に四人に減っていた。

南部次郎が初めて眺めた日本の風景は、穏やかで緑の濃い、起伏に富んでいて表情が豊かな、実に美しく、優しいものだった。自分たちの故国は、相次ぐ爆撃でどこもかしこも焼け野が原になってしまったと聞かされていた次郎にとって、その緑は実に意外で、また目にしみるものだった。

「こっちに残っとったら、よかったんや。そしたら一も栄三も、邦子かて、死なずにすんだかも知れへんのに」

だが、ようやく生きて日本の土を踏むことができたというのに、母きよゑは、そう言って涙を流すばかりだった。既に精神的に限界に近かったのかも知れない。何より三人の子どもの死が、きよゑの心に深い傷を負わせていた。

長男の一は、終戦直後に奉天の町で起こった暴動に巻き込まれて、生命を落としていた。その前年に、疫痢《えきり》で三男の栄三を亡くしていたきよゑにとって、光吉の出征後、何ごとにつけても頼りにしていた長男の死が、決定的ともいえる大きな衝撃だったことは間違いがなかった。

そこに追い打ちをかけるように、末っ子の邦子が、引き揚げ船の中で息を引き取った。まだ幼かった邦子は、生まれつき身体が丈夫なたちではなかった上に、満足な食べ物も与えられず、奉天から葫蘆島《ころとう》へ移動する間に、既にかなり衰弱していた。そして、今にももう日本の島影が見える頃だというところまで来て、悪臭の充満する不衛生な船の中で、ひっそりと小さな骸《むくろ》になった。

「堪忍してや。なあ、邦子。お母ちゃんが代わりに逝《い》っとったら、よかったんやなあ」

冷たくなった邦子を抱いて、きよゑは号泣した。すし詰め状態の引き揚げ船の中に、その泣き声は激しく、長く続いた。

そして、きよゑは変わってしまった。

もともと、さほど陽気な性格ともいえず、むしろ陰にこもることの多かったきよゑは、やっと日本の土を踏んだというのに、既に、喜ぶことを忘れてしまっていた。

「これからは私とあんたで、お母ちゃんを守っていかなきゃならないんだからね。いいわね、あんたが、しっかりしなきゃいけないのよ」

十九になっていた長女の昭子は、必死の表情で次郎に言ったものだ。九歳の満男は知能の発達に遅れがあった。君子はまだ六歳だった。十四歳の次郎の肩に、一家の運命がのしかかった。

しばらくの間、日本国内のあらゆる親戚を頼って右往左往していた一家が最終的に目指したのは、戦死した光吉の親類縁者がいる、広島県の呉市だった。他にはもう、思いあたる先はなかった。

「じゃけど、住むとこだけは何とかしちゃるけど、他のことは自分らでやってもらわにゃあ、困るんじゃけえね」

呉にいた、光吉の兄嫁に当たるという女は、やはり戦争未亡人だった。とはいえ、頼っていった当初は、きよゑとは一面識もないという状態だった。自分たちも、かつて光吉には金を貸して踏み倒されたことがある、不義理を重ねた挙げ句、出奔《しゅっぽん》するように満州に行ってしまった義弟の一家など、何も自分が面倒見なければならない義理はないと、最初はけんもほろろの扱いだった。そのときちょうど、六歳の君子が「お腹がすいた」と泣き始めた。それにつられてか、九歳の満男もしくしくと泣き始める。伯母はため息混じりに子どもたちを眺め回し、中でも次郎の顔をしげしげと見つめて、長男かと尋ねてきた。

「僕は次男です。兄さんがいたけど、奉天で死にました。弟も妹も、一人ずつ死にました」

伯母の表情が初めて動いた。そして伯母は、次郎の面差しが、見れば見るほど死んだ亭主に、よく似ていると言い出したのだった。

「やっぱり身内なんじゃねえ。うちの子らより、この子の方が、お父ちゃんに似とるなんてねえ」

会ったこともない伯父に似ていると言われても、次郎にはぴんと来ないどころか、薄気味の悪い、不快な気分にさえなった。だが、隣から姉の昭子が、余計なことは言ってはならないというように次郎の袖を引っ張った。

「お父ちゃんによう似ちょる甥っ子を追い出すいうんも、寝覚めの悪いもんじゃけえ」

結局、お国のために死んだ亭主に顔向けできないような真似もしたくないというのが、伯母が折れた理由だった。そして次郎たちは、家の裏庭にある離れをあてがわれることになった。きよゑは、その場にひれ伏すようにして涙を流し、何度も何度も、義理の姉に礼を言った。

　離れとはいっても、そこは一間きりの掘っ立て小屋のような建物だった。床は粗末な板張りで窓さえなく、戸を閉めれば真っ暗になってしまう。物置として使っていたらしく、ただ不要なものが乱雑に積み上げてあるばかりで、すえたような匂いがしみ込んでいた。その小屋が、次郎たちがやっと許された、日本での唯一の住まいになった。

　以来、次郎は町中をうろついて日々を過ごすようになった。何よりも、まず廃材を拾い集めてきて、小屋の修理を始めなければならなかった。着た切り雀の格好のまま、朝から晩まで、呉の町を歩き回る。落ちているものならば、とりあえずどんなものでも拾い上げ、少しでも使えそうだと思えば、何でも持って帰った。自然に地元の子どもたちとの摩擦《まさつ》が起こる。

「わりゃあ、見かけん顔じゃのう」

「そりゃあ、落ちとるんと違うんでえ。誰に断って、そがあなもん拾うて歩いとるんじゃ」

　満州にいた当時から、次郎の短気は近所でも知らないものがいないくらいだった。その上、ただでさえ引き揚げてくるまでに味わった屈辱と忍耐が、次郎の中には荒々しい怒りとなって鬱積《うつせき》していた。来る日も来る日も空腹は続き、満足に着るものもない。家に帰ればきよゑはめそめそと泣いてばかりだし、弟妹の面倒もみなければならない。面白いことなど、何一つとしてありはしなかった。

「わし、知っちょるど。南部の家の、あの汚い物置小屋に、住み着いちょる連中じゃ」

「ああ、知っちょる、知っちょる。あの馬鹿が住んどるとこじゃのう」

　ことに家族や身内のことについて何か言われたとき、次郎は我慢ということをしなかった。中でも満男のことについては、奉天で暮らしていたときから、からかわれたり、いじめられたりする度に、次郎はそれらすべてを、自らの腕力でねじ伏せてきたのだ。満男のことに触れられただけで、待ってましたとばかりに怒りを爆発させた。

「弟のことを馬鹿って言ったなっ！」

「馬鹿じゃないんか。阿呆じゃないんか」

「ほんまのことを言うて、何が悪いっ」

来る日も来る日も、力まかせの喧嘩が続いた。身体中に擦り傷やあざを作り、よけいに腹を空かせて、引き裂かれた服のままで次郎は呉の町をさまよい続けた。

昭子はきよゑとともに手内職の仕事を始めていた。満男と君子は小学校に行き始めた。とにもかくにも、この土地に腰を落ち着けて、一家五人で何とか新しい生活を築こうとし始めた矢先、だが、長い間の苦労がたたったのか、きよゑが床についてしまった。

「こうなったら、私が働きに出るより他ない。次郎、あんた、後のこと頼んだわよ」

ある晩、昭子が次郎に言った。

辺りには秋の虫の音が波のように広がって、隣の空き地に生えたすすきの穂が、板塀《いたべい》越しに微《かす》かにそよいでいるのが影絵のように見えた。昭子は青白い月明かりの下に次郎を呼び出し、押し殺した声で、ゆっくりと「いいわね」と言った。

「朝になったら、私、みんなが起きてくる前に、そっと出て行くから。明日からは次郎、あんたが何もかも、ご飯の支度も、洗濯も、ちゃんとしてくれなきゃ困るんだから」

「そんなの無理だよ、姉ちゃん。俺一人で——」

「無理も無理じゃないも、ないのっ」

昭子の口調はいつになく厳しく、有無を言わさないだけのものがあった。

「第一、どこに働きに行くんだよ」

「分からないけど――とにかく呉からは出ることになると思う」

「だったら俺が出て行く。住み込みで働けるところを探して、俺が仕送りするから」

「あんた一人が奉公に出たところで、お母ちゃんや満男たちの食《く》い扶持《ぶち》まで稼げると思うの？　せいぜい、自分の分が何とか出来るくらいのもんよ。仕送りなんて、すぐには出来やしない」

「だったら、姉ちゃんはどうなんだよ」

「私は――」

「姉ちゃん、何やって金、稼ごうとしてるんだっ」

あのときの、青白い月の明かりに照らされた、昭子の淋しそうな顔を、次郎は後々まで忘れることが出来なかった。昭子は、次郎の肩に手を置いて「心配いらないから」と言い、とにかく、きよゑと満男たちのことを頼むと繰り返した。

「来月には、きっと少しはまとまった金額を仕送り出来るようにする。お正月も、ちゃんと迎えられるようにしてみせる。だから、あんたはお金が届いたら、まずお母ちゃんをお医者さんにみせてちょうだい。頼んだわよ」

「姉ちゃん――」

「きっといつか、また皆で暮らせるときがくるから。それまでの我慢だから」

「住むとこ決まったら、教えんだぞ」

「決まったら。決まったらね」

その晩、次郎はまんじりともせずに闇を睨みつけて、時を過ごさなければならなかった。そして辺りに夜明けの気配が漂い、空気がぐっと冷えこんできて、思わず弟妹と身を寄せ合いたくなるころ、背中で昭子が身支度を整える音を聞いた。

翌月から、昭子から決まった金額が仕送りされ始めた。それは当初、次郎が考えていたよりも、よほど多い金額に思えたが、実際に日々の暮らしに使ってみると、驚くほど早くなくなってしまうものだった。

何しろ、食べるものがない。小さな弟と妹は年がら年中、腹を空かせているのだし、きよゑにだって、滋養のあるものを食べさせなければならなかった。それにはヤミで買うより仕方がないのだが、その値段が、べらぼうに高いのだ。

そのころ、どこかの偉い裁判官が、ヤミで食料を買うことを拒絶して飢え死にしたという話が、次郎の耳にも届いてきた。

「偉い人の考えるこたあ、よう分からんのう。とにかく、どんなことをしても食うて、生き延びていかにゃあ、しようがないじゃろうに」

「いやあ、立派な考え方じゃ。そがあな正しい気持ちの人がおるんじゃないと、日本はこの先、駄目になるでえ」

市場をうろついていると、大人たちが口々に、そんなことを言い合うのを耳にすることがあった。だが次郎には、誰が飢え死にしようが、誰が立派であろうが、そんなことはどうでも良かった。とにかく自分と自分の家族が、少しでも食べ物にありついて、生き延びることさえできれば、それで良いと思っていた。

やがて弟と妹は週に二回だけ、学校で給食が食べられることになった。ことに給食の出る日、二人は喜び勇んで学校に行った。その姿を見ていると、次郎もうらやましくてならなかった。

「あんたかて、学校に行きたいやろ」

時折、きよゑが申し訳なさそうに言うことがあった。この年から制度が変わって、義務教育は九年間になった。本来ならば次郎も新制中学の三年生のはずだった。だが、とても学校になど行っている場合ではなかった。朝から弟妹に食事をさせて学校に送りだし、その後は少ない衣類を洗い、すぐに町に出て、その日の食料や、ときには他の生活用品も調達してこなければならない。父親と母親の、両方の役割を担わなければならなかったのだ。

医者に診てもらったところ、きよゑは腎臓が弱っているという話で、これといって特に治療法はなく、とにかく栄養のあるものを食べて塩気を控えるしかないといわれた。また、豆類など比較的手に入れやすいものは、きよゑの健康には良くないということで、肉や油の多いものを探さなければならなかった。背に腹は代えられなかった。やがて次郎は盗みを覚えた。


翌年の正月が明けて間もない頃、東京では帝国銀行の支店に東京都防疫《ぼうえき》班の腕章をした男が現れ、行員とその家族に対して青酸化合物を飲ませた上で、現金と小切手を奪って逃走するという事件が起きたという報道が流れた。

「やっぱり東京は物騒なとこやなぁ」

相変わらず、寝たり起きたりの生活が続いていたきよゑも、どこからともなく事件のことを聞きつけてきて、ひどく不安げな表情になった。当時、昭子から送られてくる現金書留の封筒には、いつも「東京にて・昭子」という裏書きがされていたからだ。家を出て少しの間は、大阪だった。それが、いつの間にか東京に変わった。どういう事情から東京に移り住んだのか、いったい何をして生計を立てているのか、いつも、手紙の一枚も添えられていなかったから、何も分からない。

「一体いつになったら、ちゃんとした住所を書いてくるつもりなんやろ」

仕送りの金はありがたかったものの、きよゑはいつも文句を言った。だが次郎には分かっていた。もう二度と、昭子とはともに暮らすことは出来ないのだろうし、下手をすると会うことさえ、かなわないのかも知れないのだ。

日本に帰り着いた頃くらいから、町を歩いていると耳にする歌があった。

星の流れに身を占って
何処をねぐらの今日の宿

その歌を聞く度に、次郎は、それが昭子の姿とダブって思えてならなかった。あの月明かりの下で、淋しそうに微笑んだ昭子の顔が、脳裏に焼きついていた。

世の中はめまぐるしく変わろうとしていた。だが、次郎の暮らしは変わらなかった。ただ、君子が大きくなるにつれて、少しずつ家のことが出来るようになったので、その分だけは助かったが、昭子の仕送りが増えれば、同時に物価も上がり、こちらの食べる量も増えるという有様で、生活そのものは一向に楽にも、豊かにもならなかった。結局、毎日のように町をうろつき、盗みをはたらき、喧嘩をして、次郎は日々を過ごしていた。

募るのは苛立ちばかりだった。次郎は昭子のことを思い、また、満州で逝った兄や弟たちのことを思った。あの中の誰とでも、自分が代わっていれば良かったのだと考えた。

昭和二十八年春、吉田内閣不信任案が可決され、「バカヤロー解散」と話題になった。同じ頃、やっとのことで中学を卒業した満男が、幸いにも手ぬぐい工場に就職が決まり、家を離れていった。

その年の夏、阪妻《ばんつま》こと阪東妻三郎《ばんどうつまさぶろう》が死去した。町には少しずつ豊かな色彩があふれ出し、新しく売り出されるようになったテレビを取りつけた宣伝車などがやってくることもあった。

ようやく夏の暑さが峠を越えたと思った頃、きよゑの容態が悪化した。医師は、きよゑの腎臓が、ほとんど働かなくなってしまっていると説明した。ここまできてしまったからには、息を引き取るまでは、もう時間の問題だという。

「お兄ちゃん、昭子姉ちゃんは、どこにいるの。どうしたら、昭子姉ちゃんを呼び戻せるの」

病院の暗い廊下で、この年から中学生になった君子は、次郎にしがみついて泣いた。だが次郎には、君子の質問に答えてやることも、他に何をすることも出来なかった。

――九人もいたのに。

遠い日の、満州での暮らしが薄ぼんやりと思い出された。大地はどこまでも広く、地平線の彼方《かなた》に落ちていく夕陽は、恐ろしいほどに赤くて、大きかった。その大地を駆け回って遊んでいたころが、まるで夢のようだった。

あのころ、父の光吉は、年がら年中、酔っぱらって帰ってきたけれど、死んだ兄や次郎や、弟たちをよく可愛がってくれた。きよゑは、ことあるごとに次郎たちを叱りつけて、「ほんまにあんたらは」

というのが口癖になっていた。家族そろって囲む食卓は、落ち着かなくて楽しくて、それこそ戦争のような騒がしさだった。天井からぶら下がる電球の明かりでさえ、暖かく感じられた。それらのすべてが、どこかに消えてしまった。泡《あぶく》のように。幻のように。

「お母ちゃん、お母ちゃん！」

君子の声で我にかえった。きよゑは、何の言葉も残さずに、疲れ果てた顔をして、息をしなくなっていた。

そして、母の野辺送りをしてから一ヵ月もたたない間に、南部次郎は人を殺した。通称「谷やん」と呼ばれていた男が、たった十二の君子を売ってはどうかと持ちかけてきたからだ。葬儀のためにどうしても必要だった金を用立ててもらった代わりに。わずかな金額だった。まさか、そんな話になるとは思わなかった。土砂降りの夜、次郎は殺人犯になった。

第一章　ソテツの木

1

　昭和二十九年の正月を、南部次郎は広島拘置所で迎えた。前年の暮れ、師走《しわす》に入ってから起訴されて、警察の留置場から移されてきたのだ。この拘置所で今後、次郎は公判の日程が決まるのを待ち、公判が開かれる度に、裁判所に連れていかれるのだと教えられた。それ以外は、取り立ててすることもないらしい。

「まあ、あとは黙っていたって法が裁きを下す。その日をここで、粛々《しゅくしゅく》と待つことだ」

　何度、顔を合わせても、次郎が何も語ろうとしないせいか、頼みもしないのに「規則だから」と次郎につくことになったらしい初老の弁護士は、いつ面会にきても不機嫌そうだった。

　拘置所の独居房で、たった一人になると、最初のうち、次郎はひたすら眠りつづけた。警察の取り調べが続いていた間は、何かというと取調室に呼ばれたし、何度も何度も似たようなことを聞かれた。その疲れが出たのかも知れなかった。眠りに眠り、気がつけば、もう正月だった。

こんな新年を迎えようとは、少なくとも去年の今ごろには、考えもしなかった。薄汚く、貧しく、どん底の生活だったが、それでも一年前は、次郎はまだ、家族とともに新年を迎えることが出来ていた。きよゑがいて、満男がいて、君子がいた。だが、きよゑは死んでしまった。満男は工場に働きにいった。

――君子。

たった一人でとり残された君子は、今ごろどうしているだろうか。そのことを考えるときだけ、胸が詰まった。やっと中学生になったばかりだというのに、君子は、この正月を、どこでどう迎えているることだろう。せめて、昭子が戻ってくれていないものだろうかとも思った。もしかすると、新聞か何かで自分の引き起こした事件のことを知り、慌てて呉《くれ》に戻ってくれているかも知れない。そうであって欲しかった。

――どっちみち、俺に出来ることは、もう何もない。

何だか、ひどく長い時間が流れた気がした。背後で、重い鉄の扉が一枚閉まる度に、自分がどんどん世の中から遠ざかり、見知らぬ世界へと追い込まれていきつつある現実が、初めて実感となって迫ってきた。この先は、何が待ちかまえているのだろう。果たして自分は、このままどこまで流されるのだろうか。

正月は、恐ろしく静かで、しんしんと底冷えのする、そして生まれて初めての、あまりにも一人きりのものだった。

とはいえ、拘置所での暮らしは、次郎にとってはそれなりに快適なものだった。

何しろ雨露をしのぐことが出来、その上、三度三度の飯についても、まるで心配せずにすむのだ。

それは、日本に引き揚げてきてからの次郎の生活の中で、ほとんど初めてといって良い、この上もなく贅沢《ぜいたく》に思えることだった。この際、味のことなど、どうでも良かった。

――人を殺して、飯を食わしてもらって。

考えてみれば不思議なものだった。これから罰《ばつ》を受けると分かっていながら、逆にお国に親切にしてもらっている。今さら。下手をすると「谷やん」を殺したことは、べつに悪いことではなかったのではないかと思いたくなるくらいだ。

実際、「谷やん」を殴り殺したことに関して、次郎は何度考えてみても、大して悪いことをしたという気にならなかったし、申し訳ないことをしたという気持ちにも、なってはいなかった。

――あの子ぁ、ええたまんなるじゃろう。

今でも、あの雨の日のことを思い出すと、次郎の身体は熱くなる。耳の底にこびりついた激しい雨音までが、はっきりと蘇ってきた。

――悪いこたあ、言わんけえ。それが、結局はお前のためにもなるんじゃ。

あの男は下卑た笑いを浮かべながら、そう言った。きよゑの葬式を出すときには、神か仏のように思えた笑顔だった。だが、あの時は、次郎は「谷やん」のことなど、ほとんど何も知らなかったのだ。ただ、こんなにも貧しく、たった一人の母親さえも失った自分たちに、こんなに親切にしてくれる大人もいるのかと、藁《わら》をもすがる気持ちだった。

――なぁに、困ったときは、お互い様じゃ。のう。

金を用立ててやろうかと言ってきたときの「谷やん」の顔を、次郎は鮮明に記憶していた。今だって紙と鉛筆さえあれば、はっきりと描けるくらいに、輪郭《りんかく》から目鼻だち、ほくろの位置までも、細かく思い出すことが出来る。
次郎は、君子を守らなければならなかった。どんなことをしてでも。ついに、たった一人になってしまった妹を。だから、近くにあった角材に手を伸ばしただけだ。あのときの、ささくれ立った角材の感触も、次郎はきちんと覚えている。忘れていることなど、何一つなかった。だがそれでも、悪いことをしたとは思わなかった。

「お兄ちゃん
おげんきですか。君子はげんきです。がっこうのせんせいとか、やくばの人とか、いろんな人がよくしてくれて、せんしゅうから、しせつに、うつりました。『いくみえん』といって、君子とおなじように、おやのいない子がたくさんくらしている、大きないえです。みつお兄ちゃんくらい大きい人もいるし、あおい目の赤ちゃんもいます。みんな、ここでは、あたらしいきょうだいなのだと、おそわりました。ここから、あたらしい中がっこうにも、かよわせてくれるそうです。みんな、しんせつな人たちです。君子はここで、お兄ちゃんがかえってくるのを、まっています。だから一日もはやく、君子をむかえにきてください。おげんきで。さようなら」

君子からの手紙には、漢字がほとんど使われていない。それが、満州時代は戦争のせいで、また引き揚げてきてからは、日々の暮らしに追われて、結局は満足に学校に行くことも出来なかった兄への気遣いであることは、次郎もよく承知していた。何しろ、もう何年も前から、君子は次郎には読めない本を読み、次郎には分からない文字を帳面に書いていた。

——君子が、教えてあげようか。

自分には理解出来ない文字の書き連ねられた教科書や帳面を覗き込んだりする度に、幼い妹から言われて、その都度、次郎は腹を立てたものだった。無論、君子を怒鳴ったり、手を挙げたことなどは、一度もありはしなかったが、その度に自分が惨《みじ》めで、恥ずかしい生き物のように思えて仕方がなかった。

世の中には文字の刷り込まれているものが氾濫《はんらん》している。たとえば、きよゑの薬をもらってきたって、その薬袋に書かれている文字が読めずに、小さな妹を頼らなければならないことも珍しくなかった。君子は、たとえば自分にも読めない字があると、辞書を引くからと言って、わざわざ図書館まで出かけて行くこともあった。だが、辞書とは何なのかも、それを「引く」という意味さえ、次郎には分からなかった。結局、人を殺してでも君子を守ること以外、次郎が兄としてしてやれることなど、もう残ってはいなかったのだ。

——一日もはやく。

一体いつのことになるのだろうか。いつになったら、また君子と暮らせるのだ。折りたたんだ線から便箋《びんせん》が破れていくくらいに、繰り返して手紙を読み、君子のことを思うときだけ、次郎はため息をついて自分の未来を思った。やったことは後悔していない。それでも、どうして自分がこんな目に遭わなければならなかったのだろうかと考え始めると、身体の中に急速に何かが膨《ふく》らんでいった。

拘置所の冷たい建物には、時折、獣の咆哮《ほうこう》にも似た叫び声が響くことがある。最初のうち、次郎はその声の正体が分からずに、本能的な恐怖さえ感じたものだった。

「殺せ、殺せ、殺せ、殺せ！」

だが、じきに理解した。獣と思われる声は、よく聞けばすべて何かの言葉だった。殺せ。出せ。助けて。怖い――すべて、人間が発しているのだ。いくら三度の飯に困ることなく、雨露をしのいでいられるといっても、何しろ拘置所には自由がない。ずっと、何年も同じところに閉じこめられて、その息苦しさに狂いそうになる人間がいたとしても、不思議ではなかった。

実際、次郎の中にも苛立ちは日増しに募っていった。

――畜生。畜生。畜生！

やがてようやく次郎にも分かり始めた。最低限の食事は与えられている。天気の心配をする必要もない。だが、それ以外には、何もないのだ。普通に暮らしている人間なら、ごく当たり前に、手に入れているとも思わずに持っているものが奪われている。選択する余地。目に映る景色。解放される時間。何より、自由。そして、普通なら何らかの方法で、少しはごまかしようもある、嫌な感覚ばかりと、鼻をつき合わせて暮らさなければならない。退屈。息苦しさ。孤独。憎しみ。行き先の決まらない宙ぶらりんな感覚。時には罪の意識。それが牢獄だった。

――馬鹿野郎。冗談じゃねえ。俺が何したっていうんだ！

短気なたちは自分でも承知している。次郎自身が記憶している限りでも、かなり小さな頃から、少しでも癇《かん》に障《さわ》れば、後先も考えずに手当たり次第に壊したくなる性格だった。たとえ自分が怪我をしても、自分以上に相手を痛めつけていれば、それで良いと思っていた。どんなものでも力ずくで、何とかしてきたのだ。だからこそ、「谷やん」だって、ああいうことになったのではないか。次郎が殺さなければ、「谷やん」が、こちらを痛めつけていたからだ。次郎自身をどうにかするというのなら、まだともかく、君子を売り飛ばすような、卑劣きわまりない方法で。

――あんな野郎は、死んで当然だ！

今、もう一度目の前に「谷やん」が現れても、次郎は再び奴を殺すだろうと思った。だがここには、殺す相手どころか、壊そうにも壊すものさえない。喧嘩をしようにも、相手もいなかった。

「畜生っ！　馬鹿野郎！　ぶっ殺してやる、どいつもこいつもっ！」

どうしようもなく苛立ちが募ったとき、次郎は独りでに叫び声をあげ、コンクリートの壁を殴りつけるようになっていた。その声が、次郎のいる独居房だけでなく、硬くて冷たい建物一杯に響きわたっていることは、自分でも分かっていた。だが一度こうなると、もう止められないのだ。かつて次郎を怯えさせたのとそっくりな、獣のような叫び声が、次郎自身の喉から絞り出された。そうして大声を出すときだけ、自分が生きていると感じることが出来た。

「また、お前か！」

「こらっ、おとなしゅうせんかっ！」

叫び、暴れると、すぐに看守が駆けつけてきていさめられる。時には力ずくで取り押さえられることもあった。だが、何人がかりで来られてもなお、次郎は叫び続けた。身体中の血がたぎる。その血が、俺は生きているのだと叫んでいた。

「俺は生きてるんだっ！　生きてる！　これじゃあ、死んでるのと同じじゃねえかっ！」

制服の看守は、いずれも屈強な男たちで、たとえ一対一でも、素手では勝ち目がないような相手ばかりだった。そんな男たちに数人がかりでねじ伏せられながらも、次郎は叫び続けた。そうしなければ、身体が内側から腐るような気がした。自分の内に、自分以外の獣が棲みついているように感じることもあった。

「勝手なことを言うなよ、南部。人の生命を奪っておいて」

あるとき、看守の一人が、呆れるように言ったこともある。

「知ったことかっ！　殺される奴は、殺される奴なんだ！」

「お前、本気でそんなこと思ってるのかっ」

「あいつは殺されて当然だ！」

「お前は、反省しとらんのかっ」

「誰がするもんかっ！　あんな野郎は、俺にやられなくたって、他の誰かにやられてた。そういう奴なんだっ！」

暴れているときは無我夢中だった。独居房の、薄汚れた狭い壁に身体を押さえつけられ、または全身をひねりつぶされるくらいに上からのしかかられながらも、次郎は叫び続けた。

「なあ、南部。理由があるっていうんなら、それを裁判で、ちゃんと言ったらどうなんだ」

あるとき、暴れるだけ暴れて、いつものように身動きできないように手足を拘束され、ようやく疲れ果てて、少しは気持ちも落ち着いた頃、すっかり顔なじみになった看守の一人が話しかけてきた。

「今のままだとなあ、お前は心証も悪い、事件を起こす前の素行も不良だったと評判だ、判決に不利にはたらくばかりだぞ。それに、どうしてお前は、動機について、何も言わないんだ、ええ？　悔しい思いが、その胸ん中に詰まってるんじゃないのか。だから、いてもたってもいられなくて、こんなに暴れるんじゃないのか」

その、四十代の半ばに見える丸顔の看守を、次郎は決して嫌いだとは思わなかった。よく見れば、帽子からはみ出しているびんのあたりには、少しずつ白いものが混ざってきているようだし、目尻の皺《しわ》も深く、それなりの経験を積んだ上での落ち着きを持った、人間味のある顔つきだとも思う。

「俺でよかったら、聞くぞ。それとも弁護士さんを呼ぶか？　うん？」

もっとべつの形で知り合っていれば、こういう男とも、まるで違う関係を築けたのかも知れないと、ふと思った。だが、そんな考えは夢物語だった。未決囚と看守という関係以外に、何があるというのだ。現実はひとつしかない。それにたとえ立場が違い、相手が印象通りの好人物だったとしても、次郎は何も話そうとは思わない。

——俺には味方はいない。この世に、味方はいない。

それを、肝に銘じている。唯一、血のつながった兄妹だけが、次郎の味方だった。あの、実の親でさえ赤ん坊を投げ捨てなければならないような、自分たちを守ってくれるはずだった兵隊たちが一日にして変わり果ててしまうような、あの地獄と化した満州から、命からがら引き揚げてきた、どんな時にも助け合って生き延びてきた兄妹だけしか、断じて信じることは出来なかった。

「本当に頑固な奴だなあ」

やがて看守もあきらめたように立ち去った。次郎は闇の中で膝《ひざ》をかかえ、昭子や満男、君子のことを考えて過ごした。彼らのことだけは、心の底から信じるし、兄妹のためならこれからだって、次郎は何人でも人を殺すだろう。

昭和二十九年六月。

南部次郎は殺人の罪で、求刑通りに懲役十年の判決を受けた。動機も語らず言い訳もせず、質問にも答えずに裁判を受け通したのだから、それはある意味で、仕方のないことだった。弁護士も「好きにしろ」と言ったきり、やる気をなくしていたし、次郎自身も覚悟を決めている部分があった。

だが、その一方で次郎は面白くなかった。

懲役十年は仕方がないとしても、どうせなら、出来るだけ遠い土地にある刑務所に送ってほしいと、希望を出したのだ。自分とは縁もゆかりもない、地の果てのような場所に送ってほしいと。それなのに、ふたを開けてみれば、岡山刑務所に送られるという。岡山が、広島のすぐ隣の県だということぐらいは、次郎も知っていた。

――畜生。わざとだ。

受刑者の希望を聞いた上で、逆の決定をするなんて、裁判所は何と意地の悪いところなのだと、次郎は本気で腹が立った。

明らかな嫌がらせにちがいなかった。暮らしてきた町の近くでありながら、絶対に乗り越えられない塀で隔てられた場所にわざと置いて、まるで、おあずけを食らった犬のような気分を味わわせるつもりなのだ。十年も。

岡山に向かう護送車に揺られながら、次郎は、早くも苛立ち始めていた。それにしても、これが何度目の旅になるのだろうか。

――船。汽車。歩き。

次郎自身の記憶にもない頃から、おそらく時には母におぶられ、父に手を引かれて、日本から大陸へ行き、広い満州を移動してきた。そして終戦後は、今度は自分が幼い弟妹の手を引いて、命がけで野を歩き、長い貨車に揺られ、再び船に乗って日本に戻った。引き揚げてきてからだって、呉に落ち着くまでは、やはり、国内を右往左往しなければならなかった。その時どきのことが鮮やかに、そして、いかにも苦々しく思い出された。

――いつでも、腹が減ってた。

好きで旅をしたことなど、かつてない。望んで移動したことなど、生まれてこの方、ありはしなかった。次郎にとって、旅はいつだって、ただ長いばかり、苦しいばかりのものだった。

――俺はどこへ行きたいわけでもないのに。

挙げ句の果てに、ついに今回は殺人者となって、こうして刑務所行きの旅をすることになった。空腹ではなかったが、これまででもっとも自由もなく、希望も抱けず、外の景色さえ見られない旅になった。手錠をかけられ、腰縄を打たれた格好のままで、次郎はぼんやりと護送車の窓を眺めていた。金網が張られ、さらに磨りガラスのはめ込まれている窓からは、何が見えるはずもない。ただ、外の世界の明るさが、薄ぼんやりと伝わってくるばかりだった。


岡山刑務所では、まず入所手続きを終えた段階で、一つの番号が与えられた。その番号以外は、南部次郎という名前から始まって、下着一枚に至るまで、すべての私物が取り上げられた。

「いいか。今後一切、言い訳、口答えは許さん。それらはすべて懲罰の対象となる。お前たちは、罪を犯してここに来た。ここでの毎日は、罪を償《つぐな》うための毎日だ。それが無事に終わるまでは、お前たちに普通の人間と同じような自己主張など一切、許されんことを肝に銘じておけ」

いかめしい顔をした刑務官は、まるで呪文のように、すらすらとその台詞《せりふ》を口にした。毎日毎日、同じ言葉ばかりを繰り返す仕事であることを、その澱《よど》みない口調が語っている。

「いいな。自分がどうしてここにきたのか、よおく、考えることだ」

思わず小さく鼻を鳴らしたくなる台詞だった。どうして、どいつもこいつも似たようなことしか言えないのだろう。

この何カ月というもの、寝泊まりする場所だけは、警察の留置場から拘置所へ、そして刑務所へと変わってきたし、出会う相手も、刑事から検事、裁判官などと変化した。だが、どれだけ新しい相手に出会っても、こうも似たようなことしか言われないのでは、好い加減、耳にたこができるというものだった。

自分がどうしてここにきたのか。

決まっている。人を殺したからだ。それが、どうした。

「何だ。何か、言いたいことがあるのか」

紺色の制服に身を包んだ刑務官が、冷ややかな顔で次郎を見据えた。次郎は、すっと目を伏せて小さく首を振った。その途端、破鐘《われがね》のような声が響いた。

「顔を動かすなっ！　質問には、『はい』か『いいえ』で答えろっ！」

怖かったわけではない。ただ、反射的に身体がびくん、と揺れた。すると刑務官は、手にしていた物差しで、次郎の肩をぴしゃりと叩いた。

「動くなと言っている！」

一体、この男は何をこんなに怒っているのだ。馬鹿馬鹿しさに、思わず舌打ちしそうになった。だが、ほとんど血走ったような目で睨みつけられていたから、今日のところは黙っていることにした。どうやら拘置所の暮らしとも違うらしいことだけが、何となく感じられた。

入所して一週間ほどの教育期間を終えると、次郎は有無を言わさず、一つの雑居房に入れられた。そして、その日のうちに、前科五犯だという同房の男と殴り合いになり、即座に懲罰を受けることになった。何人もの看守に身体を引きずり出され、そのまま「懲罰房」と呼ばれる独房に放り込まれるのだ。その日以来、雑居房と懲罰房とを行ったり来たりする生活が始まった。

「相手の挑発に乗るから、こういうことになるんだ。馬鹿もんがっ」

懲罰を受ける度に、決まって似たようなことを言われる。それでも、二週間あまり暗い懲罰房で過ごして、やっと雑居房に戻されれば、ものの三日で問題を起こした。

次郎に課せられた刑務作業は製材工場での労働で、同じ工場で働く者が、同じ房に入れられていた。つまり同房者同士は、寝起きする時間から食事、入浴、散歩、さらに作業の時間に至るまで、まる二十四時間、べったりと顔をつきあわせて暮らさなければならない。当然のことながら、そこにいるのは犯罪者ばかりだ。その中で、何かにつけて誰かがちょっかいを出してくるのだ。まともな善人たちが和気あいあいと暮らしているわけではない。気の荒い者、底意地の悪そうな者、何か企んでいる様子の者から、男色らしい者まで、あらゆる連中が、次郎に目を光らせているように感じられた。

そうこうするうち分かってきたことがあった。岡山刑務所は刑務所の中でも、主に昨日や今日、はからずも犯罪者になってしまった者を収容するような類の施設ではないということだ。つまり、犯罪を繰り返し、娑婆《しゃば》と監獄とを何度も往復しているような、そんな連中ばかりを集めてあるということだった。

強盗。強姦。暴行傷害。覚醒剤使用。拳銃所持。殺人。放火。詐欺《さぎ》。窃盗。揃っていない犯罪はないというくらいに、ありとあらゆる罪を犯した男ばかりが一カ所に集められ、自由を奪われて、息をひそめて暮らしている。しかも、昨日今日の犯罪者たちではない。中には六十代、七十代になっても、まだ犯罪から足を洗えずにいる男も珍しくはなかった。

外では、どれほど粋がり、肩で風を切って歩いていたとしても、ここでは尻の穴まで調べられ同じ服を着せられ、号令に合わせて手足を振り、自分の意志は捨て去って行動しなければならない。それが刑務所というところだった。その不自由さ、屈辱、苛立ちと鬱憤《うつぷん》が、若い受刑者や、弱っている老人、またこの世界に「不慣れ」な新入りに向けられる。そのために、次郎が格好の標的にされたのだった。

通常、受刑者同士の喧嘩などの場合は、「喧嘩両成敗」として、関わった全員が懲罰を受けることになる。だが、古株で百戦錬磨の連中は、自分たちに与えられる懲罰の方は可能な限り軽微に済まされるよう、いかにも巧みに立ち回った。結果として、次郎ばかりが重い懲罰を受けることになる。

「冗談じゃねえっ！　言いがかりをつけてきたのは、向こうじゃねえかっ」

どれほど繰り返し、素直に従えと指導を受けても、次郎は我慢が出来なかった。その結果、言い訳をした、刑務官の指示に従わなかったなどという理由から、さらに懲罰は重くなった。

——畜生。今に見ていやがれ。畜生。畜生！

窓さえない懲罰房に放り込まれ、時には戒具《かいぐ》で身体を拘束されたり、また、何時間でも正座させられて過ごすうち、次郎は確実に体力を失い、時間の感覚を失い、その代わりに、憎しみだけを育てていった。燃えさかる炎のような憎しみが、身体を焦がしていくのだ。許さない。この世の中の誰のことも許さないと、次郎は歯をくいしばり、念仏のように繰り返して、暗闇を睨みつけ、時を費やした。

「なあ、ええか、よおく聞くんじゃ。この世界じゃあな、誰に対しても逆らっちゃいかん。逆らったもんが馬鹿を見る。馬鹿になって、石になってなあ、ただただ、黙って言われた通りに動くことじゃ。

他の連中にも、看守にも。なあ。そうすることが、いちばんの近道なんじゃ」

年長の同房者の中には、見かねたようにそう囁《ささや》きかけてくれるものも、なかったわけではない。だが遅かった。もはや南部次郎は、どんな人間の言葉にも、耳を傾けるつもりをなくしていた。ただ、憎しみだけが燃えさかっている。いつでも、見境もなく火を噴く機会を狙っている。それが自分でも分かった。

——飼い馴らされてたまるか。

気がつけば、全身に殺気をみなぎらせ、誰彼構わず喧嘩を吹きかけ、看守に逆らい続けている次郎がいた。そして、懲罰を受ける。その繰り返しだ。だが、後悔も反省もしなかった。仕方がないではないか。そうでもしなければ、次郎の中で燃えさかる炎が行き場を失い、次郎自身を破壊しようとするのだ。

数え切れないほど雑居房と懲罰房と往復した挙げ句、しまいには、次郎は雑居房から独居房に移されて、日常的に他の入所者から隔離されることになった。房の外には出られない。運動も許されなかった。ひたすら一人で、時間だけが無意味に流れるのを感じて過ごした。


「お兄ちゃん　おげんきですか。

なんど、てがみを出しても、お兄ちゃんからへんじがないので、しんぱいしています。げんきなら、ひとことだけでいいので、てがみをください。

じつは、みつお兄ちゃんが、こうばをやめてしまったというのです。もう二かげつもまえに、きゅうに、やめていってしまったそうです。りゅうは、わかりません。いま、どこにいるのかも、わかりません。やはり、君子がてがみを出したのに、なかなかへんじがこないので、しんぱいしていたら、きょうになって、こうばの人かられんらくがありました。

昭子姉ちゃんからも、れんらくはないままです。いちど、くれのおばさんに、でんわをかけてきいてみましたが、しらないと、いわれました。

お兄ちゃん。てがみをください。そうでないと、君子はほんとうに、ひとりぼっちです。君子はいま、しんろのことで、なやんでいます。お兄ちゃんに、そうだんしたいです。てがみをください。まっています。さようなら」


昭和三十年の秋になっていた。看守に口答えをしたとして、またもや懲罰を受け、ようやく独居房に戻された次郎を待っていたのは、久しぶりの妹からの手紙だった。

――しんろ。

きれいなひらがなの並ぶ手紙を、次郎は繰り返し読んだ。満男の奴は、どうしてしまったのだろう。やはり姉は、次郎の事件について知らないのだろうか。それにしても、「しんろ」の意味が分からない。一体、妹は何に悩んでいるというのだろうか。

「阿呆やなあ。進路っちゅう意味も、分からんのかいな」

思いあまって看守に尋ねると、何となく耳に懐かしく響く関西弁を話す看守は、独居房の小さなのぞき窓越しに、君子の年齢を聞いてきた。

「中学、三年です」

「なるほどなあ。そやから悩んどるんや。ええか。進む路と書いて、進路や。なあ。お前の妹は、中学を出たあと、どうやって生きていこうか、悩んどるっちゅうこっちゃな」

看守の言葉に、次郎は愕然《がくぜん》となった。あの小さかった君子が、次郎には分からない言葉を使い、さらにもう、中学を卒業した、その先のことで悩んでいるという。

——あの君子が。ひとりぼっちで。

外の世界では、きちんと、意味のある時が流れているのだと思った。

全身から力が抜けるような思いで、次郎は宙を見つめていた。そうだ。時が流れている。次郎自身、もう来月には二十二歳になる計算だった。「谷やん」を殺したのは、二十歳の誕生日を迎えたばかりの頃だった。あれから、もう二年が過ぎてしまったということだ。何枚もの扉に隔てられた世界で。ただ暴れている間に。

「妹も苦労しとんのと違うか？　なあ。南部。お前もそろそろ少しは考えた方がええで。こんな所で一人で暴れとったかて、何一つ得になることなんかないていうこと、なあ、もういい加減、覚えなぁかんがな」

看守の言葉が頭の上から降ってくる。

不思議だった。それまで、雑音にしか聞こえたことのなかった他人の声が、そのときに限っては、きちんとした言葉になって聞こえた。言われていることの意味が、当たり前のように、次郎の中にしみ込んでいった。

「勢いが有り余ってるのはな、そらあ、分かるがな。こんなところで、壁ばっかり殴っとったかて、しゃあないやろう。暴れれば暴れるほど、仮出所の道かて遠くなる、いつまでたっても、外の世界に戻れんようになるだけなんや。なあ、それより少しは、これから先のことを考えな。なあ。あれやろう？　いつか、ここから出たら、妹とかて一緒に暮らしたいんやろう？」

柔らかい、波のような言葉だった。ふいに、死んだ母のことを思い出した。看守の言葉は、きよゑの言葉遣いによく似ていたのだ。だからだろうか。次郎はいつの間にか、母に説教をされているような気分になっていった。

――あんたにも、ええとこがあんねやから。何にでも短気起こさんと、少しは辛抱することを覚えてな。何かちゅうと、すぐに、その手を振り上げんと、その前に少しだけ、考えるようにせな、あかんで。その手は、人を殴る以外にも出来ることがあるねんで。

ほとんど床から起き上がれないような状態になった後も、母は繰り返し言っていた。あの時の母を思い出しながら、次郎は自分の拳を、じっと見つめ続けていた。この手――この手は、人を殴る以外に、果たして何が出来るのだろうか。

「――先生」

気がつくと、看守を呼んでいた。

「俺――字を、覚えたいんですが」

次郎の中で、何かが変わり始めた。

相変わらず独居房に入れられているのは変わりがない。工場に出て他の受刑者とともに働くような作業にも、まだつかせてはもらえなかった。だが、次郎は看守への反抗をやめ、口答えをしなくなった。独居房の中で出来る、簡単な手内職のような仕事を、黙々とこなすようになった。

「気味が悪いな。お前が素直に『はい』なんて言うと」

点検の時など、自分の番号を呼ばれて返事をする次郎に、最初、看守たちは疑い深げなまなざしを向けていた。少し反省したように見えても、一週間も続かないのが、これまでの次郎だったからだ。だが、今度ばかりは違っていた。

——君子を、ひとりぼっちにはさせられない。

かつて七人もいた兄妹が、ついに、君子と次郎だけになってしまった。しかも、次郎は塀の中だ。君子が、どんなに心細い思いをしているかと、次郎は初めて、自分の身を腑甲斐《ふがい》なく感じた。君子が可哀想でならなかった。

刑務所では、夕食後から就寝まで、多少の自由時間が与えられる。その時間を利用して、次郎は読み書きを学び始めた。君子に手紙を書きたいと思ったからだ。だが、ひらがな以外はほとんど読み書きの出来ない今の状態では、とてもではないが恥ずかしくて、既に中学三年生にもなっている君子に手紙など書けないと思った。

——君子に、馬鹿にされないように。がっかりされないように。

大してたまっていない金の中から買った帳面に向かい、鉛筆を握りしめて、手本とするのは古い新聞だった。新聞の記事や広告が無理なく読めるようになり、そこに書かれている文字が自分でも書けるようになれば、それで十分だと刑務官に教えられたからだ。官本《かんぽん》から借り受けた辞書を不器用にひっくり返しながら、次郎は毎晩、少しずつ、新しい文字を覚えるようになった。昭和三十年も、やがて暮れようとしていた。

2

岡山刑務所は、門を入るとすぐ正面に、大きなソテツの木が植わっている。どのくらいの年月を経たものかは分からないが、庁舎の車寄せの右脇にあって、そのにょっきりと伸びた黒々とした幹は、二階の窓までも届きそうなほどだ。

——何て大きい。

南部君子は、立派な石の門柱の陰から、その大ソテツを見ただけで、すっかり怖じ気づきそうになった。大きさから考えて、きっと、戦争でも燃えなかったのに違いない。その偉容は、人間の門番などよりも、よほど威厳をもって、出入りする人間を見定めているようにさえ思えた。

昭和三十一年の三月下旬のことだった。桜のつぼみがふくらみ始めて、もうあと数日で、ほころぶだろうと思われる、優しい風の吹く日だった。

その日、君子は広島で列車を乗り継いで、六時間あまりをかけて岡山までやって来た。昨晩は、ほとんど眠れなかった。いや、ここを訪ねると決めた日から、期待は日に日に緊張へと変わり、もう数日前からは胸が苦しいほどになっていた。

——君子が嫌でなかったら、一度、面会に来てください。自分も、君子に会いたいです。

先月、君子は生まれて初めて、兄からの手紙を受け取った。刑務所の住所と共に「南部次郎」という差し出し人名が書かれているのを見て、最初、君子はそれが兄の直筆だとは思わなかった。何しろ、兄はほとんど学校へ行っていない。ごく易しい漢字以外は、カタカナとひらがなしか読み書きが出来なかったはずだ。だからこそ、これまで君子は、自分が兄に宛てて手紙を書くときはずっと、小さな子どもに書くように、仮名文字ばかりを使ってきた。

手紙の内容は短いものだった。だが、「君子、元気ですか」で始まる文面には、最近、漢字の勉強をしているという箇所があった。そして、君子が望むなら、面会に来ても良いと書かれていたのだ。君子は、飛び上がらんばかりに喜んだ。そして、春休みに入るのを待ちかねて、ようやく今日、ここまで来たのだった。

だが、実際に刑務所の前まで来てみると、急に足がすくんで動かなくなった。巨大なソテツの木が、自分を睨みつけているように感じられる。兄は、本当にこの中にいるのだろうか。この、刑務所の中に。頭では分かっていたつもりだが、自分の兄が、本当に罪を犯したのだということが、初めて重くのしかかってきた。

けれどその日、君子は結局、兄に会うことが出来なかった。

「なんでやぁ。なんで会えんかったんや」

疲れ果て、重い足を引きずって、ようやく『育実園《いくみえん》』に戻ると、園長の谷脇先生は腕組みをした姿勢で眉をひそめながら、君子を見下ろした。

「――時間切れじゃったです」

「時間切れって――」

「あと五人くらいで、うちの順番じゃったんじゃけど、もう帰りの汽車の時間になってしもうて」

君子は二時間あまりを過ごした、刑務所の面会待合室の光景を思い出しながら、唇を噛んだ。実際、あんなに面会の希望者が多いとは思いもしなかったのだ。係の人の話では、面会人の数はその日によって違うということだったが、ちょうど春休みに入ったせいもあったのだろうか、それなりの広さのある待合室は意外なくらいに混雑しており、そのくせ、異様に静まりかえっていた。

「急ぐんじゃからとか、事情を説明したり出来んかったんか」

「――待っちょるのは、皆、同じじゃからいうて。うちより、もっと遠いところから来ちょる人も、おるんじゃからいうて、言われました」

規則には従ってもらうと、極めて淡々と、無表情に言い捨てた係員の顔を思い出して、君子は一層、悲しくなった。二年以上も待って、やっと兄に会えると思ったのに。あと何枚かの扉を越えれば、兄がいるというところまで近づいたというのに。君子の今の暮らしだって、かなり規則に縛られたものだとは思っている。だが刑務所というところは、それとは比べ物にならない、まさしく別世界なのだと思わないわけにいかなかった。

「ほりゃあ、まあ残念じゃったのう。時間も金もかけて、わざわざ行ったのに」

谷脇園長は、言葉ではどう言おうと、実際には大して興味もないらしいことがすぐ分かる口調で、「のう」と繰り返す。そして、めがねの奥の目をしょぼしょぼとさせながら、「まあ、しょうがないじゃろうのう」と言った。

「また、会える機会もきっとあるじゃろう」

「あのう、うち――明日もういっぺん、行きたいんですけど」

「明日？　今日一日留守にして、また明日か」

思わず首を縮めながら、だが君子は「お願いしますけえ」と頭を下げた。

「せっかく春休みに入ったことじゃし、こっちも、ちぃとはあてにして、色々と手伝どうて欲しいこともあるいうて、言うちょるじゃろう」

谷脇園長はあからさまに不愉快そうな顔になって、太い眉を寄せている。けれど、君子は「お願いしますけえ」と繰り返し、その場を動かなかった。

「明日行っても、明日じゃいうて面会できるかどうか、分からんじゃろうが」

「明日、駄目じゃったら明後日《あさって》も、行きます」

『育実園』には、五十人ほどの子どもが暮らしている。その多くは、空襲や戦争で孤児になった子どもだった。原爆で家族全員を失ったという子どももいる。また最近では、進駐軍の兵士と日本人女性との間に出来た混血児も増えてきていた。どこか日本人らしい感じもあるのだが、金髪の巻き毛だったり、青い目をしていたりする。いずれにせよ『育実園』の子どもたちは、父や母というものの顔も知らず、赤ん坊の時からこの施設に引き取られたという場合がほとんどだった。

「そがぁに毎日行って、汽車賃は大丈夫なんか」

「――そんくらいなら、大丈夫なはずじゃけど」

「ほりゃあのう。お前の場合は、ちゃんと仕送りもされるようになったわけじゃけえのう。おまえの金なんだ、使いたけりゃあ、使やぁええが。じゃけど、何じゃのう。そんだけの力があるんなら、何も、ここにおることは、なあんじゃないか」

それら身よりのない子どもたちの中で、既に中学生になってから引き取られ、しかも他の子どもたちとは異なる事情を背負っている君子は、結局、誰となじむことも出来ないままだった。母の記憶がきちんとあり、血を分けた兄弟がいるということが、子ども同士の関係にも壁を作っていた。もちろん、兄が刑務所に入っているということは、他の子どもたちは知らない。そんなことが分かれば、君子が余計にいじめられ、あるいは差別されるだろうからというのが、園長たちの唯一といって良い、君子への配慮だった。

「厄介なことじゃのう。金だけ送って、あとは知ぃらん顔いうのもどうかと思うし、もっと厄介な身寄りがおる、いうのも、のう」

やがて園長は、吐き捨てるように言うと、ふん、と鼻を鳴らして奥へ行ってしまった。とっくに明かりを消され、静まりかえった施設の廊下を、君子はとぼとぼと歩いた。君子だって、出来ることなら明日にだって、ここを出たかった。

この春、君子は無事に中学を卒業した。そして、四月からは晴れて高校生になる。県立の高校に受かったのだ。それは、自分でもあきらめていた、夢のような話だった。

まるで連絡の途絶えていた姉から、突然、電話が入ったのは、昨年の暮れも押し詰まった頃のことだった。南部君子を預かっているかと、『育実園』に問い合わせる形で連絡があり、それが何年ぶりかに聞く昭子の声だったのだ。記憶の彼方に薄れかかっていた姉の声を聞いた途端、君子は『育実園』に引き取られて初めて、声を上げて泣いた。母も死んだ。満男は行方が分からない。次郎は牢獄だ。君子は一人だけで取り残された。そんな、今現在の状況に至るまでに起こったすべてが、頭の中でいっぺんにくるくると思い出された。

「ごめんね、お姉ちゃん、全然、知らなくて。こっちもやっと少し落ち着いたから、伯母さんに電話して、初めて知ったのよ」

姉も、電話の向こうで泣いていた。君子は受話器を耳に押しつけ、すがりつくような思いで、今すぐに迎えに来て欲しいと頼んだ。だが、それに対しては、姉は「そうしてあげたいのは山々だけど」という応え方をした。

「こっちにも色々事情があってねえ、それは難しいの。でもね、とにかくもうお金のことは心配しなくていいからね」

そして姉は、君子にそのつもりがあるのなら、是非とも高校へ進学するべきだと言ってくれた。学費の心配はしなくて良い。そんなことよりも、学校を出ていない人間は一生、苦労する。ただ身を粉にして働くような生き方は、自分一人でたくさんだとも言った。

翌月、相変わらず自分の住所は書き記してこないまま、姉は君子名義になっている銀行の預金通帳と印鑑とを書留で送ってきた。谷脇園長は、まだ子どもの君子が、金銭の管理を一人でするのは無理だといって通帳を取り上げてしまったが、君子は印鑑だけは自分が持っていたいと主張して譲らなかった。

「わしが信用出来ん、いうんかっ」

「そんなんじゃないです。じゃが、これはうちの、たった一つのお守りじゃけえ」

「ほんまに、言い出したら聞かん奴じゃのう」

園長は苦虫を嚙みつぶしたような顔で、吐き捨てるように言ったが、結局は、君子から印鑑を取り上げることは諦めたらしかった。その印鑑こそが、以来、君子の命綱になっている。

そして君子は高校を受験し、見事に合格した。その報告を、是非とも直接兄にしたかった。

翌日も早朝六時半過ぎの呉線に乗り、広島で汽車を乗り継いで、君子は岡山に向かった。戦前は軍港として栄えたという呉と、城下町の岡山とでは、風景も空気もまるで違っていることに、君子は昨日、まず驚いた。

海と山との間のわずかな隙間《すきま》に建物がひしめき合い、にぎやかといえばにぎやかなのだが、進駐軍もまだ残っているし、極道者《ごくどうもの》の姿もよく見かけるのが呉だった。切った張ったの物騒な事件も少なくはない。商店街などを歩いていれば、片腕をなくした着流しの男とすれ違いざまに、襟元《えりもと》から覗く長ドスを見てしまうことなど、珍しくもない光景だった。夜の街だからと、君子たちのような女学生や子どもは、決して行ってはいけないと言われている界隈《かいわい》もある。

それに比べると、岡山は、どこかゆったりとした感じがある。広々としていて、空気が穏やかだと思う。だが、そんな場所に刑務所があり、兄が入れられていることを考えると、君子は複雑な気持ちになった。

駅からの道順は、昨日一回で覚えていた。春風に吹かれながら、てくてくと歩いていくと、静かな住宅地に入っていく。中には古い瓦の工場などもあったが、昼下がりの町は、どこかおっとりとしていて、眠くなるような静けさに包まれていた。その住宅地を抜けて、緩くうねりながら流れている小川のような用水にかけられた小さな橋を渡ると、そこが岡山刑務所だった。

——今日も、ある。

昨日、その大きさと黒々とした威容に、思わず気圧されてしまった大きなソテツの木が、今日もどっしりと正面に立っていた。その脇を抜けて「面会・差入れ」と書かれている札の矢印に従って歩くと、面会人の受付所に着くのだ。

——また、じろじろ見られるのかな。

昨日、所定の用紙を提出したときには、君子は一人きりで面会に来たのかと聞かれ、若い係員から、ずい分とぶしつけな目を向けられた。顔から火が出るほど恥ずかしかったことを思い出すと、ソテツの木の迫力と共に、どうしても足がすくみそうになる。だが、今日こそ、何としてでも兄に会いたかった。どうしても。それに、今日も会えなければ、昨日の園長の様子から考えても、またしばらくの間は我慢しなければならなくなるかも知れない。会う。絶対に。そう自分に言い聞かせて、君子は刑務所の門をくぐった。心臓が、痛いほど高鳴っていた。

数時間後、面会待合室で名を呼ばれ、やっと通された面会室は真ん中を金網で仕切られた細長い部屋で、金網のこちらにも、向こうにも、いくつかの仕切があった。そこで、一度に何組かの人々が金網越しに面会するようになっている。君子が指定されたのは、入り口からいちばん手前の席だった。背もたれのない、古い木製の丸椅子を見て、ただでさえ緊張していた君子はさらに悲しくなった。椅子の黒ずみ方や、何となくすり減った感じが、この椅子がいかに多くの人に使われてきたかを物語っていると思ったからだ。一体、何人の人が、家族に会うために、この薄暗い面会室に来て、この椅子に座り、金網を見つめたことだろうか。

ひんやりとした面会室で、今、君子も目の前の金網を見つめていた。全身が細かく震えている。手のひらに冷たい汗をかいていた。隣からは、やはり面会をしている人たちの会話が、低くぼそぼそと聞こえていた。君子は何度も深呼吸を繰り返した。喉が渇いている。手には、生まれて初めて受け取った、兄からの手紙を握りしめている。

――君子が嫌でなかったら、一度、面会に来てください。自分も、君子に会いたいです。

それは、逮捕されて以来、どれほど手紙を書き送っても、まったく返事を寄越さなかった兄が書いたとは思えないほど、静かで落ち着いた文面に思えた。

——今は漢字の勉強もしています。

当初、兄の直筆とは思えなかった手紙には、さらに、そんなことも書かれていた。人を殺《あや》めて、牢屋に入れられて、そこで初めて漢字の勉強が出来るようになったのかと思うと、君子は兄が可哀想で、胸が締めつけられる思いだった。

満州から引き揚げてきた当時の兄は、今の君子よりも小さいくらいだった。それなのに、病弱な母や、君子たちの暮らしを支えるために、結局は学校にも行かれないまま、毎日毎日、食べ物の心配ばかりしていた。いつも破れた服を着て、生傷が絶えなかった。そして、母が亡くなった後、葬儀のために借りたお金のことで、いざこざを起こしたのが事件の発端だという話を聞いている。

がたん、と音がして、金網の向こうに見える扉が開いた。その音だけで、君子の心臓は、飛び上がりそうになった。

「大きく、なったなあ」

それが、二年ぶりに会った兄の、最初の言葉だった。扉の向こうから、係官につき従うようにして現れた兄は、薄青色のだぶだぶの服を着て、薄暗い中でも、ずい分白く見える顔に、目ばかりを光らせていた。

「お兄ちゃん」

やっと、それだけ言ったものの、あとは言葉にならなかった。喉もとに熱い固まりがせり上がってきて、声が出ない。ただ、涙ばかりがあふれた。

「——阿呆」

しゃくりあげながら、やっと言うと、金網の向こうから、かすれた声が「ああ」と答えた。

「そうだな。阿呆だな、本当に」

君子は金網にしがみつき、顔を近づけて、改めて兄を見た。そして思わず息を呑んだ。歳月が、兄を確実に変えていた。

君子の知っている兄は、もっと日に焼けていた。髪は少し長めで前髪が目にかかっており、年中、口の端の方で煙草をくわえていた。伯母は愚連隊《ぐれんたい》と言っていたけれど、それでも、ひょろりとした身体つきに、縞模様のセーターなどを着て、野球帽のようなものを被《かぶ》っていると、なかなかスマートで格好良く見えたものだ。その兄が、坊主頭にされ、白い顔に目ばかりを光らせて、君子に「ごめんな」と頭を下げる。

「お姉ちゃんから、連絡が来たんよ」

「姉ちゃんから?」

兄が身を乗り出してくる。君子も大きく頷いた。

「何も知らなかったいうて、泣いとった。すごく」

「そうか——それで、君子と一緒に住むって?」

今度は、君子は首を振らなければならなかった。途端に、兄の眉がぴくりと動いた。その瞬間に、君子は初めて、ああ、と思うことが出来た。兄だ。変わっていない。様子は違っていても、やはり兄は兄に違いなかった。短気な兄は、少しでも気に入らないことがあるとすぐに、今と同じように眉をぴくりとさせ、そして、「なんでだよっ」などと怒鳴り声を上げた。

「じゃが、お金の心配はいらんけぇ、高校に行けいうて。お兄ちゃん、うち、来月から高校生になるんよ。試験に、受かったんよ」

君子が気を取り直すように言ったとき、後ろにいた係官が無表情に「時間だ」と告げた。君子は「もう?」と思わず兄を見てしまった。まだ何も話していない。今、やっと再会を確かめあったところではないか。だが、あんなに短気だったはずの兄は、君子が拍子抜けするほどに神妙な様子で、小さく頷いただけだった。

面会を終えて外に出たのは、二時半過ぎだった。三時過ぎの汽車に乗らなければ、呉に帰り着くのが夜中になってしまう。まだ涙が乾ききらず、頭も混乱した状態のまま、とにかく君子は駅に急いだ。興奮と緊張とで、身体全体がまだ震えているような気がする。金網越しに見た兄の姿が、脳裏に焼きついていた。

——君子が、高校生か。大したもんだなあ。

別れ際、じゃあ、と踵《きびす》を返す前に言った、兄の言葉も耳にこびりついている。いかにも感心したような、または、しみじみと感慨に浸るような、それはため息と囁《ささや》きの混ざり合った、何ともいえない声だった。

咄嗟《とっさ》に来月もまた、と言いかけて、君子は慌てて口をつぐんだ。刑務所の面会は、平日しか許されていないのだから、新学期が始まってしまえば、簡単に岡山まで来ることなど出来なくなる。次に会えるまでは、とにかく手紙を書くしかない。独学で漢字の読み書きが出来るようになったという兄に、これまで以上に近況を書き送るより他なかった。

「お兄ちゃん
　お元気ですか。この前は、久しぶりにお顔が見られて、本当に嬉しかったです。お兄ちゃんも元気そうだったので、少しだけ安心しました。でも、本当はもっと色々な話をしたかったのに、時間も足りなかったし、あんなふうに泣いてしまったので恥ずかしかったです。普段の君子は、泣き虫じゃないんですよ。本当に。

明日は高校の入学式です。お金を出してくれている昭子姉ちゃんのためにも、お兄ちゃんの分も、君子は一生懸命勉強します。いつか、また兄弟そろって仲良く暮らせるようになるのが、今の君子の夢です。昭子姉ちゃんが見つかったように、きっと満男兄ちゃんとも連絡が取れるようになることを、信じています。

お兄ちゃんの必要なものがあったら、差し入れができると教わりました。昭子姉ちゃんからの仕送りを大切に使っていますから、少しの貯金ならあります。何か欲しいものがあったら君子が差し入れますから、手紙に書いてきてください。

夏休みになったら、また会いに行きます。七月も、八月も、行くようにします。待っていてください。それまでは手紙を書きます。お元気で。さようなら」

3

刑務所の一日は、驚くほど早く過ぎる。毎日毎日、決まりきった生活を、しかも号令に従って送るうちに、何を考えるのも面倒になっていく。すると、ますます一日が早くなるのだ。

ことに南部次郎のように、独居房で過ごすものにとっては、昨日も一昨日も、先週も先月も、あったものではなかった。ただ朝が来て、夜が来る、その繰り返しだった。

ところが、君子が面会に訪れたときから、次郎の中でまたもや何かが変わった。

——時間が、流れてる。

少なくとも外の世界では、確実に時が流れていることを、この数年の間にすっかり娘らしくなった君子が、身をもって語っていた。

「お兄ちゃん、うち、来月から高校生になるんよ。試験に、受かったんよ」

三つ編みのお下げ髪を両肩にたらし、泣き腫《は》らした目で、それでも君子は嬉しそうに言っていた。

正直なところ、次郎には言葉がなかった。おめでとうと言ってやることさえ、思いつきもしなかった。大したもんだと言うのが精一杯だった。

高校。

小学校もろくに出ていないような次郎から見れば、高校などといったら、それこそ雲の上の世界、想像もつかない別世界だ。そこへ、あの小さかった君子が行くことになったという。

「何だ、南部。妹に会って、すっかり里心がついたか」

担当の刑務官が、のぞき窓から顔を出しては、まるで身動きしない次郎に声をかけていく。それでも次郎は、膝《ひざ》を抱えたまま、ひたすら一点を見つめていた。何か考えなければならないことがあるような気がしてならなかった。

——君子は高校生になる。俺はここにいる。

三年後、君子は高校を卒業するだろう。だが、それでも次郎はここに、こうしているはずだった。

さらに二年後、君子は二十歳になる。次郎が「谷やん」を殺したのと同じ年だ。あの君子が。

——それでもまだ、俺はここにいるんだ。

脳みそが、ぎしぎしと音を立てるようだ。

何か大切なことがある。頭を使えと、どこかで声がする。だが、何をどう考えれば良いのかが、分からなかった。

「畜生っ！　くそったれが！」

結局、頭を抱え、その場で転げ回るようにしながら、次郎は久し振りに、自分の腹の底から獣のような叫び声が溢れ出すのを聞いた。そんなことをしても、何の解決にもならないことは分かっていても、どうしようもなかった。

再び、懲罰房を出たり入ったりする日々が始まった。

「どないしたいうんや、南部。読み書きの勉強も始めて、少しはやる気が出てきたんと、ちがうんか、ええ？」

担当の看守は、呆れたように言った。だが、次郎には答えられなかった。

何だか分からない。

ただ、苦しくてたまらないのだ。

時間が流れる。流れる——。

少しでも考えただけで、頭が破裂しそうになる。心臓がどきどきして、いてもたってもいられない。暴れでもしない限り、苦しくて苦しくて、どうしようもないのだ。

夜、嫌な夢を見るようになった。満州から引き揚げてくる時の夢だ。屋根も何もついていない、ただの箱だけの貨車が長く連なり、大平原の中をごとごとと進んでいく夢だった。

次郎は、今の年齢のままで、その貨車に乗り込んでいた。どの車両も人で埋まっていた。小さな君子がいる。その隣には満男もいる。昭子は、赤ん坊の邦子を負ぶっていた。おや、母の姿が見えない、どこにいるのだろうかと辺りを見回し、貨車から身を乗り出しているうちに、次郎は何かの拍子に人に押し出されて、外に転げ落ちた。君子が「お兄ちゃん」と声を上げた。

どうせ、大した速度で走っているわけではない。今すぐにでも追いつけると思うのに、ところが、いくら走っても追いつけない。

――待ってくれ！

次郎は大声を上げて貨車に沿って走る。だが、もうすぐ手が届きそうだというところで、どういうわけか遅れをとる。自分の手と貨車の間に、また隙間ができてしまうのだ。

――頼む！　待ってくれよっ、待ってくれ！

必死で声を上げているところで、いつも目が覚めた。時には看守から「おいっ」と起こされることもあった。全身に汗をかいて、呼吸さえ乱れていた。

「それがなあ、刑に服するいうことなんや。お前のしたことの、代償や」

担当看守に言われて初めて、次郎は十年という歳月を肌で感じるようになった。「谷やん」を殺した。仕方がなかったと今でも思う。後悔はしていない。だが、人の生命を奪うということは、自分からも大切な何かが奪われることに違いないと知った。

「お兄ちゃん

昨日、面会に行ったら、お兄ちゃんは懲罰中だから、面会は出来ないと言われました。夏休みに入ったので、朝早くに呉を出て、やっと岡山に着いたのに、君子はもうがっかりして、しばらくは動きたくなかったくらいです。刑務所の裏に流れている大きな川の傍《そば》まで行って、その流れを眺めたり、小豆島《しょうどしま》に向かうらしい船を眺めたりしながら、しばらくの間、ぼんやりとして過ごしました。

懲罰というのは、お兄ちゃんは、罰を受けるようなことをしてしまったということですか。心配です。せっかく面会出来たとしたって、たった十五分程度のことなのに、その時間まで奪われてしまうなんて、本当に悲しくなります。

お兄ちゃんが、誰よりも優しいことは、君子がいちばんよく知っています。亡くなったお母さんも、そう言っていたし、お兄ちゃんの良いところは、まっすぐで正直なことだとも、いつも言っていましたよね。でも、お兄ちゃんはすぐにカッとなるから、お母さんも、亡くなる前までそのことを心配していました。

お兄ちゃん。どうぞ、カッとならないでください。お願いします。八月一杯は夏休みなので、来月また面会に行こうと思います。今度こそ、会えますように。

君子」

鉄格子のはめられた小窓からは、遠く夏の空が見えた。蟬《せみ》の声が波のように聞こえてくる。じっとしていても首筋から胸もとへと、幾筋もの汗が伝って落ち、伝っては落ちていく。

君子に悪いことをした。可哀想なことをしてしまった。

半ばぼんやりした頭で、それだけ思った。それにしても、もう夏になってしまったとは。信じられない早さだった。

——浦島太郎みてえだな。

満州に住んでいた頃、死んだ兄と一緒に見た絵本が思い出された。大きな亀の背中に乗って、海中を進む浦島太郎の絵柄もよく覚えている。当時はまだ、次郎は海というものを見たことがなかった。果てしなく広く、塩からい水が一杯にたたえられている場所、人を呑み込むほどに大きな波というものの起きる巨大な水たまりだと説明されても、どうしても想像がつかなかった。

竜宮《りゅうぐう》と刑務所との違いはあるが、娑婆に出たときの驚きは、もしかすると浦島太郎と似たようなものなのではないかと、ふと思う。間違いなく、いつかその日はやってくる。その時のことを考えると、何となく恐ろしかった。

懲罰を受けていないときの次郎は、日がな一日、独居房にいて袋貼りの作業を課せられている。どこで使う袋か分からないが、茶色い紙に順番通りに折り目をつけ、木製のへらのようなもので紙をしごきながら、糊づけをしていく作業だ。

時折、紙で手を切った。

何を考えるでもなく、全体にぼんやりとした感覚に包まれている日々の中で、その鋭い痛みを感じる時だけ、次郎は全身がびくん、と脈打つのを感じた。思わず傷口を見る。時には赤い血の玉が、つややかに丸々と膨らんでいった。

——俺の血。

口に含むと、どこか鉄さびのような匂いが鼻に抜けた。その生ぬるい血の味を舌の上に残したまま、次郎は、「谷やん」を殴り殺したときのことを思った。

今もこの手には、ささくれ立った角材の感触と、「谷やん」を殴りつけたときの、痺《しび》れるような感覚が残っている。何度も何度も角材を振り上げ、そして振り下ろすたびに、親指と人差し指のまたのあたりが、こすれて痛かった。角材の角がぶつかるときには、ごん、という比較的軽い感触が返ってきたが、面が当たるときには、もっと重く、鈍い感触だった。身体は燃えるように熱かったし、耳の中ではごうごうと音がしていた。

警察官に懐中電灯で辺りを照らされたときに初めて、次郎は自分の足下に広がる血の海を見た。

——逃げられんでえっ。おとなしゅうせえっ！

そういえば、あの時は雨が降っていた。だが、警察官の声を聞くまで、次郎は、そんなことさえ忘れていた。まるで取り憑かれたように、ただ角材を振り下ろし続けていた。我に返って、改めて下を見ると、水たまりやぬかるみが、「谷やん」の血で、どす黒く染まっていた。

——この血を。あんなに流させた。

自分の指先で育っていく血の玉を見つめながら、次郎は考えた。あんな男にも、自分と同じ赤い血が流れていたのだと思うと、今さらながら不思議な気がする。だが、これくらいの小さな傷でも、意外なくらいにずきずきと痛みを感じるのだ。きっと「谷やん」は、さぞかし痛かったのに違いない。仕方がなかったとはいえ。

「何、ぼんやりしとるっ」

のぞき窓から看守の目がこちらを睨みつけていた。思わず舌打ちしそうになり、また懲罰を食らうのはたまらない、と考え直して、次郎は首をすくめた。

そろそろ九月の声を聞こうかという頃、君子がやってきた。

「えかった、今度は会えて」

面会室で次郎を待ちかまえていた君子は、春よりも日焼けした様子で、金網越しでも、どこか日向《ひなた》くさいような、健康的な娑婆の空気を十分にまとっていた。

「ほんまは先週、来ようか思うちょったんよ。じゃが、えらい台風で」

額の汗をハンカチで拭いながら、君子はくりくりとした目を動かして小さく微笑む。最初に顔を見たときには、まるで、見知らぬ娘と向きあっているような気がして、つい緊張した次郎は、その表情に、幼い頃のままの君子を見た思いだった。

「台風か」

「すごかったんよ。九州や四国の方では、ずい分被害が出たって」

この塀の中にいれば、たとえどんな大きな台風でも人ごとだし、九州やら四国やらと聞いても、次郎にはまるでぴんと来ない。実際、この日本という国が、果たしてどんな形をしていて、自分が今現在、その日本国のどの辺りにいるのかということさえ、知らないのだ。

「他に、何か変わったことはあったか」

「あんねえ、『もはや戦後ではない』いうて言われちょるんじゃって。戦後じゃなくなったら、じゃあ、これからは何になるんじゃろうねって、学校の友だちとも話しちょるんよ」

「――お前の言うことが、どんどん、分かんねえようになっていくよ」

つい、本音が出た。途端に、金網の向こうの君子の顔が、はっとしたように強張《こわば》った。次郎は咄嗟《とっさ》に目をそらし、懸命に片頬《かたほお》だけで笑いながら、そんな目で見るなという言葉を呑み込んでいた。春に会った後の、混乱と動揺が思い出される。今度もまた、妹に会えた嬉しさもかき消えるほど、わけの分からない苛立ちと、脳みそがきしむような感覚に苦しめられなければならないのだろうか。待ちわびていた妹との面会だったが、それを考えると嫌になる。

「ねえ、お兄ちゃん」

目をそらして聞いていると、君子の声は、死んだ母の声によく似てきていた。「うち、思うんじゃけど」という言葉が、そのまま母の関西弁と重なって聞こえる気がしてくる。

「差し入れするけえ、少し、本を読んでみん?」

君子は真剣な表情でこちらを見ていた。「本って」と、次郎は、上目遣いにちらちらと妹を見るだけだった。顔を見たくないというわけではない。下を向いていた方が、母と話しているような気になれる。それが、何となく嬉しかった。

「せっかく漢字も読めるようになったんじゃけえ、色んな本、読んでみん? うち、お兄ちゃんが好きそうなの、探すけえ。ねえ」

「本なんて、面白いもんじゃ、ねえだろう。ここにも図書室とか、あるけど」

「そがあことないよ。何冊か読んじょるうちに、だんだん、どんなんが読みたいんか、きっと分かってくるけえ」

「――俺は、説教くせえのは嫌いなんだ。だからここの本も、借りたことはねえ。あるのは漢字の辞書だけだな」

「辞書とかと全然違う、説教くさくないの、探すけえ。小説だって、色んなのがあるんよ。たとえば今ね、『太陽の季節』いうんが、すごい人気でねえ――」

「小説なんて、面倒くせえ」

「そがあなこと――」

「いらねえって言ってんだよっ!」

思わず声を荒げてしまってから、はっと顔を上げた。君子が、まるで頬でも打たれたような表情で、こちらを見ていた。

「――文字だけ読めたって、何が書いてあるか分からなけりゃあ、しょうがねえんだから」

「――何がって？」

「その――言葉の意味とかが分からなけりゃあ、しょうがねえんだよ」

それが次郎の本音だった。確かに、漢字はずい分読み書きが出来るようになった。自分が思うことくらい、君子に出す手紙くらいは、漢字を交えて書くことに、ほぼ不自由はしない。だが、それでは手本にしていた新聞の、記事の内容まで理解できているかというと、そうではない。辞書を引いても出ていない言葉がたくさんあった。要するに世の中の動きの、ほんの上っ面の部分しか自分には理解できていないらしいことは、次郎も漠然《ばくぜん》と承知しているつもりだった。

「高校に行ってるお前には、かえって不思議なくらいかも知れねえけどな」

つい、自嘲的《じちょうてき》に呟いたとき、「時間だ」という声が背後からかけられた。

「お兄ちゃん、じゃったら勉強すりゃあええよ」

腰を浮かそうとする次郎に、今度は君子が言った。

「うち、教科書を届けるけえ。最初から、やりなおそう。何もかも」

背中で聞く君子の声は、やはり母に似ていた。そして、九月に入った頃、君子から差し入れがあった。それは、「広辞苑」という、えらく大きくて重たい辞書と、小学六年生の教科書、それに帳面と筆記用具だった。

「――『広辞苑』は、とても高価な辞書ですが、去年売り出されてから、みんなが無理をしてでも買おうとしている、スバラシイ辞書です。引き方は、普通の辞書と変わりません。どんなことばでも、調べてみてください。もしも、『広辞苑』にも出ていない言葉があったら、書き留めておいてください。あとで君子が、きっと調べてきますから。

教科書は『育実園』の、今年から中学生になった子どもにもらいました。ところどころ落書きがしてあるかも知れませんが、カンベンしてください。もし、六年生の内容も少しムツカシイようだったら、もっと小さい子の教科書から始めましょう。大丈夫ョ、『育実園』には、一年生から六年生まで揃っていますから。きっときっと、お兄ちゃんならやり直せます。これが、君子から、お兄ちゃんへの最初の恩返しです」


君子の手紙には、少しばかりのカタカナが混ざっていて、あの、目をくりくりとさせていた妹の、気持ちが弾んでいるらしい様子が感じられた。

余計なことをしやがって、と思いながら、次郎は、これまでに見たこともない巨大な本を、ぱらぱらとめくってみた。「広辞苑」というのが、どういう意味なのか分からない。だが、とにかく、どのページを開いても、文字がぎっしりと詰まっている。それらを何気なく眺めているだけでも、意外に退屈しないものだった。

――最初から、やりなおそう。何もかも。

君子は、そう言っていた。

何もかも、やりなおす。

本当に、そんなことが出来るものだろうか。人を一人殺して、十年間も刑務所に入れられることになった自分が、果たして何を、どうやりなおせるというのだろうか。

それ以上に考えようとすると、やはり脳みそがぎしぎしといいそうになる。だが、決められた数量のぎりぎりまで、金と労力を使って、こんなに重たい辞書や教科書を送ってきた君子のことを考えると、ただ放っておくこともできない気分になった。

次郎の中で時間の流れ方が変わった。

以前は、朝起きて、ただ作業をしていれば晩になった。懲罰房に入れられているときなどは、昼夜の区別もつかない状態のまま、時間だけが過ぎていった。だが、そこに勉強が加わったことで、一日が、まるで違うものになった。

袋貼りの作業は夕方で終わる。その後は、アルミの容器に入れられた粗末な夕食が配られ、ものの数分で食事を済ませてしまえば、そこから就寝までの間は、基本的には自由が許されている。その時間を使って、次郎は毎日、君子から送られた教科書を開くようになったのだ。

「小学校も満足に行けんかったいうんは、思えば、お前にも可哀想なとこがあったわなあ」

看守が、何度か房をのぞき込んでは、話しかけてくることもあった。だが、それらの話しかけに応じる時間さえも、次郎には惜しかった。それでも、きちんと正座をして「はい」「はい」と応じているのは、ここでまた反抗的な態度をとって、懲罰の対象になると、その間、勉強が出来なくなると思うからだった。

「どうせまた、続きゃあせんのじゃろう。少しすりゃあ、また暴れ出すに決まっとる。お前というヤツは、そういうヤツじゃ」

中には、いかにも皮肉っぽい言い方をして、次郎を刺激しようとする看守もいた。その頃になってようやく気づいたことがある。別段、次郎にそのつもりがないときでも、相手が挑発してきた結果、受けて立った次郎だけが損をすることになっていたことが、いかに多かったかということだ。そういう相手は、何も受刑者同士だけではなかった。看守の中にだって、わざと次郎を怒らせたり、言葉尻をとらえたりして、何かというと懲罰の対象にする者は少なくない。

「まあ、半人前の頭で考えとるんやから、ろくなことも考えられんのは、当然ていやあ当然、無理もないかも知れんがな」

そんな言い方をされれば、瞬間的に腹が立つ。畜生、言いたいことを言いやがってと思う。それこそが、相手の思う壺なのだ。

次郎は口答えをしないことにした。君子は、これが次郎への恩返しだと手紙に書いてきた。送られてきた「広辞苑」で、次郎が真っ先にひいたのは「恩返し」という言葉だった。今、これまでのように短気を起こさずに、君子の期待に少しでも応えようとすることが、今度は次郎から君子への「恩返し」のつもりだった。秋が深まり、やがて、吐く息が白く見える季節になった。

昭和三十二年。

正月が明けて早々、人気歌手の美空ひばりが、東京で公演中に塩酸をかけられて火傷《やけど》を負った。一月の末には、南極観測隊が南極大陸の東オングル島に公式上陸し、日章旗を立てるとともに観測基地を「昭和基地」と命名した。五月にはイギリスがクリスマス島で第一回水爆実験を行った。七月、広島に市民球場が完成した。

それらの新聞記事を、南部次郎は時には地図を広げ、時には不鮮明な新聞の写真を食い入るように見つめながら、熱心に読んだ。外の世界では、石原裕次郎という俳優が、大変な人気らしいということも分かった。

この年の夏にはまず東京都内のデパートで、それまでの匁《もんめ》、寸《すん》、合《ごう》などの単位が使われないことになり、メートル法に切り替わったという記事も読んだ。これから徐々に、全国で切り替わっていくらしい。ちょうど、中学の数学を勉強し始めていた次郎にとって、その記事は実に新鮮で面白いものだった。単位の切り替えが、日本全国で色々な混乱を引き起こす心配があるらしい。新しい単位が分からなくて困っている人が続出しているという記事もあった。だが、刑務所の中での生活には、どんな単位もじかに関係してくるわけではない。混乱しようにも、する材料がなかった。

それにしても、同じ重さ、長さ、分量でも、異なる表記の仕方があるというのは、何とも面白い考え方だと思った。事件を起こす前、次郎が毎日うろついていた呉のヤミ市などで、常に人々がやりとりをしていた単位も、数年後にはすべて切り替わることだろう。たとえば、一合の酒や醬油《しょうゆ》といわれれば容易に思い浮かべられたものが、今度からは、百八十立方センチメートルと表記される。

立方センチメートル。

そんな単位を、ヤミ市で働いているような連中が、そう簡単に理解できるものかと考えると、愉快になった。あそこにいた連中だって多かれ少なかれ、大した学があるはずもなかった。そんな奴らに、立方センチメートルの何が分かるものかと思う。だが、今の次郎には分かるのだ。立方センチメートルが、容積を示す単位であることを、理科の教科書で学んでいた。

——面白えな。

ただ、適当に思い浮かべた寸をセンチに、匁をグラムに置き換える計算をするだけで、次郎は楽しめるようになっていた。

「お兄ちゃんは理数系なんよね」

その年の暮れ、やはり冬休みに入ってすぐに面会にやってきた君子は、次郎がもう少し理科や数学関係の本が読みたいと言うと、嬉しそうな顔でうなずいた。

「うちも同じ。女にしては珍しいいうて言われるんじゃけど、数学や化学が好きなんじゃ」

暖房の入っていない面会室では、互いの吐く息も白く見える。紺色のオーバーを着て、襟元《えりもと》に薄いピンク色のマフラーを巻いている君子は、「やっぱり兄妹じゃねえ」と笑った。だが、寒さのせいばかりとも思えないくらいに、その笑顔がどこかぎこちない。久しぶりに会う妹だからこそ、その表情が気にかかった。

「何か、あったのか」

もしや、自分に古い教科書を送ったり、学用品を揃えたりすることで、何かの迷惑がかかっているのではないかと思った。それは、以前から気にかかっていたことだ。何しろ、この一年あまりは順調に、袋貼りの作業にも励んでいるとはいえ、それまでの大半は懲罰房を出たり入ったりしていた。つまり次郎には、賞与金といわれる収入も、まだほとんど蓄えられていないのだ。日常生活に最低限必要な石鹸やひげそりなどは、どうしても買わなければならなかったし、それ以外となると帳面一冊、鉛筆一本を買おうにも、自由になる金はほとんどなかった。

案の定、君子の表情がすっと変わった。何か言い澱《よど》むように、唇を嚙んで横を向く。いかにも悲しげな、憂鬱《ゆううつ》そうな顔だった。

「聞いたって、俺に出来ることがあるわけでもないけどな。でも、何かあったんだったら、遠慮しないで言えよ。時間もないことだし。言うんなら、迷ってないで、早く」

次郎が促すと、君子は小さく頷き、ふう、と一つ深呼吸をしてこちらを見た。

「うちね――今度の春で、高校三年になるじゃろう」

「そうだな」

「そろそろ、その後のことを考えんといけんようになっちょるの」

「――もう、そんなことまで考えるのか」

「そりゃあ、そうじゃわ」

「お前は、どうしたいと思ってるんだ」

君子はまたため息をついた。その憂鬱そうな顔を見つめながら、次郎は、妹がますます自分から遠ざかろうとしているのを感じていた。

うちねえ、と、少しの間、考える顔をした後で、君子は口を開いた。

「出来りゃあ、大学に行きたい」

「――大学って」

「大学に行って、もっと勉強がしたいんよ」

次郎は目を丸くした。今、外の世界がどうなっているのかは分からない。女が簡単に大学に行くことの出来る、そういう時代になっているのだろうか。それにしても大学とは。また大変な夢を持ったものだ。あの君子が、ついに学士様を目指すということではないか。

「そんなふうに言うってことは、学校の成績がいいんだな」

妹のことながら、つい感心して言うと、君子は恥ずかしそうに肩をすくめた。

「こう見えても、トップなんよ。特に、理数系は学年でも五番以下になったことな、ないくらい」

「本当か。すげえな」

君子は、えへへ、と小さく笑って、それから淋しげに口をつぐんだ。

「金か。それだったら、姉ちゃんが送ってくれる金で、何とかならねえか」

「――そんなことも、ないと思うんじゃけど」

「連絡が、とれねえか。畜生、こういうときに困るんだよな。いくら金だけは送ってくれてたって、居場所が分からなきゃあ――」

「お金の心配は」

次郎の言葉を遮《さえぎ》るように、君子が口を開いた。そして、落ち着きなく瞳を揺らしながら「お金の心配は」と繰り返す。

「――いらんの」

「何で」

「ほんまに。お金のことは、大丈夫なん」

言ったまま、君子はうつむいた。次郎の目からは、君子の額から鼻にかけての線、それに、きっちりと分け目のついた頭と、その両脇に垂れ下がるお下げ髪しか見えなくなった。その様子を眺めるうち、次郎の中で昭子の姿が蘇った。病気で倒れた母と、次郎たちを食べさせるために、自分が働きに出る、呉から離れると言ったときの昭子の姿だ。

――きっといつか、また皆で暮らせるときがくるから。それまでの我慢だから。

君子が離れようとしている。いよいよ自分から遠く離れる。今度こそ、次郎は直感した。

4

その日はいつになく打ち解けた様子に見えた兄の顔が、ぱっと強張った。

「ほんまに。お金のことは、大丈夫なん」

そこまで言ったきり、君子は顔が上げられなくなった。いつもは短く感じる面会時間なのに、このときばかりは、「早く終わらないだろうか」と思ったくらいだ。これ以上、兄と向かい合っているのがつらかった。

「——何か、他に心配なことがあるのか」

「そういうわけでも、ないんじゃが」

「だったら、君子がやりたいようにすれば、いいじゃねえか」

「——それは、そうなんじゃけど」

本当は、言わなければならないことがある。今日、君子はそれなりに覚悟をして、兄に会いに来たつもりだった。

実は、君子が本当に大学進学を望むのであれば、後押しをしても良いという人が現れた。たまたま、君子の通う高校の大先輩にあたるというその人は、呉市内で戦前から続いている大きな病院の経営者で、数年前から、いわゆる育英会事業のようなものを始めたのだという。

「つまり、一定以上の成績をおさめていて、さらに、もっと勉強を続けたいという意志がありながら、経済的な事情などで進学が難しい学生に、学費や通学費などの援助を行うというものです。ことに、ご本人が病院の院長先生、科学者なわけですから、理数系を目指す学生を、主に援助したいというお考えがあるようでね」

この冬休みに入る直前、君子は担任の先生に呼ばれて、そう説明された。世の中に、そんな親切な人がいるものかと、君子は飛び上がらんばかりに喜んだ。ただし、その人数は一年に二人と限られている上に、現在まで、女子学生はまだ一人も奨学金を受けた実績はないという。

「でも、南部さんにそのつもりがあるのなら、推薦《すいせん》することは出来るのよ。男子に限ると決められてるわけじゃない。これまでに女子の希望者がいなかっただけかも知れないの」

担任は、そこまで言ったところで「でもね」と、黒い縁の眼鏡に手を添え、小さく眉を動かした。

「奨学生の選出にあたっては、簡単な試験の他に、書類の選考があるの。つまり、素行に問題はないか、身元はしっかりしているか、そういうことを調べます」

せっかく舞い上がった気持ちが、ぺしゃりとつぶれた瞬間だった。

君子の担任は、四十代の前半くらいに見える女の先生だった。いつも表情が硬くて厳しい印象を受けるが、実際は生徒のことを良く考えている優しい人だと、先輩たちからも聞かされてきた。その先生が、すっと視線をそらした。

「つまり、親がいない場合は、いなくなった理由も書かなければならないし、たとえば兄姉がいながら、連絡がとれない場合なら――」

「そのことも、聞かれるんですね」

言い澱んだ先生の言葉の続きを、早口に言ってしまって、君子は唇を噛んだ。そんなことだろうと思ったのだ。いや、どうせそういう結論になるのなら、どうしてわざわざ奨学金の話など聞かせるのかと、先生を恨みたい気持ちにさえなった。ほんの一瞬だけ希望を抱かせておいて、その上で地面に叩きつけるような真似をするなんて、あんまりではないか。良い先生という評判など、まるであてにはならないではないかとも思った。

「でも、方法がないわけではないのよ」

ところが、先生は思い直したようにこちらを向いた。

「南部さんが色々と苦労していることは、先生も聞いています。あなたは、努力すれば伸びる人だと思うから、先生も出来るだけのことはしてあげたいと思うの。それで、考えたんだけれど」

そして、先生は改めて君子の瞳をのぞき込みながら、この際、南部姓を捨てて、養女へ行くつもりはないかと言った。

「養女、ですか」

君子は目を丸くした。急に何を言い出すのかと思ったが、先生は、真剣そのものの表情で、はっきりと頷いた。

「あなたのことを思って言うの。これから先の、南部さんの人生を考えた場合にもね、それがいちばんなんじゃないかと思うのよ」

「でも、どこに――」

「それは、先生に思い当たるところがないわけでもないの。とにかく今の状況では――その、お兄さんのことだけれどね、今後、あなたにとって不利に働くことこそあっても、有利に働くことは、まずないと思うのよ。これから先、就職するときも、結婚するときも、どんな場合でも、少し調べれば必ず分かってしまうでしょう」

そこまでは、君子も考えたことがなかった。

兄が刑務所に入っている。かつて人を殺したことがある——そのことは、これからの君子の人生にも、ずっとついて回るだろうと聞かされて、君子の気持ちは大きく揺らいだ。人殺しの妹。罪人の身内。これから先も何かある度に、君子は周囲から、そういう目を向けられるということか。

兄のことは大好きだ。今だって、心の底からそう思っている。だが一方で「何ということをしてくれたのだ」という思いが、それまでだって、まったくなかったとは言い切れない。それが、先生の言葉を聞くうちに、改めて大きく膨《ふく》らんだ。これから先の人生すべてに、兄の存在、その前科が覆《おお》い被《かぶ》さってくる、何をするにも手かせ足かせになるという。目の前が真っ暗になった。

「だから、この際、決心するのも一つの方法じゃないかと思うのよ。今から養い親になってくれる人を探して、少しずつ準備を始めて手続きをすれば、来年の、奨学生を決める審査の頃までには、きっと間に合う。第一、場合によっては、奨学金なんか受けなくても、新しく親になってくれる家から、援助が受けられるかも知れない。どう？　考えてみるつもりは、ない？」

先生は、いつになく熱心な口調で、懸命に話してくれた。君子の方も、思わず引き込まれるように、先生の話を聞いた。

「いいこと？　これは、一生を左右しかねない問題です。慎重に、よく考えないとね。そして、もしも南部さんが決心するのであれば、先生も本気になって動いてみるつもり」

本当は、その場ですぐに「お願いします」と頭を下げてしまいそうだった。ただ、先生が繰り返し

「慎重に」と言ったし、実際に、あまりにも大切な情報を、しかも大量に与えられた気がして、君子自身、頭が混乱して判断力が鈍っていても不思議ではないと思った。

その日から、君子の頭はそのことで一杯になった。何をしていても、気がつけば養父母に迎えられて、今とは異なる姓を名乗ることになった自分の姿を想像している。まるで少女小説の主人公さながらに、突然お姫様のような生活が始まるのではないかなどと考えて、次から次へと空想を膨らませ、はっと現実に返ってから、密かに赤面することさえあるほどだった。

大学に行きたい。

そのためには、南部姓を捨てなければならない。

——でも、お兄ちゃんのことも、捨てることになる。

それを考えると、つらかった。

「俺には、何もしてやれないから」

兄の言葉が低く、小さく聞こえた。君子は、やるせない気持ちで顔を上げた。金網の向こうで、今度は兄が視線を落としている。いかにも悲しげな、弱々しい表情で、兄は「こんなところにいたんじゃあ」と呟いた。

「——何ひとつ、してやれることなんか、ないもんな」

「——お兄ちゃん」

「たとえ今すぐ出られたとしたって、役に立つことなんか、ありゃしねえ。第一、大学まで行きてえなんて考えてる妹の頭に、とてもじゃねえけど、ついていかれやしねえし」

そんなことない、と言いたかった。けれど、言葉にならない。君子の中には悲しみと怒りの両方が渦を巻いていた。ふいに、悪態の一つもついてやりたい衝動に駆られた。

お兄ちゃんなんか、外の世界で何が起きてるかも知らないで、私の苦労も知らないで、結局は、この狭い世界で呑気《のんき》に暮らしてるだけなんじゃないの。お兄ちゃんがあんなことをしてくれたお蔭で、私は一生、人殺しの妹って言われ続けて生きていかなきゃならない、その気持ちが分かるの。お兄ちゃんさえいなければ、たとえ貧乏していたって、救ってくれる人はいるっていうのに。どうせなら、殺されたのが、お兄ちゃんだった方が、まだよかったのかも知れないのに――。

そこまで思い浮かべて、ますます惨めで悲しくなった。何とひどい言葉を考えてしまうのだろうかと、自分で自分が情けなくなった。

「とにかく――お前は頭がいいんだから」

再び兄が口を開いたとき、看守が時間切れを告げた。君子はやるせない気持ちで、金網越しに兄を見ていた。

「とにかく、お前が全部、自分で考えて、決めた通りにすりゃあ、いいよ」

「そんな――」

「俺は、どんなことにも反対しねえから」

椅子から立ち上がるとき、兄は薄く微笑んでいた。君子は挨拶の言葉も思いつかないまま、自分に背を向ける兄を見つめていた。

――この兄を、捨てようとしている。

この、牢屋の中に閉じこめられ、一人で読み書きから学び、やっと中学の教科書を読みこなそうとしている兄を。そう思うと、やはり胸が痛かった。

姉から電話がかかってきたのは、暮れも本当に押し詰まった頃だ。正月に向けて、『育実園』では子どもたちも総出で大掃除をしていた。手がちぎれるかと思うほど冷たい水を使って、雑巾《ぞうきん》がけをしている最中に電話を受け、「近くに来ている」と聞かされて、君子は我が耳を疑った。

「だけど、三時過ぎの汽車で帰らなきゃならないの。それまでは大丈夫なのよ。ねえ、出てこられない？　一緒に美味《おい》しいものでも食べよう、ね」

君子は大あわてで一張羅の古ぼけたコートを羽織り、『育実園』を飛び出した。呉は、冬でも比較的温暖な気候で、厳しい寒さに見舞われるということはなかったけれど、それでもさすがに新年を目前に控えて、風は身を切るように冷たかった。

息を切らして呉の駅前に着くと、髪をアップにして、どこかあか抜けた雰囲気の女性が、まず目についた。小ぶりのボストンバッグを提げ、黒いハイヒールを履《は》いて、彼女はきょろきょろと辺りを見回している。その眉は、きりっとした山を描いており、目元も濃く縁取られていた。口紅は、毒々しいほどの赤い色だ。この街でもよく見かけるから知っている。それは明らかに、夜の商売をしている女のものだった。ところが、その女は、君子を見つけるなり「あら」という顔になった。

「あんた――君ちゃんじゃない？」

その声は確かに、つい今し方、電話で聞いた姉の声だった。

「――昭子姉、ちゃん？」

「君ちゃん！　まあ、どうしよう。こんなに大きくなって！」

姉の真っ赤な唇が、大きく動いた。君子は戸惑いながら、その女性に両手を握られ、激しく揺すぶられた。

「あの君ちゃんが、あんなに小さかったのに！　へえ！　これが、君ちゃん！」

姉は、しきりに同じ言葉を繰り返していたが、やがて、そのくっきりと描かれた眉を寄せて、声を詰まらせた。

「こんなに――ねえ」

君子も胸が熱くなった。けれど、涙が出てこない。今、目の前にいて君子の手を握っている人と、記憶の中の、おっとりとして優しげに笑っていた姉とが、どうしても一つに重ならない。あまりにもかけ離れてしまった印象だった。

――この人が、お姉ちゃん。ずっと会いたかった、私の。

すぐに嬉しがれない自分が、情けなかった。

街には年の瀬特有のにぎわいが溢れていた。それらの人混みにもまれて歩く間、姉は、ずっと君子の手を握っていた。気恥ずかしさがこみ上げる。もう幼い子どもではないのだからと、振りほどきたいのをこらえながら、君子は、これが姉の手の感触か、と思っていた。もしかすると君子よりも小さいのではないかと思う手は、ひんやりと冷たく、君子の手肌に比べて、よほど柔らかでなめらかだった。君子の方は『育実園』にいて、炊事も掃除も洗濯も、当たり前にさせられている。ことに寒い季節になれば、荒れてあかぎれになるのは普通だった。

――水仕事なんか、何もしてないんだ。

ぼんやりと、そう思った。姉の雰囲気からしても、それは容易に想像がつくことだ。とても堅気の生活を送っているとは思えない。

「たくさん食べちゃおうね。君ちゃんの好きなもの、何でも注文していいんだからね」

やがて、商店街の中程にある洋食屋に入ると、姉はいかにもはしゃいだ様子で、満面に笑みを浮かべて言った。前だけはいつも通っているが、中には一度も入ったことのない店だった。君子は、何とも落ち着かない気分で、ただ言われるままにうなずいていた。

「どうする？　君ちゃん、あんた、何が好き？」

「あの——何でも」

「何よ、遠慮しないでいいのよ」

「いえ、あの——あんまり、よく、分からないんで」

姉は「あら」と言って、くすくすと笑いながらこちらを眺め、いかにも慣れた様子で注文をしていく。以前の姉が、どんな話し方をしていたか、はっきりとは覚えていない。だが「ちょっと、お兄さん」などと店員を呼び、すらすらと早口でメニューを読み上げる姉の言葉は、まるでラジオで耳にするような綺麗《きれい》な標準語だった。店の人さえ、緊張した顔をするくらいにあか抜けて聞こえた。

「あの——いつ、こっちにきたんね」

「私？　昨日よ」

「ほいで、もう今日、行くんね」

「仕方がないのよ。お正月も仕事だからさ」

「帰ってくるんなら、知らせてくれりゃあ、えかったのに。ずい分、急じゃったんじゃね」

いかにも慣れた表情と仕草で煙草を吸い始めた姉に向かって、どういう口調で、何を話しかけたら良いものかも、君子には分からなかった。緊張もし、混乱もしつつ、やっとの思いで言うと、姉は

「そうだわよね」とうなずいた。

「だけどさあ、どうしても君ちゃんのことが心配だったもんだからね」

「じゃから、それじゃったら――」

「君ちゃん」

真っ赤な唇をすぼめて、ふう、と煙草の煙を吐き出してから、姉は一瞬、じっと君子を見つめて、それからうつむきがちに、唇を歪めた。

「私を見れば、分かるでしょう？　そんなに胸を張って堂々と、あんたと顔を合わせられるような仕事をしてるわけじゃないっていうこと」

返答に詰まった。君子は、思わず姉から目をそらしてしまった。心臓がどきどきする。

「――だって、それは――もとはといやあ、うちらのためじゃったんじゃし」

「だとしても、よ。他にどうしようもなかったとはいえ。大手を振ってさ、大威張り出来るようなことをして、あんたたちに仕送りしてきたわけじゃない。それはさ、やっぱり、私が力不足だったからなのよ。駄目だったんだ」

「――なんで」

「たしかにね、私としては精一杯だった。本当に。必死だった。でも結局は、次郎をあそこまで追いつめたわけだし――ねえ、君ちゃん」

煙草を灰皿に押しつけてから、姉は改めてこちらを見た。

「次郎が、どうしてあんなことになったか、あんた、本当のことを知ってる？」

「ほんまのことって」

「私、さっき、伯母さんの家に寄ってきたの」

「伯母さんの？」

姉は大きくうなずいて、実は、君子の居所が分かってから、何度か伯母に電話を入れていたのだと言った。

「なんで、あんな人に」

君子は、思わず自分の表情が険しくなったのを感じた。不愉快な話だと思った。

君子自身は『育実園』に来て以来、同じ市内に住んでいるとはいえ、ただの一度も伯母の家を訪ねてはいなかった。これからも一生涯、訪ねるものかと思っている。いくら直接に血はつながっていないとはいえ、親戚ではないか。それなのに、あの不衛生で真っ暗な掘っ建て小屋だけは提供してくれたものの、その他にはついに一度として、救いの手を差しのべてくれたことのなかった伯母を、決して許さない。兄が事件を起こした後だって、独りぼっちになった君子に、優しい言葉一つかけてくれなかったのが、あの伯母だった。

「お姉ちゃん、なんで、まだ、あんな人とつきあいよるん」

つい喧嘩腰になって姉をにらむと、姉は慌てたように小さく手を振って、そうではない、つきあってなど、いるはずがないと言った。

「そうじゃなくてさ、逆よ、逆。実は、あんたの居所が分からなかった間も、私が仕送りし続けてたお金をね、結局、伯母さんが猫ばばしてたわけ。それを、たとえ千円でも百円でも、返して欲しいから、そのことで何回も連絡してたの」

「なんじゃ――そがあなこと」

思わずほっと息を吐き出している間に、姉がくすりと笑う。目尻に一瞬、細かい皺《しわ》が寄った。

「やっぱり、兄妹だわねえ。君ちゃんも、ちょっと短気なところがある」

だが、君子が照れ笑いを浮かべている間に、姉の方は、すぐに真顔に戻ってしまった。

「それで、今度こそ、ちゃんとケリをつけてもらいたくて電話をしたら、伯母さんが、お金も返すし、実はどうしても話したいことがあるって。それも、じかに会って話したいって言われてね」

テーブルに両肘をつき、身を乗り出すようにして話をしていた姉は、そこで、肩をすくめてため息をついた。目が、遠くを見ていた。

「行ってみて、驚いた。伯母さん、少し前から具合が悪いんだって、寝込んでた。すっかり痩《や》せて、小さくなっちゃってね——だから気が弱くなったのかも知れないけど、私たちに悪いことしたって、ひどく泣いてねえ」

「うちらが住んどった、あの小屋は?」

「君ちゃんが施設に引き取られてからすぐに、壊したって。近所の噂にもなってたし——見世物みたいで、たまらなかったって」

話しているうちに、注文した料理が次々と運ばれてきた。それらは、ほとんどが君子には初めて目にするものばかりだった。どこからどう手をつければ良いのかも分からない。姉は、君子には遠慮しないで食べるようにとすすめながら、自分はビールを飲んでいた。粗末なセーターに、誰かのお古のスカートという格好の君子の横で、淡いグリーンのツイードらしいスーツを着た姉が、手酌《てじゃく》でビールを飲むのを、洋食屋の店員たちは、いかにも物珍しそうに、店の奥から眺めていた。

「こんなものでも飲まないとさ、普通に話せるような気がしない」

姉は、どこか疲れた顔で呟いた。そして泡の立つ液体を勢いをつけて飲み干す。ふと、姉はいくつになったのだろうかと思った。たしか、君子とは十三歳違いのはずだから、そろそろ三十歳にはなるのだろうと思う。

——三十歳。

姉が呉から出ていったのは、二十歳になる前だったはずだ。つまり、十年の歳月が流れたことになる。子どもだった君子が高校生になるだけの年月だ。姉が、見知らぬ人のようになってしまっても、それは無理もないことなのかも知れなかった。

「お母さんが亡くなったとき——大変だったんでしょうね」

ビールを飲み、ふう、とひとつ、息をついた後で、姉は再び口を開いた。君子は病院の廊下で、兄にしがみついて泣いたときのことを思い出した。どうして二人きりなのだ、どうして誰も来てくれないのだと、ひんやりとした薄暗い廊下で、あの日、君子は声を上げて泣いた。

「——お姉ちゃんに、何とかして連絡取りたかったんじゃけど」

「ごめんねえ、ちっとも知らなくて——でも、もしも連絡をもらえてたとしても、あの頃だと私、とてもじゃないけど、お母さんになんて、会いに来られなかった」

姉は、やはり遠い目をしていた。その濃い化粧の下に、どんな疲れた顔を隠しているのだろうかと、君子は思った。

「私は私なりに、毎日、必死だったからさ——でも、いちばんつらかったのは、次郎だわ」

姉は、ビールのコップを空けてしまうと、「ちょっと」と店員に合図を送り、二本目のビールを持ってこさせた。

「君ちゃん」

「――うん」

「あんた、次郎に感謝しなきゃねえ」

おずおずと料理に手を伸ばしていた君子は、持ち慣れないフォークを宙に浮かせたまま姉の顔を見た。いつの間にか、姉は涙ぐんでいた。

「あんたを守るために、次郎は、ああいうことになったんだからね」

鼻をすすりながら、姉は言った。

「そうじゃなきゃあ、君ちゃん、今ごろあんた、私より、ひどいことになってたのよ」

君子は、わけが分からないまま、姉を凝視《ぎょうし》していた。一すじ、二すじ、と涙を流し、姉は何度も鼻をすすりながら、兄が人を殺したのは、君子を守るためだったのだと言った。

「――なんで？　どがいなこと」

君子は身を乗り出した。姉は眉根を寄せ、肩を震わせて、必死で嗚咽《おえつ》をこらえている様子だった。そしてようやく、何度も深呼吸をした後で口を開いた。

「伯母さん、言ってた。殺された男っていうのは、実は、あんたを売り飛ばそうとしたんだって。お母さんが亡くなったときに、わざと親切そうに近づいてきて、お葬式の費用を用立てるって言って、でも実際は、利息も返済期限もめちゃくちゃで、あっという間に、とても簡単に返せるような金額じゃなくなってたんだって。それで、貸したものを返せないんなら、代わりにあんたを差し出せって、次郎に詰め寄ったらしいのよ」

そのときのやりとりを、伯母は立ち聞きしていたのだという。君子が学校に行っている間に、その男は、何度かあの掘っ建て小屋にやってきては、兄に借金の返済を迫り、金が返せないのなら君子を渡せと言っていたのだそうだ。

「そんな――私を？」

言葉を失った。君子は、ただ呆然と姉を見つめていた。

「伯母さん、泣いて謝ってた。わずかなお金だったんだから、ないわけじゃなかったんだから、少しでも情けをかけて、自分のところで用立ててやってさえいれば、あんなことにはならなかったって」

「――今さら、そがいなこと」

「そうよ、今さらよ。私も同じこと言ってやった。そうすれば、その男だって、どんなに悪い奴だったか知らないけど、何も殺されたりしないで済んだんだし、次郎だって、やっと二十歳になったばっかりで、人生を台無しにすることもなかったじゃないのよ。ねえ」

そして姉は、こらえきれないというように、ハンカチを顔に押し当てて、ひとしきり泣いた。

「今さら謝ってもらったって、もう遅いって、私もさんざん言ってやった。何てひどい人なんだ、薄情者なんだって。どこが身内なんだ、親戚なんだって。自分が病気になって、子どもたちからも相手にされなくなって、初めて罰《ばち》が当たったって思ってるらしいけど。何もかも、取り返しがつかないじゃないかって」

泣きながら、姉は言葉を続ける。

「本当に、何ていう人生になったんだか。私も、次郎も、もちろん君ちゃんもねえ――どうして、こんなことになったんだろう――戦後は終わったとかっていって、どんどん立ち直っていく人たちだって、たくさんいるのに」

姉の涙は尽きる様子がなかった。

「本当についてない。こんな、ひどい人生になるなんて――」

姉はひたすら泣き続けていた。君子は言葉を失ったまま、ただぼんやりと、テーブルの上に並べられた料理を眺めていた。

――私のせいで。私のために。

知らなかった。兄は、ただ短気がたたって、結果としてああいうことになってしまったのだとばかり思っていた。それが、実は君子を守るためだったという。そうでなければ今ごろ君子は、大学進学を夢見るどころか、毎晩のように客を取らされる日々を送ることになっていた。

それなのに兄は、ただのひと言も、そんな事情を話さずに、ただ黙って刑に服している。その兄を、君子は今にも見捨てようとしていたのだ。それどころか、この姉のことも切り捨てようとしていたことになる。名を変えるために、自分の恥部だと決めつけて。

「――ごめんね。ごめんなさい」

他に言葉が見つからなかった。君子は、自分も思わず涙をこぼしてうなだれた。兄や姉の悲しみを思い、妹である自分への愛情の深さを思って、いたたまれない気分だった。

二人でひとしきり泣いて、ようやく気持ちがおさまる頃には、もう汽車の時間が迫ってきていた。ただでさえ食べきれないほどの料理をたくさん注文した上に、結局、ほとんど手をつけることも出来ないまま、君子たちは店を出た。午後の陽射しを受けて、歳末の街は相変わらずの賑わいだった。人混みの中を、君子は、今度はしっかりと姉の手を握って歩いた。

別れ際、姉は君子に「お年玉」と言いながら、茶封筒を差し出した。

「――こがあに？」

意外な厚みと重みまで感じて、君子は急に不安になった。

「伯母ちゃんから取り戻した分も、そっくり入ってるから」

「こがあにようけ――うち――」

「いいの、最初から君ちゃんたちに使ってもらうために、私が稼いだお金なんだから。ちょっと遠回りしたけど、それがやっと、届いたっていうことなんだからね」

封筒を持った君子の手を、姉は両手で包み込むようにしながら「だから君ちゃん」と言った。

「しっかり、ね」

ふわりと化粧品の匂いがした。姉の手は、やはり小さくて、どこか頼りない、はかなげな力を感じた。この小さな手に頼りきってきたのかと思うと、胸が苦しくなる。

「お姉ちゃん――」

さんざん泣いたせいで、頭が少しぼんやりしていた。もう別れなければならないという時になって、君子はようやく素直な気持ちで、姉を呼ぶことが出来るようになっていた。

「いつかまた、皆で一緒に暮らせるよね」

姉は、黙ってこちらを見つめていた。悲しげな、切なそうな、そして何より、この上もなく優しさに満ちた瞳だった。

「ねえ、お姉ちゃん、きっと。きっと、満男兄ちゃんも探そうよね。そいで、四人で仲良う、暮らせるよね」

「――そうだね。そうなると、いいね」

プラットホームの時計が三時を指そうという頃、列車が入ってきた。三時七分発の「急行安芸《あき》」は東京までの直通で、明日の午前九時過ぎには東京駅に着くという。これから姉は十八時間もかけて、君子には想像もつかないような大都会へと帰っていく。君子は突然、心細さと不安を感じて、今度は自分が姉の手を握った。やっと会えたというのに、もう別れなければならないことが、どうしようもなくつらかった。

「ほんまに行くん?」

姉もつらそうな顔をしている。乗車口に乗り込んで、泣き腫らした目に、新たな涙を浮かべながら、姉は「ごめんね」と呟いた。

「じゃったら、ねえ、お願いじゃけえ。お姉ちゃんの住所、教えて」

「――だから君ちゃん、それは――」

「お姉ちゃんは、お姉ちゃんなんじゃけえ。何しよっても、どがあなことしよっても、君子の、たった一人のお姉ちゃんなんじゃけえ!」

乗車口の手すりにつかまったまま、姉はまた、ハンカチで目頭を押さえる。

「お姉ちゃん、早う! うち、暗記するけえ、言うて!」

「君ちゃん――」

そして姉は、来年早々に引っ越しをする予定になっているので、落ち着いたら必ず連絡をすると約束してくれた。

「ほんまね? きっとね?」

「だから、君ちゃん。次郎のこと、頼んだわね。あんたが、元気づけてやってちょうだいね」

発車のベルが鳴り響く。

「お姉ちゃんっ！　きっとね！」

最後の君子の声は、汽笛の音にかき消された。ホームに取り残されて、君子は列車が見えなくなってもまだ「きっとね」とつぶやいていた。姉に手渡された封筒が、ことさらに重みを増したように感じられた。


短い冬休みが終わり、三学期が始まるとすぐに、君子は担任の先生に、養子縁組の話を断った。

「本気？　よく、考えたの？　前にも言いましたが、これは、あなたの一生を左右する、大切なことなんですよ」

「——考えました」

「南部さんは、大学に行きたいのではなかったんですか？　進学を望むのなら、それが唯一、最善の方法なんですよ」

「大学は——行きません」

先生は「まあ」というような表情になり、眼鏡の奥の目を、いかにも悲しげに瞬《しばたた》かせながら、しばらくの間、こちらを見ていた。そんな目で見て欲しくない、哀れんでなどもらいたくないと、君子は心の中で叫んでいた。

——私には、立派な兄がいる。優しい姉がいる。人から哀れみを受けるような、そんな惨めな生き方はしていない。

暮れに、君子は決心したのだ。君子のために、姉は身を売るような真似までして仕送りを続け、また兄は、大罪を犯して刑務所に入った。そんな姉や兄を見捨てることなど、出来るはずがなかった。たとえ戸籍上の問題だけとはいっても、自分一人が夢を叶えて、のうのうと大学生活を送ることなど、許されて良いこととは思えなかった。

「南部さんが、そう決心したのなら、先生から無理強いの出来ることではありませんけれどね」

先生は少し淋しげな顔でそう言うと、「でもね」と改めて君子の顔を見つめてきた。

「これだけは覚えておいて欲しいの。人生というものには、そう何度も好機がおとずれるということは、ないのよ。後悔しない人生を送りたいと思うなら、決して好機を逃さないこと。これだ、と思ったら、勇気を出して飛びつきなさい」

その言葉は心にしみた。もしかすると今、自分は一生に一度きりの人生の好機を逃したのかも知れないと思うと、不安と絶望感とで胸がつぶれるような気持ちになった。それでも、先生に頭を下げながら、君子は「これでいいんだ」と自分に言い聞かせていた。大学生になどならなくても良い、兄妹で生きていくことを一番に考えるのだ。

5

ところが、あんなに約束をしたのに、姉からの手紙は、いくら待っても届かなかった。昭和三十三年四月一日。売春防止法という法律が完全に施行されて、売春をしたりさせたりしたものは罰せられることになったと新聞やラジオ、テレビが報じた。姉からの仕送りが止んだ。

それで、と、南部次郎は金網の向こうの妹を見つめた。

「結局、まだ連絡はないままか」

君子は小さくうなずいて、いかにも落胆した表情で深々とため息をつく。窓の外から、蝉《せみ》の声が聞こえていた。じっとしていても全身が汗ばんでくるような、蒸し暑い日だった。

「もう半年以上にもなるんじゃけどね。どうしたんじゃろう。もしかして病気か何かじゃったらどうしよう思うて、そっちもうち、心配なんじゃ」

「仕送りは」

今度は、君子は首を横に振った。それから、はっとしたような表情になって、急いでにっこり笑って見せる。

「じゃが、そっちの心配はいらんのんじゃ。暮れに会うたときに、お姉ちゃん、ほんまにえっと渡しとってくれたけえ。そのお金で、卒業までの授業料も、先に払ったけえね。あとは大事に、少しずつ使っとるんじゃ」

無理に浮かべた笑みだと分かっていながら、その表情は、次郎には眩しいくらいに輝いて見えた。実際、会うたびに、君子は娘らしく、美しくなっていく。

「それにしたって約束したんなら、ちゃんと連絡を寄越さないのは変だ。姉ちゃん、どこで何をしてるって言ってた」

「東京におるって。じゃが仕事の話は、詳しゅうは聞かんかったんよ。とにかく忙しいみたいじゃった。あんね、お姉ちゃん、すごくあか抜けて見えた。きれいな服着とってね、東京の言葉で、素敵じゃったんよ」

君子の話を聞きながら、次郎は複雑な気持ちになった。あの時、家族のために家を出た姉が、二十歳になるかならないかで、あれだけの金額を毎月仕送りするためには、身を売ることより他に考えられなかったろうと思う。考えてみれば、あれから既に十年以上の月日が流れている。その間に、姉の境遇がどう変化したのか、次郎には皆目、見当がつかなかった。それだけに、何も知らない様子の君子に衝撃を与えるようなことは、言いたくはなかった。

「元気ならいいけどな――だけど、君子。大学に行くとなったら、やっぱり相当な金が必要なんじゃないのか」

監獄暮らしの自分には、何の力になってやることも出来ない。その不甲斐なさに、思わずきつく握り拳を作った次郎の耳に、「それは、大丈夫なんよ」という妹の声が届いた。

「うち、大学に行くの、やめたけえ」

けろりとした表情で言う妹を、次郎は思わず凝視した。去年の冬、この同じ場所で君子が見せた表情を、はっきりと覚えている。何かを決心した顔だった。妹が自分と決別しようとしていることを、あのとき次郎は直感したのだ。

「やめたって、どうして」

「女が大学なんて、行くもんじゃないいうて、周りじゅうから反対されてしもうた。冗談じゃないいうて。生意気になるだけで、お嫁にもいかれんようになるんだぞって」

君子は小さく肩をすくめて、「売れ残っちゃったら、困るけえ」と笑う。

「おまえ、本当にそれでいいのか」

君子はやはりあっさりと、大きくうなずいた。

「じゃが考えてもみて。本当じゃったら、うちみたいな境遇の子は、中学を出たところで、とっくに働かにゃあ、いけんかったんじゃもん。それを、お姉ちゃんが、うちを捜し出してくれて、お金を送ってくれて、高校まで行かしてくれた。はあ、それだけで十分」

「だけど、お前、勉強が好きなんだろう？　だから、もっと続けたいんだろう」

するとと今度は、君子は「うーん」と大きく首を傾《かし》げて、ついでに身体まで傾けて見せる。楽しげにさえ見える表情で、くりくりとした瞳で薄汚れた面会室を一通り見回して、妹は「どうじゃろう」と言った後、くすりと笑った。

「去年までは、そう思うとったんじゃけど、三年になったら、分からんようになってしもうた。だって、急に勉強が難しゅうなってきたんじゃ。はあ、試験の前なんて頭が痛うなるくらい」

　これから大学に進んで、さらにもっと頭が痛くなるような勉強をする気には、とてもなれなくなった、と君子は言った。

「それよりも、うち、早《はよ》う『育実園』を出て、ちゃんと一人で生活出来るようになりたいんじゃ」

　とにかく現在の施設を出て、きちんと給料をもらえる仕事につき、誰の世話にもならずに生きられるようになりたい、そして、いつ次郎が出てきても迎えられるように、万全の準備をするのだと、君子はさらに瞳を輝かせた。

「お姉ちゃんとも、きっと連絡が取れるようになってみせるけえ。満男兄ちゃんのことだって、見つけるけえ。いつかきっと、兄妹揃うて暮らせるように、うち、頑張るけえね」

　あの小さかった妹が、こんな頼もしいことを言うようになったのかと思うと、次郎は嬉しくなる一方で、やはり時の流れを感じないわけにいかなかった。それなのにこちらの時計は相変わらず止まったままだ。

——あと五年。

それが、次郎に残された刑期だった。五年後、次郎は三十歳になり、君子だって二十二歳になっている計算だ。今はまだ、こんなけなげなことを言って、兄貴を喜ばせてくれる妹だが、はたして次郎が出所する頃まで、このままの気持ちで待っていてくれるものだろうかと思う。とっくに一人前の女になっている年齢だ、もしかすると縁談の一つも持ち上がっているかも知れない。そんな妹を頼り、世話にまでなって、良いものか。

君子が面会に来た後は、いつもそうだった。心の中が嵐のようになって、脳みそがぎしぎしと音を立てるのだ。言葉にならない、あらゆる思いが渦を巻いて、いてもたってもいられない気分になる。だが、以前のように大声を出したり、暴れたりということは、もうしなくなった。そんなことをすれば自分が損をするだけだと、骨身にしみて学んでいる。だから次郎は、自分の中に嵐が渦巻きそうになると、手のひらに爪が食い込むほどに握り拳を作り、歯が欠け落ちるのではないかと思うほどに食いしばって耐えることにした。ひたすら作業を続け、就寝前には君子が差し入れた教科書を繰り返して読み、とにかく帳面に書き写して一日を過ごす。余計なことを考えないためには、とにかく作業や勉強に集中するしかなかった。

暑い夏が過ぎて、小さな窓から見える空が高くなったように感じる頃、次郎は新しい作業につくように言われた。

「さすがにもう、前のような問題も起こさんだろう。だから、工場に出るんだ」

もとより、これは命令だった。罪を償うために課せられた義務だった。だから、たとえ嫌だと思っても、受刑者に断る権利はない。
だが今度に限っては、次郎にはその命令は有り難かった。何より賞与金が増えることが嬉しかった。独居房にいて、ひがな一日袋貼りなどしていても、得られる賞与金は刑務作業の中で最低の、実に雀の涙ほどの額だ。それよりは工場に出て、身体を動かし、汗水を流す作業につく方が、多少なりとも賞与金も増えるはずだった。
どんなにわずかな金でも、これからは少しずつ蓄えを作ることを考えなければならない。出所する時に無一文のままでは、余計に肩身が狭くなるばかりだと、考え始めていた矢先のことだった。

「君子
元気ですか。自分は今日から房を移り、作業も変わることになりました。これまでは、ずっと一人の房にいて、袋を貼っていましたが、今度からは七人の房で、ちがう仕事をします。陶芸といって、皿や茶わんを作るのだそうです。今日は、泥水をふるいというザルのようなものに通しました。明日も、同じことをするそうです。この泥で、皿や茶わんを作るそうです。君子や満男が小さかったころに、家のまえの水たまりで、泥んこあそびをしていたことを思い出しました。新しい教科書を送ってください。さようなら」

岡山刑務所には、受刑者たちの日々の生活を支えるための、たとえば洗濯場や炊事場などの他に、外部の一般業者からの注文を受けて、下請けとして製品の生産にあたる工場があった。洋裁・製材・木工・藁工《わらこう》、畳表・印刷・製靴など、いずれも木造の粗末な工場だったが、それらのいちばん外れに、ごく小さな物置小屋のようなものが新しく建てられて、そこが、南部次郎たちが作業に当たる、新しい工場だということだった。

「ここでお前たちは、備前焼《びぜんやき》の技術を習得する」

集められたのは、次郎も含めて七人の男たちだった。最初にそう聞かされたとき、次郎には何のことだか、まるで理解が出来なかった。工場内はひんやりとしていて、目立った工具類も機械も、置かれていない。ただ衝立《ついたて》で半分に仕切られ、手前の空間には作業台と、掘りごたつのような状態の腰掛けがあり、あとは大小の桶《おけ》やふるいのようなものがあるばかりだ。

「岡山には、昔から備前焼という古い焼物が伝わっている。まず土をこねて、形を作る。それを窯《かま》に入れて、高温で焼くと、こういうものが出来上がるわけだ」

指導に当たる刑務官が、焦げ茶色の湯飲み茶碗を掲げて見せた。次郎は目を丸くした。茶碗くらい、刑務所に入る前はいくらでも見たことはある。だが、誰がどうやって作ったのかなどと、考えたこともなかった。

「これは、岡刑でも初めての試みだ。いいか、お前たちの更生と社会復帰には、まず技術の習得が必要であるとの判断から、職業訓練的な意味合いを持たせて、我々は備前焼工場の設立を決定した。すべて、お前たちのためなんだぞ」

その話を聞いた途端、どういうわけか長い間、頭の中に立ちこめていた霧が、すっと晴れたような気がした。

次郎たちが最初に教えられたのは、まず陶土《とうど》を作る作業だった。

来る日も来る日も、泥水をふるいに通し、細かなゴミや枯れ葉などを取り除く作業を繰り返す。そうして出来た泥水の、上澄みの部分を捨て、泥だけを素焼きの鉢に移して、鉢に残っている水分を吸わせて、土が固まっていくのを待つのだ。秋が過ぎて冬が来ると、泥水は氷のように冷たくなり、指先の感覚がなくなるほどになった。

——泥水っていうのは、こんなに冷てえものなのか。

君子への手紙には、君子や満男の幼かった頃のことを思い出すと書いたが、日増しに水が冷たさを増し、指先が赤く痺《しび》れるようになるにつれて、そんな淡い思い出は彼方《かなた》に消えていった。それよりも次郎の脳裏に浮かぶのは、あの冷たい雨の夜、泥水の中に顔を突っ込んで息絶えた「谷やん」のことになった。

次郎に幾度となく殴られた挙げ句、「谷やん」は水たまりに倒れ込んで、大量の血を流して死んだ。次郎の耳の奥には、あの時の激しい雨だれの音が、今も残っている。無論、振り下ろした角材の感触も、忘れてはいなかった。雨水と、「谷やん」の身体から流れ出た真っ赤な血が、水たまりの泥と混ざり合っていた光景も鮮明に思い出す。

あれだけの血を流したのだから、さぞかし痛かっただろうということは、少し前から考えるようになっていた。だが、こうして毎日、冷たい泥水をすくっていると、また違う形で、あの夜のことが思い出された。

——あんなこと、しなけりゃよかったのか。

いや、仕方がなかった。そうでもしなければ、君子が売り飛ばされていたのだから。後悔はしていない。するようなことでもない。第一、次郎だって、その代償として、こうして何年も刑務所に入れられて、不自由な生活を強いられている。それだけで十分ではないか。

――冷たかったろうがな。

ある時ふと、冷たい泥水につける自分の手が、今にもその泥の底から、「谷やん」の身体を探り当ててしまいそうな気がして、次郎は思わず手を引っ込めてしまったことがある。

「こらっ、気を抜くな。この、土作りが、基本中の基本なんだぞっ」

すかさず刑務官の声が降ってきた。次郎は小さく首をすくめて、再び泥に手を浸けた。今さら、こんなことを考えても仕方がないと思った。

毎日のように泥水をすくって過ごすうちに、やがて春が来た。水のぬるみ方で、新しい季節の到来を感じたのは初めてのことだった。そうか、もうじき桜が咲くのかと思っていたら、君子がやってきた。少し前に、就職先が決まりそうだと手紙を寄越した妹は、驚いたことに、長かった髪を肩のあたりまで短く切っていた。

「無事、高校を卒業できました」

幾分、改まった表情で、君子は金網ごしに立ち上がり、「お蔭様で」と深々と頭を下げた。顔を上げたその瞳が潤んでいるのを見て、次郎は驚き、密かに慌てた。座れよ、と言うと、妹は小さく鼻をすすりながら、ようやく腰掛ける。

「お蔭様なんていうこと、ねえよ。全部、お前が自分で努力したからじゃねえか」

「ちがうの。お兄ちゃんのお蔭」

「俺は、こんなところにいるだけで、何一つ、してやれなかったんだから」

「ちがうの。うち、分かっとるんよ。あん時、お兄ちゃんが、うちを守ってくれんかったら――」

「――何の話、してるんだ。どこから、何を聞いてきたんだ」

だが妹は、ひとしきり涙を流しながら、首を横に振るばかりだった。次郎は再び、あの水たまりの中に倒れている「谷やん」の姿を思い出した。確かに最近では、「谷やん」にも気の毒なことをしたと、思わないこともない。他に何か方法がありはしなかったかと考えることもあった。だが、この妹を、何としてでも守らなければならなかったのだ。たった一人残った妹を。だからやはり、仕方がなかった。そうとしか、言いようがなかった。

「それより、お前、就職はどうなった」

ハンカチで目頭を押さえていた妹は、うん、うん、というようにうなずき、「あんね」と改めて顔を上げた。

「うち、東京に行くことになったんじゃ」

「東京に？」

ようやく泣きやんで、君子は、実は東京のデパートに就職が決まったのだと言った。

「来週には、もう寮に移ることになっとるんじゃ。東京に行きゃあ、お姉ちゃんも探せるかも知れんし、来月の、皇太子殿下と美智子さまのご成婚も、ひょっとしたら見れるかも知れん」

さっきまでの涙は消えていた。君子は瞳を輝かせて、いかにも嬉しそうに見えた。

「そうか、東京か」

次郎に言えることはなかった。ただ、身体に気をつけろ、自分のことは心配するなと言っただけだった。その日、君子が帰っていった後も、次郎は脳みそのきしみを感じなかった。

泥水をこす作業から、少しは粘土らしいものが出来上がってくると、今度はそれをひとまとめにして、踏んで練る作業が始まった。

「これは、土の硬さを均一にするために欠かせん作業でな。ムラがあっては使い物にならんから、こう、体重をかけて、丁寧《ていねい》に、親指のつけ根に力を入れて、土を踏んでいくわけでな」

月に一、二度、伊部《いんべ》という町から備前焼の専門家が来て、次郎たちに指導をするようになった。刑務官たちも「先生」と呼ぶ専門家は、城島《きじま》という六十歳過ぎに見える小柄で痩《や》せた男で、いつでも、まるで寺男《てらおとこ》のような藍色《あいいろ》の服を着ていた。次郎たちは城島先生に直接、質問などをすることは固く禁じられていたから、いつでも、ひたすら黙って、先生のすることを見守った。

「硬すぎてもいかんが、水気が多ければ、土が足にくっついてくる。その調子を見ながら、こう、まんべんなく、踏んでいくわけだ。広がってきたら、こう、中に向けて、折りたたむ。そしてまた、踏むわけだな」

不思議なものだった。水の底で、あんなに頼りなく、何の役にも立たないように見えていた泥が、城島先生に踏みつけられるうち、次第になめらかさを持って、明らかにただの土とは異なるものへと変わっていく。次郎は、まるで手品でも見せられている気分で、ひたすら一心に、麦踏みでもするような格好の先生を見つめていた。

「これが出来るようになったら、今度は手だ。手で、中の空気を押し出す練り方をして、初めて焼き物を作る土が出来上がる」

まともな土が作れるようになるまでには、三年は必要だという話だった。次郎は、「なんだ」と思った。たかが三年くらい、どうということはない。ここにいれば、それくらいの年月は、瞬《また》く間に過ぎてしまうと知っている。

簡単そうに見えたが、土を踏む作業は意外に難しかった。だが、足の裏に触れる土の感触が、徐々になめらかに、柔らかくなじんでいくのを実感するのは楽しかった。

――俺は、これから馬鹿になる。

ある日、土を踏みながら、次郎は考えた。余計なことは一切、考えず、雑音には耳を貸さず、ただひたすら、こうして土を踏み、または練って過ごしたいと思った。こんなに静かな気持ちになれたのは、生まれて初めてのことだった。

「お兄ちゃん
東京へ来て三カ月が過ぎました。少しは慣れた、と言いたいところですが、トンでもない。東京という街は、やたらと大きくて、人が溢れていて、車が多くて、目が回りそうに忙しくて、何が何だか分からない街です。

このところは、読売巨人軍の長島茂雄という野球選手が、先日の天覧試合でサヨナラホームランを打ったとかで、寄るとさわると、その話。大変な人気者になっています。野球の分からない私でさえ、その長島選手と、今年入ってきたばかりの王選手のことは覚えてしまったくらいですもの。

皇太子殿下のご成婚騒ぎが収まったと思ったら、今度はこの騒ぎ。東京は、まるで毎日がお祭りのようですよ。気をつけなければ、すぐに迷子になりそうです。

でも仕事の方は皆さんにも可愛がられて順調ですから、ゴ心配ナク。まだ見習いですから、夏休みがもらえるかどうか、分かりませんけれど、もしもお休みがもらえるようなら、行くようにします。

ああ、でも、昭子姉ちゃんも探したいと思っているので、ちょっと迷うところ。

お兄ちゃんは、陶芸を頑張っていらっしゃるのでしょうか。お元気でネ」

便箋の上で、まるで文字が跳ね踊っているような手紙が届いた。

――お元気でネ、か。

取ってつけたように最後にひと言だけ、次郎のことを案じているが、あとはもう、都会での生活が楽しくて仕方がないのに違いない。こうして手紙を書くことを忘れずにいるだけでも大したものだと、次郎は見知らぬ街で暮らす君子に思いを馳せた。

自由。

おそらく君子は今、自由を満喫《まんきつ》しているのだ。それが、どんなに心地良く、快適で、素晴らしいものであるか、だが、次郎には想像がつかなかった。確かに、自由という言葉は知っている。多少の憧れがないといったら、嘘になる。だが、分からないのだ。目にも見えず、味も重さも色もないようなものを、身体のどこで感じ、どう想像すれば良いのかが、まるで分からない。だから別段、欲しいとも思わなかった。むしろ最近の次郎は、現在の生活にほぼ満足していた。

実際、ただ泥をすくい、土を踏むだけの毎日だというのに、それが次郎には楽しくてならなかったのだ。土に触れている間は、見事なほどに何も考えず、ただ黙々と作業に集中することが出来た。封筒貼りなどとはまるで異なる充実感があった。それが嬉しかった。飽きるということも、疲れることもなかった。

「意外な面もあるもんだなあ。まさか、お前みたいな短気なものが、こういうことに一生懸命になるとは思わなんだがな」

以前は、何かというと大声を上げて次郎を叱りとばしていた担当の刑務官も、最近では意外なほどに穏やかな声で話しかけてくることがあった。それにさえ、次郎はごく短い言葉で返事をするばかりで、すぐに作業に戻った。

「いや、試してみて正解だったかも知れん。城島先生が言っておられたぞ。まず土作りの段階で、飽きもせずに、手も抜かずにな、そうやって黙々と、地道に努力の出来るものは、将来必ずいい仕事が出来るようになるそうだ。お前は、向いとったのかも知れんな」

本格的に暑くなってきた頃、君子から、今年の夏には帰れそうにないという手紙が来た。次郎は「心配いらない」と返事を送った。

刑務所の周囲から蟬の声が聞こえてくる頃には、狭い工場の片隅には、泥水からすくい取られ、よく踏まれて、一定の大きさにまとめられた陶土が相当な分量、積み上げられるまでになった。

ある日、陶土の一つを作業台にのせて、城島先生が不思議な手つきで土を押し始めた。

「よく踏んだ上に、十分にねかされた土から、今度は余分な空気を抜く作業だ。どんなものを作る場合にも絶対に欠かせない、大切な作業だよ」

先生は陶土を自分の身体に対してわずかに斜めに置き、少しずつ回転させるように押し始めた。柔らかい、ちょうど耳たぶ程度の硬さになっているはずの陶土は、先生の手の中で音もなく揺らぎ、回転し、やがて不思議な花びらのような模様を作り始めた。それが、以前から聞かされていた菊もみという練り方に違いなかった。

「これが、まともに出来るようになったら、いよいよ作品作りに入れるわけだな」

先生の言葉に励まされるように、次郎たちは全員が、ひとかたまりの陶土を持って作業台に向かった。ひんやりと冷たく、また滑らかな感触が、手のひらに心地良い。七人の受刑者は黙々と、それぞれの陶士を練り始めた。

一つの粘土の固まりを、菊の花に見える模様が出るように中央に向けて練り込む。右手と左手の微妙な使い分けは、下手に力が入りすぎるとすぐに疲れるばかりだったし、一見、簡単そうに見えていながら、最初のうちは、まるで模様など出来上がらなかった。

「一つにまとまったら、こうやって切ってみる」

ようやく一つの固まりにまとめ上げると、城島先生は次郎たちの練り上げた粘土の一つ一つを、両手の間に張った糸を使って切っていった。次郎のまとめ上げた粘土も、音もなく軽々と上下に二つに切り分けられた。

「断面を見るんだ。小さな空気穴がいくつもあるだろう」

なるほど、切り分けられた粘土の断面を見ると、確かに小さな隙間がある。

「つまり、粘土の中の空気が完全に抜けておらんということだな。この状態のままで何を作ったところで、窯《かまや》焼きの途中で、破裂してしまう。いいか、空気というものは温度の高いところに入れると膨《ぼう》張《ちょう》する。その力が強いから、破裂する。だから、どんなに小さな穴とはいえ、見過ごすわけには、いかんのだ」

空気の膨張については、たしか小学校の理科の教科書で学んでいた。なるほど、そういうわけで粘土内の空気をすべて出さなければならないのかと、次郎は、またもや目の前の霧が晴れ、さらに胸の踊るような気分にさえなった。

「こういう空気の穴が出来なくなるまで、菊もみの練習だ。空気を追い出す気分でな」

途端に、受刑者の中には、うんざりした顔になった者も見受けられた。だが次郎は、二つに切り分けられた粘土を再び練り合わせ、改めて菊もみの練習を始めた。ひんやりとした冷たさと滑らかな柔らかさに触れていられる、それだけでも心地良く、無性に嬉しくなった。

やがて刑務所内にも秋の気配が漂うようになった。九月の末に、紀伊半島に上陸した台風十五号は、三重、愛知、岐阜の三県に甚大な被害を及ぼし、五千人以上の死者・行方不明者を出したと新聞が報じた。その後、伊勢湾台風と名付けられた台風に、君子や昭子や、そして行方の分からない満男が巻き込まれていなければ良いがと祈りながら、次郎自身の毎日は、変わることがなかった。ひたすら土を練るばかりで、過ぎていった。

焼物工場での作業を始めて、ほぼ一年が過ぎた頃、次郎たちは初めて作品作りに取りかかることになった。

「最初から、茶碗や花瓶が作れるというものじゃない。まず最初は、箸置《はしお》きからだ」

城島先生が七人の前で話し始める。だが「はしおき」というものが何なのか、次郎にはまるで分からなかった。見本となるものを見せられたけれど、それは単に小さくて四角くて平たい、粘土を折り曲げただけのようにしか見えなかった。それが、食事の時に使用する箸を休ませるためのものだと教えられて、ますます混乱した。

——箸を休ませるなんてことが、あるのか。

次郎にとっての食事とは、生きていくために必要不可欠なものだったし、その際に使用する箸は、一度手に取ったら、目の前のものを食い尽くすまでは、手放さないもののはずだった。それなのに、まるで枕か何かのように、箸の先をのせて休ませるものがあるという。要するに、それは次郎たちのような育ち方をした人間には無縁の道具に違いなかった。

「まあ、普通の家庭では、そうは使わんものだ。料亭とか、割烹とかな、高級な料理を食わせる店で使うことが多い」

戸惑っているのは次郎だけではなかった。それに気づいたのか、城島先生も、わずかに苦笑混じりに言った。次郎の脳裏に、呉に何軒かあった高級割烹の建物が浮かんだ。大きくて立派な、まるで御殿のように見えた豪壮な建物だ。出入りする客がどういう人々で、果たしてどんな料理が出されているのかも、考えたことさえないほどだった。ただ、夜更けなどに、そこから出てくる日本髪の芸者や、背広姿の男たちを見かけたことがあるくらいだった。

「願います」

先生には直接、話しかけてはいけないと言われているから、次郎は技官に向かっておずおずと手を挙げた。

「自分たちの作ったものも、そういう店に行くんでしょうか」

「そりゃあ、買い手がついたら、の話だ」

技官は無表情に答えた。

次郎自身はあと何年も、まだここから出られないというのに、もしかすると、この手で作った箸置きだけが先に、未知の世界に行き、高級な食卓に並ぶのかも知れないと思うと、何とも不思議な気分になった。

最初に次郎たちが学んだのは「板おこし」と呼ばれる、よく叩いて伸ばした粘土を薄い板状に切り分けたものから形を作る方法だった。

「粘土のいいところは、焼いてしまう前ならば、いくらでもやり直しのきくところだ。失敗したと思えば、また水に浸して土に戻せばいい。人間も若いうちは同じだな」

技官の言葉を聞きながら、両手の指に巻きつけた切り糸で、粘土を薄く切っていく。ごく薄く、弱々しく見える粘土を、今度はヘラなどの道具を使って正確に四角に切り取り、さらに何等分かに切り分ける。その正方形の粘土の一つの角を内側に柔らかく折り曲げるようにしただけで、一つの箸置きのできあがりだった。

——これっぽっちか。

正直なところ、それが最初の感想だった。もう少し、何かすごいことが出来るのではないかと思ったのに、これでは子どもの折り紙以下の技術ではないか。

「こういう単純な成形が、焼き上がったときに素朴な味わいを生み出すんだ。それに、全員が同じ形のものを作らなければ意味がない。ここは、あくまでも工場だからな」

技官の説明を聞きながら、次郎は、そんなものかと思っていた。だが、とにもかくにも、これが生まれて初めて、次郎が作った陶器になるのだと思うと、やはり嬉しかった。

それからしばらくの間、板おこしから箸置きを作る作業が続いた。それなりに菊もみにも慣れてきて、独特の調子さえ持たせられるようになったつもりなのに、いざ断面を見てみると、やはり小さな空気穴が発見される。それでも次郎の陶土の練り方は、他の受刑者よりは勝っていた。何よりも空気穴の少なさが、それを物語っていた。

「力任せにやっても駄目なんだと言ってるだろうが。丁寧に、気を入れてやるんだ」

何度でも同じことを注意され、さして力のいる作業でもないときに、額に汗を浮かべる不器用者がいる。その一方では、まるで気が入っていない様子で、素知らぬ顔をして空気穴だらけの粘土を使い続ける者もいた。
「南部は、箸置きはもういい。次に移るぞ」
やがて、七人の中で一番最初に、次郎は皿を作るようにと言われた。

「君子
元気ですか。東京の冬はどうですか。自分は元気にしています。日曜以外は、毎日、工場で焼物を作っています。最近は箸置きをやめて、『まな板皿』と呼ばれる皿を作っています。四角くのばした粘土のふちを、少し持ち上げて作る皿のことです。もう少ししたら、初めて、窯で焼くそうです。上手に作れた物は、商品にして売るかも知れないという話でした。箸置きも、まな板皿も、普通の家ではあまり使わない、料理屋などで使うものだそうです。どんな人が何に使うのか、考えると、楽しくなります。
はしかがはやっていると聞きました。君子は引き揚げてきてすぐに、はしかも水ぼうそうも、小学校の二年頃にはオタフク風邪と三日はしかもやったはずなので、心配ないと思う。少しでもぐわいが悪いと思ったら、すぐにお医者にみてもらうように。気をつけてください」

毎日が、瞬く間に過ぎていく。次郎はひたすら黙々と、粘土と向き合う日を送っていた。そのころには、たった七人の工場内でも、作業の流れのようなものが出来始めて、一日のうちの半分以上を、ひたすら泥水すくいに費やすことを命じられる受刑者も出てくれば、荒練りを主体にする者、板おこしに専念する者など、それぞれに分担が決まり始めていた。

「わしゃあ駄目じゃ。もともとが不器用ときてるんだから」

「木工の方がよかったなあ。何せ、土をいじってると冷えてかなわん。小便一つにしたって、自由に行けるわけじゃねえのによ」

一日の労働が終わり、夕食も済ませて、就寝前のわずかな自由時間になると、次郎のいる雑居房内では、そんな会話が交わされる。七人の受刑者たちは、次郎を含めて四人が二十代、二人が三十代、さらに四十代が一人という内訳だった。彼らは、時にはお互いの犯した罪についても、色々と話をする。傷害致死。強盗。暴行。長期刑の者が多い中で、殺人罪の次郎は一目置かれる存在だった。だが、次郎は決して彼らの会話には加わらなかった。面倒は極力避けることに決めている。とにかく今は、少しの間でも粘土に触れていたかった。粘土さえいじっていれば、不思議なほど心静かに過ごすことが出来た。

第二章　変化

1

　昭和三十五年は、年明けからひどい寒波に襲われて、次郎たちも際だって厳しい寒さの中で作業を行わなければならなかった。吐く息は白く、手は凍えるほどに冷たい。粘土作りのために泥をこす水には、毎朝、表面に薄い氷が張った。それでも指先を紫色にさせながら、次郎たちは毎日、土を練り、決められた大きさの皿を作った。長方形のまな板皿の他にも、今度は型を使った方法で、半月形の皿を作るようになっていた。

　粗末な木造の工場には、次郎たちが作業する空間の他に、既に形成された箸置きや皿などを乾かす棚の並ぶ場所があった。その棚が一杯になるまで作品がたまったら、窯焼きが行われるという話だった。そして、寒かった冬も、ようやく峠を越えたかと思われる頃、工場の奥に窯が入った。「かま」と聞いて、飯を炊く釜を想像していた次郎は、四角い、ただの箱のように見える窯に、また意外な印象を抱いた。技官が、これは電気窯なのだと説明した。

「いいか、焼物を焼くのは、飯を炊くのとはわけがちがう。千度以上の、ものすごい高温で焼くんだ。いいか、千度以上だぞ」

湯が沸騰する温度が百度だということは、教科書で読んだから知っている。つまり千度といったら、熱湯などとは比べものにならないくらいの大変な高温ということだ。次郎は息を呑んだ。自分たちが泥水からすくい上げ、手を凍えさせながら練った粘土が、そんな高温にさらされて、果たして平気でいられるものかと思った。

「つまり、少しでも気を抜けば大事故につながりかねん、大変に危険で重要な作業が、窯焼きだということだ。そのことを肝に銘じて、全員、指示を守り、安全第一を心がけること！」

「はいっ」

「はいっ」

作業が始まる前に、横一列に並んだ次郎たちは、一斉に声を張り上げた。

——千度。

翌週、久しぶりに城島先生も現れて、これまで作りためた箸置きのごく一部分に、茶こしを使って灰を振りかける作業を教わった。さらに、まな板皿には、中程にまんじゅうのような形の粘土を二つほど置き、やはり周囲に灰を散らした。

「これがないと、備前焼にも見えんからな」

城島先生が不思議な言葉を呟いた。

初めての窯詰め作業が始まった。思ったよりも狭い窯の中に、次郎たちの作った皿や箸置きが詰め込まれていく。やがて、いつもより大人数の刑務官に見守られて窯の電源が入れられ、徐々に温度が上がっていくと、工場の中全体が、まるで暖房でも入れたように暖かくなっていった。

「こりゃあ、いいや。暖房がわりだ」

刑務官の目を盗んで、仲間の一人が呟く。

「年中、窯焼きをしてくれねえかな」

「馬鹿言え。今はいいかも知れねえが、夏になったら地獄だぞ」

他の受刑者が、やはり小声でそれに応えた。確かに、この狭い工場内に、千度を超す高温の固まりができるわけだから、夏はさぞかし暑くなるのに違いなかった。だが次郎には、そんなことはどうでも良かった。今この時も、あの窯の中で、自分が練り、形を作ったものが熱によって変化しようとしている、そのことに夢中になっていた。

「備前の土は、急激に温度を上げると、その段階でもう割れてしまう性質を持っている。だから、ゆっくり少しずつ、窯の中全体を乾かすような要領で、温度を上げていく。モセ取りとか、あぶり、とかいうがな。だいたい三百度くらいまでは、ゆっくりゆっくり、時間をかける」

窯には城島先生と数人の技官がつきっきりで、たえず何かの目盛りを見ながら、ほんのときたま、次郎たちにもそんな説明をした。次郎は、おそらく蒸し風呂に入れられたような気分に違いない、自分で作った皿や箸置きのことを考えた。

——よくそんな、熱い中で耐えられる。

ふいに死んだ母のことが思い出された。次郎と君子だけに見送られて、身体を焼かれたときのことだ。粗末な白木の棺桶《かんおけ》ごと、大きなかまどのようなものに入れられて、母はやがて、細くて粉々になった骨と、わずかばかりの灰になった。まだ熱い母の骨と灰とを、次郎は泣きじゃくる君子と一緒に、小さな骨壺《こつつぼ》に移したのだ。あの時、次郎は、熱と炎が、母の身体も、髪の毛も、笑顔も声も何もかもを奪ってしまったのだと思った。

それにしても、茶こしで振りかけたのは、何の灰だったのだろうか。あんなものを振りかける必要が、果たしてどこにあるのだろう。四角い電気窯の中で、次郎たちの作った器は本当に、陶器へと生まれ変わるのか。不安と期待で、どうにも落ち着かない。ただ待つという行為が、ほとんど苦しいくらいに、もどかしくてならなかった。

およそ六時間後、窯の中の温度がようやく三百度に達した。そこからは、今度は一気に千百度近くまで温度を上げるという。

「そこまでいったら、今度は液化ガスの火力も加えて、千二百三十度までもっていく」

数字を聞いただけで、思わず生唾《なまつば》を呑み込みたくなるほどの高温だというのに、小柄な老人に過ぎないように見えた城島先生は、いともあっさりと、その数字を口にした。そして、次郎たちを見渡して、にやりと笑う。

――喜んでる。

普段は無表情で、次郎たち受刑者に対しても、ことさらに緊張した様子も見せない代わり、何の感情も抱いていないように、極めて淡々と接してきた老人が、今日は瞳をらんらんと輝かせて、身のこなしさえ若返って見えた。窯の様子を見ながら技官と話すときも、時折、次郎たちの作業を確認しにくるときも、城島先生は、明らかに普段とは違っていた。

「たとえ電気でも、初窯《はつがま》となると、やっぱり何かしら、こう、気分がな」

先生は、技官にそんなことを言っていた。

その日は、定時になっても焼物工場だけは作業終了にはならず、次郎と、あと一人の受刑者が「窯番」として居残ることになった。窯焼きには、およそ十三時間を要するという。その間は、誰かがつきっきりで窯を見ていなければならない。だから、窯焼きの行われる日に限っては今後も変則的に、誰かが工場に残ることになるということだった。無論、次郎たちが二人きりにされるわけではなく、技官と看守を含めて、何人もの刑務官がつき添った。

「夜はまた、余計に静かなもんだなぁ」

城島先生も残っていた。刑務官と異なり、民間人の先生は、時折、次郎たちの耳にも届く位置で私語を口にする。命令や号令ばかり聞き慣れている耳には、どれほど何気ない、他愛のない言葉でも、それは不思議なほどに柔らかくしみ込んだ。

「本当は、あの炎を見せてやりたいがなぁ」

窯は、最後にガスを使うようになると、ごうっという低い音を立てた。窯全体が震えているのではないかと思うくらいに、高温に耐えているのが見て取れる。先生は「今、還元《かんげん》をかけているのさ」と言った。何のことかは分からなかった。午後十一時、窯のスイッチが切られた。

初めての窯出しのとき、次郎は、これまでに体験したことのない感覚を覚えた。寒いわけでも、何かに怯えているわけでもないのに、両腕がぞくりとして、鳥肌のようなものが出た。その、ぞくぞくした感覚は、瞬く間に背中から首の後ろを回って、身体全体に広がり、思わず身震いしたくなるような感じになったのだ。

窯のふたを開け、中をのぞき込んでいるのは城島先生だった。その傍らには技官もいて、一緒になって窯の中を見ていた。やがて城島先生が、一枚の皿を取り出した。その時に、身震いが起きた。

「まあまあ、じゃないか」

平たい皿を持ち上げて、城島先生は、その皿を細部まで眺め回しながら言った。次郎は、まだ全身に痺《しび》れのようなものを感じたまま、信じられない思いで先生の手元を見つめていた。

皿は、茶色かった。小さかった。表面に、丸い模様が入っていた。

「こっちもな。まあまあだろう」

次に、城島先生は小さなかけらのようなものを取り出した。四角くて、一方の隅が折れ曲がっている。やはり全体に茶色く、一部分に剝《は》げたような色が飛んでいる。それが箸置きだった。

次郎のみならず、受刑者の誰もが、そんな皿や箸置きを作った覚えはないはずだった。この一年余り、ずっといじってきた土は、濡れている間はほとんど黒っぽく、乾けば明るい灰色をしているのだ。どこでどう間違っても、茶色くはない。

「焼かれることによって、これだけ焼き締まった。つまり、縮んだんだな。そして、火の力によって、粘土の中の成分に変化が起きた。それで、こういう色になった。見本で見せたのと、同じ色になっとるだろう」

そう言われてみれば、その通りだった。だが、見本は見本として、別の土で作ったのだとばかり思っていた。次郎は、半ば化かされたような気分で、先生の手元を見つめていた。

「この、細かく飛んどるのが、備前焼の特色の一つでもある胡麻《ごま》というやつだ。薪《まき》で燃やす窯ならば、その薪が灰になって、自然に降りかかるわけだが、電気窯の場合は灰が出ん。だから、あらかじめ茶こしでかけたろう」

中央にまんじゅうのような粘土を置いて茶こしで灰をかけたまな板皿の方には、そのまま丸い模様が出来ていた。それを「牡丹餅《ぼたもち》」というのだと教わった。あの灰が、陶土について、このように変化したのだ。

許可されて、焼き上がった一枚の皿を手に取ると、そこにはまだ、ほのかな熱が残っていた。次郎はすっかり縮んで、別物のようになった皿を、ひたすら見つめていた。

——火の、力。

それにしても、何と不思議な変化なのだろう。土が縮むというだけでも、もう次郎の理解を超えているというのに、その上、全体の色まで変わり、あの、茶こしで振りかけただけの、何の変哲もない灰が、こんな模様になったという。すべては火の力によるものだという。

——面白えな。

窯出しをすべて終えて確認した段階で、およそ四割の皿や箸置きが、焼いている最中に割れたり壊れたりしていることが判明した。理由は色々と考えられるらしかったが、やはりいちばんの原因は、粘土から完全に空気が抜けていないことによると城島先生は言った。

「いいか。これは遊びじゃないんだ。きちんとした売り物にならんことには、工場は立ちゆかなくなるんだぞ」

技官が厳しい表情で言った。

「無駄を出さないためには、とにかく焼き上がったときに割れてしまっているような作品を出さないことだ」

そのためには、どうすれば良いかと質問されて、当初から、あまりやる気のない様子だった、婦女暴行犯の受刑者が答えに詰まると、技官は「貴様っ！」と怒鳴り声を上げた。久しぶりに聞く怒声だった。反射的に首を縮めそうになりながら、次郎は改めて、ここは刑務所だったことを思い出した。そんな当たり前のことを、忘れかけていた。

「真剣にやらんかっ！　練るんだ！　いいか、次の窯焼きのときには、今回よりも絶対に、成功率をあげるからなっ。いいなっ！　練るんだぞっ！」

「はいっ」

「はいっ」

次郎たちは新たに陶土を練り始めた。板おこしの技法で作る箸置きや皿の類は、単純な長方形のものから、木の葉形やひょうたん形にいたるまで、新たな意匠《いしょう》のものを増やしていき、ヘラなどを使って模様を入れる方法も教わった。そしてある日、次郎は、城島先生からろくろの引き方を教わることになった。

「これで、湯飲み茶碗を作ってもらう」

先生は試すような目でこちらを見ていた。

「お兄ちゃん
お元気ですか。ご無沙汰してしまってごめんなさい。先月、皇太子殿下にお子様がお生まれになった頃から、仕事がとても忙しくなったのです。私がいるのはネクタイ売り場で、おいでになるお客様は男の方ばかりですから、どうして浩宮様のお誕生と関係があるのか分からないのですけれど、それでも不思議なくらいに忙しくなりました。景気がよくなってきているという話も聞きました。
昨日、生まれて初めてデモ行進というものに参加してきたんですよ。私たちのお給料を、もっと値上げしてくださいとお願いするために、職場の皆さんや他のデパートにお勤めの、同じ組合の人同士で、ハチマキをしたり風船を持ったりして、街を練り歩くんです。それで本当にお給料が上がるのかどうか分かりませんが、東京でもそろそろ桜が咲きそうな暖かい日に、皆で歩くのはちょっと楽しいものでした。

いつも自分の話ばかりですね。お兄ちゃんの、焼物のお仕事は順調でしょうか。先日いただいたお手紙には、もうすぐ窯焼きだと書かれていましたが、成果はいかがでしたか？　私のお勤めするデパートの美術工芸品売り場にも、備前焼の壺などが売られています。大変に高価なもので、驚いてしまいました。いつか、お兄ちゃんもあんな立派な壺を焼くようになるのでしょうか。

昭子姉ちゃんも満男兄ちゃんも、相変わらず見つからないままです。もう今は、どこを訪ねれば居所が分かるのかも、見当がつかなくなってしまいました。でも、あきらめたわけではないの。決してあきらめません。それに、こうして毎日を大切に暮らしていれば、じきにお兄ちゃんと暮らせる日も来るのですから。お兄ちゃんは、居所が分からなくなったりはしませんものね。その日を楽しみに、頑張ることにします。

またお便りいたします。お元気で。

君子」

都会の生活。デモ行進。美術工芸品売り場。一体、君子はどんな毎日を送っているのだろう、いや、君子だけでなく、世間一般の人々の暮らしとは、どんなものなのだろうか。近頃の次郎には、それさえ想像がつかなくなりつつあった。刑務所での生活が、すっかり身体にしみ込んだ今となっては、ただ土を練って毎日を過ごすだけで、十分に満足なようにも思えた。

その頃から、君子の手紙だけでなく新聞記事などでも「デモ」という文字を目にすることが多くなった。どうやら安保というものに反対しているという話だったが、次郎には、何のことかは分からなかった。六月の半ば、その安保に反対して、東京の国会近くに押し寄せたデモ隊と警察官とが衝突し、樺美智子《かんばみちこ》という東大生が死亡したという記事が載った。

「女で東大とは、恐れ入ったね」

同房の受刑者が驚いたように言った。聞けば、東京大学というのは日本一の大学で、大変な秀才しか入れない、かつての帝国大学だという。

「しかし、親もやるせないだろうよ。せっかく、そんなに優秀に産んでやったのに。死んじまっちゃあ、元も子もねえじゃねえか」

次郎と同様、殺人罪で服役中の男が言った。

君子だって、当初の予定では大学に行っているはずだった。どういうつもりか、その考えは捨てたらしいが、デパートに勤めながらも、こうしてデモだ何だと言っているくらいだから、もしも大学まで行っていたら、樺美智子という女性と似たようなことになっていたかもしれない。冗談ではない。君子に死なれたりしては、たまったものではない。やはり大学など行かなくて良かったと思った。

——あいつは、普通がいいんだ。

その頃、同じように新聞の紙面には「家つきカーつきババアぬき」という言葉もよく載っていた。これからの女性は、そういう結婚を望んでいるという話らしかった。次郎は、君子もいつか、そういう結婚をするのかも知れないと考えた。そうなって欲しかった。次郎自身の立場といえば「家なしカーなしババアなし」ということになる。いずれにせよ、殺人を犯したような者のところへ、嫁に来たがる娘がいるとも思えない。おそらく自分はこれから先、娑婆へ出たとしても、ずっと一人で生きていくことになるのだろう。

——俺は、こうしていられれば、いい。

同房の者たちは、暇《ひま》さえあれば女を抱く話ばかりしている。釈放になったら、まずは酒と煙草が欲しい、そして女を抱きたいという。そして、自分たちのこれまでの経験を、得々として披露しあうのだ。次郎だって、まるで女の肌を知らないわけではない。だが、ひんやりと冷たく濡れた陶土の感触は、それだけで次郎を恍惚《こうこつ》とさせた。滑らかで柔らかく、手のひらに吸い付いてくるような土さえ触っていられれば、人間の女など、特に欲しいとも思わなかった。

その年は結局、君子とは一度も会えずじまいで終わってしまった。妹なりに、都会で懸命に生きているのだろうと考えていたら、年も明け、昭和三十六年の二月下旬になって久しぶりに届いた手紙には、仕事のことなどは一切触れておらず、ただ赤木《あかぎ》圭一郎《けいいちろう》という日活の俳優が事故死したということばかりが書いてあった。

「——あんなに輝いていたスターが、たった一度の事故で、一瞬のうちにいなくなってしまうなんてと、思わず涙が出ました。二十三日にはお葬式がとり行われたので、私も職場のお友達と誘い合って、お休みをいただいてお焼香《しょうこう》に行きました。お線香の匂いを嗅いだら、お母さんのことを思い出してしまってよけいに悲しくなりました——」

そんな俳優のことは、次郎はほとんど知らない。日本人なのにトニーなどと呼ばれていたという話くらいは新聞で読んだが、何の興味も持っていなかった。それにしても君子は、映画で見るだけの俳優に憧れて、その生き死にに一喜一憂したり、葬式にまで出かけて行くような娘だったろうかと奇妙な違和感を抱いているうちに、それからひと月もたたずに、また手紙が来た。

「――実は今、また悩んでいるんです。デパートのお勤めをやめようかと思います。本当は、お兄ちゃんに色々と相談もしたいのですが、何しろ、こんなに遠く離れているし、お兄ちゃんのことだから、きっと、君子が自分で考えろと言うのだろうなと、心細い気持ちでいます――」

なぜ急に、デパートを辞める気になどなったのか、その理由については何も書かれていなかった。こちらは季節がどう移り変わろうと、ただ毎日、土に触れ、ろくろをひいているだけの生活だというのに、君子の暮らしはどんどん変わっていっているらしい。だが、手紙に書かれている通り、たとえ何を相談されても、次郎に言ってやれる言葉はなかった。

「――君子が自分で考えて、間違ってないと思ったことをすればいい。だがデパートの仕事は、そんなにつらかったのですか。自分はこの世界にいて、やっと一つだけ分かるようになったことがあります。辛抱すること。長くいれば、分かってくることもあると思います」

色々と考えて、返事を書いた。いつの間にか水はぬるみ、また新しい春が来ようとしていた。そして四月も末になった頃、君子が前触れもなくやってきた。

最初、面会人が来ていると言われたとき、まさか君子とも考えず、次郎はよもや昭子が会いに来てくれたのではないかと思ったほどだった。だが、刑務官から君子の名を告げられて、奇妙に胸騒ぎを覚えた。こんなに突然に、あらかじめ手紙をよこすこともせずに面会に来るということ自体、普通ではないように思えたからだ。

「お兄ちゃん――」

金網の向こうで待っていた君子を見て、次郎は思わず目をみはった。胸騒ぎは一瞬のうちに、さらに大きな不安へと育ち、息苦しささえ感じるくらいに頭が混乱しそうになった。二年ぶりで会う君子は、次郎の知っていた妹とは、まるで別人になっていた。

「ごめんなさい、ご無沙汰して」

薄暗い面会室の中で、君子は、まるで彼女自身が光を放っているように輝いて見えた。次郎は、正面から目を合わすのもためらわれるほどの妹の変貌ぶりに、言葉も失いかけていた。

「お元気だった？」

「——ああ」

「そう。よかった。陶芸の方は？　順調？」

「まあ、普通だ」

「でも、お兄ちゃんはそのお仕事が好きみたい。お手紙を読んでて、そう感じるわ」

「——そうかな」

「本当よ。君子にはよく分からないけど、土のこととか、窯のこととか、いつも一生懸命に書いてきてくださるもの」

君子の言葉は実に歯切れの良い標準語になっていた。会わずにいた二年の間に、妹は田舎の女学生から、立派にあか抜けた都会の娘になったのだ。次郎は、そんな妹の、地味な服の襟元のあたりをちらちらと見やりながら、これが都会の水に洗われるということなのだろうかと考えていた。文字通りの変身だった。陶器の窯焼きどころではない。

「お兄ちゃんのお手紙を読むと、君子も焼物に興味が湧いてくるくらい。ほら、前にも手紙に書いたでしょう？　デパートの美術工芸品売り場にね——」

「――それで、デパートはどうした」

意を決して視線を合わせる。濡れたような黒い瞳が、今度は向こうからすっと逃げた。何か、ある。今日、君子はよほどの用事でここまできたのだということを、次郎は察した。

「やめたのか、もう」

横を向いたまま、君子は小さくうなずいた。

「新しい会社に――就職したの」

ひょっとすると結婚でもするつもりになったのかと考えていたが、そうではないらしい。次郎は思わず小さく息を吐き出した。

「もう、移ったんだな。どういう会社なんだ」

少しの間があった。君子は、わずかにためらうような表情をしていたが、ようやく「あのね」と顔を上げた。妹と、実に久しぶりに正面からきちんと目を合わせて、次郎はまたしても、その変貌ぶりに内心でうろたえた。

「私――女優になろうと思って。それで、この春から、映画会社に移ったの」

「――女優に？」

背後で見張りをしている刑務官の気配が、微かに動いたのが感じられた。思わず振り返りそうになりながら、次郎は必死で妹を見つめた。

「お前、そんな――」

「本気なのよ。もう、決めたの。ほら、前に、赤木圭一郎のお葬式に行ったって手紙に書いたでしょう？　偶然なんだけど、そのときに私を見かけたっていう人が、お客様でいらしたの」

「デパートに？」

君子は何度も細かくうなずきながら、それから早口に、決心を固めるまでの話をした。要するに、君子が勤めるネクタイ売り場に映画関係の仕事をしている男が客として来て、君子に女優になるつもりはないかと持ちかけてきたらしい。そして、興味があるならと撮影所に連れていってくれて、その場でカメラテストもしてくれたというのだ。

「時代劇の格好をして、ちゃんとお化粧をしてもらって、お姫様みたいなカツラも被ったのよ。それで専門の人にライトをあててもらって、写真を撮ったの」

君子は、その時のことを思い出したかのように、わずかに頬を紅潮させて遠くを見る目になった。

「その上で、言ってもらったの。私さえ、その気があるのなら、挑戦してみないかって」

呆気《あっけ》にとられた。自分の妹が女優になるという。やがて映画館のスクリーンに大写しになるかも知れないというのだ。

「私が女優になれば、もしかすると昭子姉ちゃんも、満男兄ちゃんも、私に気がついて連絡をくれるかも知れないでしょう。私、覚悟を決めたの。だから今日、思い切って、ここにきた」

君子は大きな深呼吸をしたかと思うと、改めて次郎を「お兄ちゃん」と呼び、それから突然、深々と頭を下げた。

「お願い。私を、養女にいかせて」

何のことだか、何を言われているのか、分からなかった。姿勢を戻した君子は、さっきよりもなお濡れた瞳で次郎を見つめ、そうでなければ女優になれないのだと思い詰めた表情で言った。

「どういう、ことだ」

「必要なのっ」

「だから、何が」

「女優になるためには、どうしても——」

君子は、まるで引きつけでも起こしたように、眉をぴくぴく動かし、唇を震わせている。

「何が必要なんだ」

「必要っていうより——あったら困る——邪魔なものがあるの」

「邪魔なもの——」

「醜聞《しゅうぶん》。スキャンダル！　私生活に、少しでも問題になる部分があったら、駄目なのよ。それが女優の命取りになるのっ」

つまり、次郎のことを言っているのだとようやく合点がいった。次郎は言葉を失ったまま、ただ妹を見つめていた。要するに自分は邪魔なのだ。女優になろうという君子の命取りになるのだという思いばかりが、頭の中で渦巻いた。

「ごめんなさい——でも、会社の人に、そう言われたの。本気で女優になるつもりなら、ここで一旗揚げて、一人前の女優として生きていくつもりなら、自分の経歴も、身内のことも、全部、きれいにしておかなきゃ駄目だって。もしも——もしも、お兄ちゃんのことが世間に知れたら、どんなに人気が出てきたって、それだけでもう——」

君子は唇を噛み、いかにも苦しげに目を伏せた。スターは、庶民に夢を売るのが仕事なのだから、生々しい部分や汚れた部分は、決して見せてはいけないのだそうだ。そんな人間など、実際にいるはずがないとしても、そう思わせなければスターにはなれないのだという。

「そのためには、私がよその、何の問題もない家と養子縁組をして、戸籍をきれいにしておくしかないっていうの。少しくらい貧乏でも、両親が早くに亡くなっていても、それは美談に仕立てられるからって――お兄ちゃん、私、今度こそ、チャンスを逃したくないのよ」

君子の声は、小さいながらも悲鳴のように聞こえた。分かって、と君子はあえぐように言葉を続けた。

「だからって、お兄ちゃんとの縁が切れるわけじゃない。お兄ちゃんは、これからも一生、君子の大切なお兄ちゃんのままよ。でも私、お兄ちゃんに恩返しするためにも、昭子姉ちゃんたちを探すためにも、これがいちばんの方法だと思ったの。こんなチャンス、もう二度とないと思うから。だから、お願いします」

「――お前さっき、今度こそって言ったな」

途端に君子は、はっとした表情になった。

「前にも、そんな話があったのか。女優にならないかっていうような」

君子は激しくかぶりを振り、そうではないと答えた。

「養女のこと。前にも、進路のことで悩んでるときに、やっぱり言われたの。奨学金を受けるためには――身上調査をされるから、よその家と養子縁組をしないと無理だろうって」

苦しげに答える妹を見つめながら、次郎は久しぶりに、身体の中を何かが駆け巡るのを感じていた。今すぐに大声を出し、目の前の金網につかみかかり、ちぎり壊したいような衝動に駆られた。だが、分かっている。この思いは、他者に向けられるべきものではなかった。次郎自身に、向けなければならないものだ。

──俺が人殺しだから。

次郎だけが何も知らなかった。たった一人の妹が、どんな思いで生きてきたか、周囲の目からも仕打ちからも、どれほど堪《た》え忍《しの》んできたか、本当のところは何一つとして分かっていなかった。

これが、女優になるなどという話でなく、たとえば普通の縁談だって、次郎の存在はきっと君子の重荷になるのに違いなかった。次郎が関わっている限り、君子は絶対に幸せにはなれない。自分の夢をかなえ、幸福を手に入れることなど、とても出来るはずがない。

「ねえ、私はずっと、お兄ちゃんの妹なんだから。たとえ戸籍がどうだって、そのことは、これからも永遠に、変わらないんだから──」

「──お前の気の済むように、すればいい」

声がかすれ、吐く息が震えそうになっていた。両手を握りしめ、懸命に落ち着けと自分に言い聞かせながら、次郎は、「頑張れな」と、声をしぼり出した。

「お兄ちゃん──」

君子の丸い瞳から、次々に涙の粒がこぼれ落ちた。まだ時間前だったが、次郎は自分から席を立った。君子が可哀想で、自分の存在が申し訳ないばかりで、もう顔向けの出来ない気分だった。

2

立ち上がった兄の背中は、いかにも淋しげに見えた。君子は、その後ろ姿に声をかけることも出来ないまま、ただ遠ざかる兄を見送った。

——許して。

青い服の後ろ姿は、やがて扉の奥に消えていった。辺りには、いかにも不健康な印象の薄闇と、しみ込んだ人の気配だけが残った。あの一枚の扉が、自分と兄とを、こんなにも隔てているのだと思うと、改めて切なくなった。

刑務所の周辺は、二年前とどこも変わっていなかった。正門前を流れる小さな用水も、緩やかに弧を描いている道も、穏やかな町並みのすべては、眠いような春の陽射しを受けて、とろりとした静寂に包まれていた。

——ここへも、もう二度と来ない。

反射的に、誰かに見られてはいないかと周囲に気を配り、用水にかかった小さな橋は足早に渡って、君子は自分なりに、刑務所などとは何の関係もないもののように取り澄ました表情を作った。べつに誰に見られているとも思わないし、たとえこれから何年か先に映画や雑誌に出ている君子を見て「あのときの」と思い出す人など、いるはずもないとは思いながら、そうせずにはいられなかった。常に人の視線を意識し、歩き方一つにも神経を配って、君子は岡山駅に向かって歩き始めた。

女優になる。

こうしていても、夢を見ているようだ。けれど、これは本当のことだった。

君子が勤めるデパートのネクタイ売り場に、大東《だいとう》映画株式会社のプロデューサーである吉井が現れたとき、そして、映画に出てみる気はないかと話しかけられたその瞬間、君子の気持ちは決まったようなものだった。小学校の学芸会でさえ、人前で何かをしたといった経験を持たないというのに、飛びつくように「あります」と答えていたのだ。

理由は色々とあった。昭子や満男が自分を見つけて連絡をくれるのではないかと思ったのも、決して嘘ではない。赤木圭一郎は死んでしまったけれど、もしも同じスクリーンの世界に入れば、他にも素敵な有名人たちを間近で見られるのではないか、あわよくば知り合いにだってなれるのではないかという、我ながら実に単純で、俗な下心もある。

だが、何よりも大きな理由は、デパートガールの給料では、いつまでたっても大した蓄えなど出来そうにないという焦りがあったことだ。必要なのは、とにかく金だった。兄のためにも、もっと稼げる仕事をしたかった。

兄が罪を犯したのは、昭和二十八年のことだ。そして、懲役十年の判決を受けた。単純に計算しても昭和三十八年、つまり再来年には、刑期を終えて出てくることになる。君子を守るために、人の生命を奪わなければならなかった兄が、ようやく罪を償って、自由を取り戻すときがくるのだ。

だが今の状態では、たとえ兄が出所してきたところで、まず二人で暮らせる場所からして、ないのだ。それに、学歴もない上に前科のついた兄が出所してすぐに、きちんとした収入を得られるような仕事を見つけ出せるとは、とても思えない。だとしたら当分の間は君子が兄を支えていかなければならない。その覚悟は、いつだって出来ているつもりだ。だが、如何せんデパート勤めの給料だけで、二人が住めるような部屋を借り、生活を支えていくのは、あまりにもつらいのだ。そんなことを考えていたときに、吉井と巡り会ったのだった。

「一つ、チャンスさえつかめば、その辺の若い娘なんかには想像もつかないような金が入ることは確かだ。いや、若い娘どころか、一人前の男だって、かないやしない。御殿のような家に住んで、メイドを使って、高級な外車を乗り回して。そんなことも、この世界なら、それほど無理な夢じゃないかも知れないのさ」

吉井の言葉は、まるで夢のような未来を思い描かせた。無論「チャンスさえつかめば」という条件には何の保証もない、本人の運と頑張り次第だとしつこいくらい念を押されたが、君子は、まるで自分を本物のシンデレラのように感じてしまった。

――これだけは覚えておいて欲しいの。

さらに、高校時代の先生の言葉も思い出された。君子のことを思い、君子の将来を心配して、大学に行きたいのなら、どこかの養女になることだとすすめてくれた担任の先生の言葉だ。

――人生というものには、そう何度も好機がおとずれるということは、ないのよ。後悔しない人生を送りたいと思うなら、決して好機を逃さないこと。これだ、と思ったら、勇気を出して飛びつきなさい。

あの時、先生は悲しげな顔をしていた。人生の大きな好機を、君子がみすみす逃そうとしていることを、自分のことのように残念がっていた。そして君子は、自分にはもう一生、そんな機会は訪れないのかも知れないと思っていた。

だからこそ、今度の運を逃すわけにはいかなかった。これ以上、後悔はしたくない。絶対に。

――私は、女優になる。

繰り返して自分に言い聞かせながら、君子は歩いた。明るい未来以外は見ない覚悟だった。

君子が所属することになったのは大東映画株式会社の演技部、いわゆる大部屋だった。だが、所属とはいっても、特別な契約を結んでいるというわけではない。立場はあくまでも自由、生活の保証はゼロだった。そして、たとえどんな小さな役でも映画に出演出来ることが決まると、その段階で日当が支払われるということだった。

——失敗だったんだろうか。

まるでシンデレラを探し当てたように誉めそやされ、映画会社にさえ入れば、もうその日から自分にスポットライトが当たるとばかり思っていた君子は、一週間もたたないうちに、自分の選択が間違いだったのだろうかと不安に陥った。畳敷きの広い部屋には、明日のスターを夢見る女たちが、文字通りごろごろしているのだ。君子も目を奪われるほど美しい顔立ちの娘もいた。そんな中に埋もれてしまえば、君子など目立つはずがなかった。少ないながらも収入は安定している上に寮も完備されており、休日も福利厚生もしっかりしていたデパートでの仕事が恋しかった。やはり、馬鹿な夢だったのだろうか。あまりに無知だったのではなかったのかと、自分の浅はかさが悔やまれ、身もだえしたいほどの思いがこみ上げた。

——お兄ちゃん。

第一、君子はもう、吉井が探し出してきた家と養子縁組をしてしまっていた。とはいうものの君子自身は養家の人とは、一度も顔を合わせたことはない、挨拶にさえ行っていなかった。ただ「南部君子」という名前から「望月君子」に変わったことだけを知らされ、証拠として戸籍謄本を見せられた上に、新しい健康保険証を渡されただけのことだ。望月君子。まるで赤の他人のような、何の愛着も抱けない名前だった。

要するに、ここまで来たからには、今さら後へは引けないということだった。何が何でも一人前の女優になって、「南部」でも「望月」でもない、女優としての独自の名を持ち、その名前で生きていくより他にない。

——石にかじりついてでも。

大部屋女優としての暮らしに慣れてくるにつれ、少しずつ周囲の動きも見えてきた。生活のために大半の女たちが、夜の商売をしていることも分かった。君子もためらわずにバーのホステスとして働き始めた。そうしなければ暮らしていかれないのだから仕方がなかった。それまで、男友達さえ作ったことのなかった君子は、毎晩、男のために酒を作り、肩を抱かれたり、頬を寄せ合ってダンスをしたりすることを覚えた。心の底から楽しそうに笑うことも出来るようになった。

一見すると、ある程度の均衡を保っているように見える大部屋女優の世界だったが、それは、あくまでも表面上のことだった。人数も、雰囲気も、常にそう変わりはなかったけれど、実際は、そこにいる人々は、その立場も、人間関係も激しく変化している。それなりに頻繁《ひんぱん》に人の移動があることも、慣れてくるにつれて分かっていった。

大部屋を出て行く女には、ほぼ三通りがあった。いつまでも大部屋暮らしなどしていても仕方がないからと好い加減なところで自分の夢に見切りをつけて、結婚するなり田舎に帰るなり、別の道を選んで女優業から足を洗う者。生活を支えるためだったはずの副業が、やがて本業になってしまい、その上に男問題などがからみついてきて、結局は女優として立ちゆかなくなる者。そして、数少ないチャンスを摑《つか》んで、一人前の女優としての階段を一歩、上る者。そのチャンスを摑む者の中にも勿論、早い者と遅い者とがいる。

「かなわないわね、あのしたたかさには」

あるとき、大部屋に来て、まだ何年もたっていないような若手の女優が、意外なほど良い役をもらって大部屋を出て行った。五年も十年も大部屋女優を続けている年増の先輩が、ふん、と鼻を鳴らして呟いた。

「どうせ身体張るんなら、男相手じゃなくってさ、芝居に身体張れっていうのよ。本当に」

「男も男だわよ。どうして見抜けないのかしらねえ、あんなあばずれが」

「見抜くも見抜かないも、ないんでしょ。男の方は、要は、ヤれればいいんだからさ」

皆の中でいちばん下っ端にあたる君子は、先輩女優たちの脱いだ着物などを畳みながら、黙って彼女たちの言葉を聞き、なるほど、そういうことだったのかと考えていた。要するに、この大部屋の暮らしから早々と足を洗う女たちは、それなりに身体を張っている場合が少なくないということに違いなかった。むしろ、それが当たり前なのかも知れない。きれいごとなど、言ってはいられないのだ。体当たりで、自分からチャンスを摑んで、這い上がっていかなければならない。それだけの意地と根性が必要だ。それが、この世界なのに違いなかった。

「あそこまでして、役が取りたいかしらね」

どんなに純粋で正しい生き方をし、また映画を愛していようと、陰で文句だけ言っている先輩たちは、女優として見た場合には、やはり失敗者なのだと君子は思った。そんな風にはなりたくない、なるわけにはいかなかった。だとしたら、君子に残された道は、決まっていた。

その年の秋頃から、坂本九の『上を向いて歩こう』という歌が大ヒットした。役をとりたい一心で、新しく制作する映画の監督を訪ねていき、拝み倒すようにして時間を作ってもらって、その結果、君子は半ば覚悟していた通りに、生まれて初めて身体を任せることになった。夜更けの帰り道、そろそろ肌寒さを感じる静けさの中を、君子は『上を向いて歩こう』を口ずさみながら歩いた。

——望月君子じゃあなあ。よし、何なら僕が、もう少し見栄えのする芸名を考えてやろう。

いくら歌っても、涙は目尻を伝って落ちた。だが君子は、抱き寄せられて、煙草臭い息を吐きかけられながら聞いた言葉を、何度も繰り返して思い出していた。後悔はしていない。するべきではない。これで、まったく別の名前を持つ、一人の女優として生きていくための足がかりを見出したのだと自分に言い聞かせた。

翌月、君子に与えられた生まれて初めての台詞は「いらっしゃいませ」というものだった。茶店の娘の役で、年老いた祖父と二人で暮らしているという設定だった。登場すると間もなく、浪人崩れの男に斬り殺されてしまうことになっていたが、それでも君子は必死で「助けて」と泣き叫び、着物の裾を乱してカメラの前を走り回った。はき慣れないわら草履《ぞうり》のために、鼻緒《はなお》ずれが出来て血が滲んだが、それでも痛いとは言わなかった。その日の晩、君子は監督に呼ばれて、芸名が決まったと告げられた。

「君の名前は、今日から望月小夜子だ」

既に多少の酒が入っている様子だった監督は、上機嫌で君子を抱き寄せ、耳元で「小夜子」と繰り返し囁いた。

——望月、小夜子。

つまり、これから一人前になるために、どんな手段を使い、どれほど身体を汚そうと、それはすべて、望月小夜子がやることなのだ。君子は君子のまま、何も変わることはない。そう考えると、気持ちがいっぺんに楽になる。どんなことでもしてやろうという気持ちになった。

「私、頑張りますから」

深々と頭を下げると、監督は、猪口《ちょこ》を傾けながら、名前の意味が分かるかと聞いてきた。

「すべては夜の闇に塗り込めろっていうことだ。スターになりたいんなら。過去も、私生活も。そうすれば月も満ちてくる、そのうちに」

監督は、君子の瞳をのぞき込んで言った。その言葉を、君子は何度となく嚙みしめ、胸に刻み込んだ。

――過去も、私生活も。

私生活とは要するに、今のような行為のことを指しているのだとすぐに分かった。役をとるために、ここまでしていること。好きでもない相手にでも身を任せている現実。

確かに今現在、銀幕のスターとして多くのファンを集め、あくまでも清らかな印象を売り物にしている女優の何某《なにがし》が、大部屋時代にはどれほどのことをしていたか、今だって、役をとるためというばかりでなく、単に性癖として、いかに乱れた男関係の中にいるかということは、君子だって先輩の大部屋女優たちからさんざん聞かされている。

「世間の人たちは、一体全体どこに目をつけてるんだか。あの女の本当の姿を知ったら、どう思うのかしらね」

だが、「その他大勢」が陰で何と言おうと、実際はどうであろうと、スターと呼ばれるところまで上り詰めた彼女たちの偉いところは、スクリーンの上では、決してそのように好色にも淫乱にも見えないことだった。だとしたら、君子もそれを見習うまでだ。たとえこれから先、どれだけの男と関わりを持とうとも、あくまでも清らかさを保ち続けてみせる。

「私、ちゃんとやりますから」

君子は出来るだけゆっくりと瞬《まばた》きをして、監督の目をのぞき込みながら懸命に微笑んだ。

「そういう、頑張りすぎているところも、だ。演技には出しちゃあ、いかん」

「――頑張って、お芝居をしてはいけないんですか」

「当たり前だ。一生懸命だったり、苦労しているようだったり、そんなものは、世間の人は見たくもないものなんだ。見たいのは夢だ、夢」

ぎくりとした。監督が、君子の経歴をどこまで知っているのかは分からない。だが、まるですべてを見透かされているような言葉に聞こえた。貧しい生い立ちや兄姉のことや、生まれて二十年間の人生のすべてが、そのまま自分の表情や瞳に現れてしまっているのだろうかとも思った。

「そういうものを何もかも、自分の内側に封じ込められれば、望月小夜子はいい女優になる」

混乱していた。混乱しながら、その晩もやはり、君子は監督に抱かれた。

昭和三十七年、君子は何人もの先輩女優を出し抜いた格好で、大東映画の準専属俳優となり、大部屋から卒業することになった。一年あまりという年月は、この大部屋で過ごす時間としては決して長い方ではない。むしろ、途中であぶくのように消えてしまう女優志願者が後を絶たない世界では、君子のような順調な出世は、むしろ珍しい方に違いなかった。

「お世話になりました」

神妙な顔つきで丁寧に挨拶に回ったときの、だが、先輩女優たちの視線はあくまでも冷ややかなものだった。ずば抜けてお人好しという評判の、古株の年増女優だけが「頑張ってね」と言ってくれたが、その他は誰一人として、はなむけの言葉さえ贈ってはくれなかった。だが、それこそが君子への最高の賛辞であり、彼女たちの敗北宣言であることを、君子は十分に承知していた。悔しかったら、自分たちも命がけで役を取れば良いのだ。そんなことも出来ないような連中に、何を蔑《さげす》まれる必要があるものかと思った。

君子は夜のアルバイトを辞めた。その代わりに、会社が企画している新しい映画などの情報を得るために、制作部やスタッフのたまり場に頻繁に出入りするようになり、どんな小さなチャンスでも逃すまいとした。また、あらゆる監督やプロデューサーに顔を覚えてもらい、気に入られるようにと努めた。そして、自分にとって得になると思った相手に対しては、特に好意を示し、あくまでも「本気」と思わせて近づいた。

「これからは、映画業界は斜陽の一途をたどる。どうだ、テレビの仕事をしてみないか」

そう声をかけられたのは、夏を過ぎた頃だった。確かに、昨年ごろから始まった『七人の刑事』などというドラマも話題になり始めており、その年の初夏から始まった『てなもんや三度笠』も人気を博していた。吉永小百合や勝新太郎や、またはクレージー・キャッツのような、最初から出演者が人気者だという映画以外は、各社共に次第に興行成績が落ち込み、映画界全体の未来を心配する声は、君子の耳にも届いてきていた。

「これからはテレビだよ、テレビ。もう電気紙芝居なんていわれる時代じゃあ、ない」

あるテレビ局のプロデューサーだという男は、瞳を輝かせて言った。君子は、その言葉に賭けようと思った。

「お兄ちゃん

長い間、ごぶさたしてしまってごめんなさい。このところ、何度か引っ越しを繰り返して、最近になってようやく今の住所に落ち着きました。君子は、お蔭様で最近少しずつ、テレビのお仕事をいただくようになりました。こんなことを書くと、この手紙は検閲《けんえつ》をうけているのですから、刑務所で働いている方々にも知られてしまうとは思いますが、でも、皆さんはきっと、君子の夢を壊すようなことはなさらないだろうと信じて、正直に書きます。けれど、さすがに芸名だけは書けません。刑務所の皆さん、分かってください。私の顔を覚えている方がいらしても、どうか、ご内密にお願いいたします。

君子は毎日を無我夢中で過ごしています。まるで嵐のように、毎日ちがうことが起こり、新しい人に会い、見知らぬ場所に行く生活です。自分で選んでこのような仕事についたとはいえ、今となっては、もうお兄ちゃんがそこにいる間に、面会に行くこともかなわなくなりました。そうでなくとも時間が作れそうにありません。本当にごめんなさい。お兄ちゃんは、どうしていますか。焼物のお仕事の方は順調でしょうか。どうか近況をお知らせください。私は今、一人でアパート暮らしをしていますから、何の遠慮も、ご心配もいりません。どうか、お手紙をください。待っています。くれぐれも、お元気で。

君子」

思い切って兄に手紙を書いたのは、母の命日が近づいたことを思い出したからだった。また、兄の誕生日が近いことも思い出して、十月も半ばを過ぎた頃、君子は久しぶりに便箋を開いた。

最近の君子の仕事は、大半がテレビドラマやラジオドラマへの出演だった。少しずつ台詞つきの役が増え、雑誌のモデルなどもするようになって、初めてファンレターも受け取った。

——可憐《かれん》で清楚《せいそ》な小夜子さんが大好きです。

そのファンレターを、君子は自宅の鏡台の脇に貼りつけた。どんなことがあっても、そのイメージを壊してはならないと自分に言い聞かせるためだ。十一月には、美空ひばりが小林旭と結婚式を挙げた。暮れには吉永小百合が橋幸夫と歌った『いつでも夢を』がレコード大賞を受賞した。一度、運が向きさえすれば、何でも思うように出来るのだと思うと、君子も負けてはいられない気持ちになった。


「明けましておめでとう。

今年が君子にとって、さらなる発展の年になるように祈ります」

翌年の元旦、君子が受け取った兄からの年賀状には、それだけが書かれていた。

昭和三十八年。君子は生まれて初めてといって良いほど大量の年賀状を受け取った。だが、そのほとんどすべては「望月小夜子」宛のもので、「望月君子」宛のものはゼロ、さらに「南部君子」宛のものも、十枚に満たなかった。高校時代の恩師や友人が数人と、デパート時代の友人が数人、そして、中でももっとも余白の目立つ、素っ気ないはがきが、兄からのものだった。片隅に、検閲済みのマークが押されているはがきを眺めながら、君子は、自分が確実に「南部君子」から「望月小夜子」へと変わりつつあることを感じていた。

——私は、小夜子として幸福になるしかない。

実際、殺人犯を兄に持つ南部君子は、正月の三ガ日でさえ行く場所もなく、ただ一人で、自宅でテレビなどを見て過ごすしかなかった。だが正月が明けて、望月小夜子としてアパートから一歩でも外に出れば、常に誰かが傍らにいるし、ときには「テレビ見てますよ」などと声をかけられるようにもなっていた。それで良い。このまま、この道を突っ走るしかなかった。

その年は、春からNHKが日曜の夜に「大河ドラマ」の放映を始め、それまで映画でばかり活躍してきた俳優たちも、大挙してテレビの世界に流れ込んでくるようになった。君子は、どんな仕事も断らず、そして、少しでも余裕が出来たら日舞や茶道、長刀《なぎなた》などを習い、さらに、自動車の運転免許も取ることにした。どんなチャンスも逃さず、ものにするためには、あらゆるものを習得しておくべきだと、その頃つきあっていたプロデューサーに言われたからだった。

「しかし、大したもんだよ。君は」

既に六十に手が届こうとしている好色のプロデューサーは、ホテルのベッドで、君子の髪を撫でながら言った。

「こんなに貪欲で、計算高くて、その上、男好きと来てるのに、顔には出てないんだもんな」

君子は微笑みながら、当たり前ではないかと思っていた。男好きという点は誤解だが、少なくとも、それだけの努力はしているつもりだった。

3

夏が過ぎ、秋風の立つ頃から、南部次郎に小さな変化が起きた。夜中にふと目が覚めることがある。人の話を、きちんと聞いていないことがある。作業中でさえ、ろくろを回しながら、目が遠くを向いていることがあった。

「どうしたんだ、南部。ぼんやりするな、ぼんやり」

ときには刑務官から叱られて、はっと我に返ることもある次郎を見て、長年、寝起きを共にしている同房者の中には、体調を心配してくれる者もいた。その一方では「やっぱりな」とわけ知り顔にうなずく者もいた。

「そろそろ落ち着かなくも、なる頃だ。何たって、もうじき娑婆に出られるんだもんなあ。ここまで来りゃあ、もう待ち遠しくて、待ち遠しくてよ、いくら南部だって、あんな泥団子みてえなもん、いじくっていらんねえだろうよ」

確かに、終わりが見えてきていた。果てしなく続くと思われた刑務所生活が、程なくして終わろうとしている。

だが、だからといって同房の者が言うように、その日が待ち遠しくてならないわけではなかった。むしろ、次郎の気持ちの中には逆の思いが渦巻いていた。

怖いのだ。

外の世界が怖い。

外に出て、どうやって暮らしていけば良いのか。どこで、何をして生きていけば良いのかが分からない。また十年前までと同じような貧乏暮らしに戻るのか。だが、これまでの月日、三度三度の飯を規則正しく食い、雨が降ろうが風が吹こうが、びくともしない建物に守られて、風呂にさえきちんと入ってきた自分が、果たして以前のような生活を再び送れるものだろうか。

外は変わったそうだ。後から刑務所に入ってきた連中の話を聞いているだけでも、分からないことが山ほどある。たとえば新聞を読んでいたって、ぴんと来ないことだらけだ。巨人も大鵬《たいほう》も卵焼きも、ＢＧだのＯＬだのという言葉も、何もかもが分からない。団地とは何のことだ。「シェー」とは何だ。

考えただけで吐き気がしそうだった。

その上、次郎は覚悟しなければならなかった。つまり、今度こそ本物の一人ぼっちになる、妹を頼るわけにはいかないということだ。

君子からは毎月一度は必ず便りがあった。

お元気ですかで始まり、簡単に近況を報告する手紙は、次郎にとっては何よりも待ち遠しいものだった。だが、常に待ちわびているくせに、実際に手紙を受け取るとき、次郎はいつも、不愉快なような、つまらない気持ちになった。

差出人の欄には、今も南部君子という名が書かれている。文字にしても、次郎の見慣れた君子の文字だ。だが君子は、本当はもう南部君子ではなくなった。次郎の妹ではなくなったのだということを、否応なしに思い出さなければならない。君子は望月という姓に変わった。

——でも、この名前では仕事をしていないんです。べつに、芸名をつけてもらいました。何という名前か教えろ、ですって。今はまだ、堪忍してください。だって、この手紙は他の方もご覧になっているのでしょうから。他人に私生活を知られてはならない、くれぐれも注意するようにと、くどいほど念を押されているのです。ゴメンナサイネ。

つまり現在の君子は南部君子どころか望月君子ですらなく、また違う名前で女優の仕事をしているということらしかった。果たして何という名前で、たとえばどんな映画などに出ているのかどうか、具体的なことは何も知らせてこなかった。手紙には、ただ少しずつ仕事をもらえるようになってきたとしか書かれていないのだ。

そうまでしなければならない理由のすべてが自分にあることは十分に承知していた。この先たとえ自由の身になれたとしても、いや、必ず近い将来、それは実現されるのだが、それでも次郎は一生涯、君子の兄であることを人前で明かしてはならず、君子の迷惑にだけはならないように細心の注意を払って生きていかなければならない。それどころか君子との関わりさえ、本来ならば持ってはならないのかも知れない。妹を頼って東京へ行くなど、もってのほかだと思う。それこそが、次郎の償《つぐな》いなのかも知れなかった。そして、償いは続けなければならないのだ。

頭では分かっていた。覚悟も決まっているつもりだった。だが、それでは天涯孤独《てんがいこどく》になる自分が、果たしてどういう生き方をしていけば良いものかが、まるで分からなかった。

無論、なるようになるとは思っている。男一人、何をしてでも生きていくことくらい出来る。だが、下手なことに巻き込まれたり、または短気を起こして、新たな罪でも犯すようなことになってしまっては、それこそ君子に迷惑がかかる。それを考えると、余計に不安が募った。

泥をすくう。

土を練る。もむ。ろくろをひく。

今のところ次郎の毎日は変わることがない。この頃では、特に何を考えなくても、手が勝手に動くようになっていた。次郎はここしばらくは、主に湯呑み茶碗を作っている。

菊もみを終えた陶土は、大きなドングリのような、または丸い弾丸のような形にまとまる。その陶土を、まず決められた分量に切り取り、ろくろの中央に据えて、ひいていく。

湯呑み茶碗の寸法は、深さも直径も厳密に決められていた。ろくろを回しながら、あらかじめ決められた寸法に作られている物差しをあてる。作業に慣れてくれば、その寸法は身体が覚える。確認のために物差しをあてても、ほとんど狂いがないくらいだった。

円筒形の茶碗の形が出来上がると、切り糸を使ってろくろから切り離し、棚で乾燥させる。あらかた乾いたところで、今度は湯呑み茶碗の底に高台を削り出す。すべての成形が終わったところで、高台の内側に「旭」と刻印をする。これは、城島先生と刑務官たちとが相談して決めた、この刑務所内の窯につけられた名前だった。次郎自身は見たことがないが、この刑務所のそばには旭川という大きな川が流れているのだそうだ。その川の名前をとって「旭窯《あさひがま》」というのが、日頃、次郎たちが茶碗や皿を焼いている窯の名前だった。そして、その窯で焼かれたものである証に、作られた作品には「旭」という文字を彫りこむのだ。

一連の作業は、何度繰り返しても飽きるということはなかった。窯詰めを終えてスイッチを入れるときの緊張や、窯出しをするときの、わくわくした感覚も、慣れたとはいえ、そう薄れるということもなかった。

——俺はこのままでいい。

正直なところ、次郎の中にはそういう思いが次第に大きく渦巻くようになっていた。刑務所の中に自由がないことくらい、十分すぎるほど分かっている。だが、では自由とはどんなものだったのかが、もう思い出せないのだ。無論、規則に縛られ、一人の空間を持てない不満など、ないはずがなかった。罪人と呼ばれ、ごく限られた人の目にしか触れることもなく、しかも視線だけでも蔑まれ続ける日々がいかに屈辱に満ちたものか、経験した者しか分からないと思う。それでも、飯の心配から寝る場所の手配まで、何もかも自分で考え、決めていかなければならない日々よりは、ずっと楽な気もするのだ。住めば都という言葉があると誰かが言っていたが、実際、次郎にとってはこの刑務所こそが「都」なのかもしれなかった。

刑期を終えた後、どこか行くあてはあるのかと聞かれたのは、十月も末のことだった。あと二、三日で、三十歳の誕生日を迎えるという日に、次郎は刑務官から呼び出しを受けた。

「ありませんっ」

直立不動の姿勢で、真っ直ぐに前を見つめたまま、次郎は声を張り上げた。

「ないのか」

「はいっ」

「まるで、ないか」

「ありませんっ」

陽当たりの良い部屋だった。窓辺に置かれた机に向かい、普段あまり見かけたことのない刑務官は、じっとこちらを見た。次郎の脇にも、別の刑務官が立っている。

「南部次郎。お前には姉弟がいるだろう。ええ、姉さんが一人、弟一人、それから妹が一人」

「いますが——行方知れずですっ」

五十代くらいに見える男だった。手元の書類に目を落としながら、制服の刑務官は「全員か」と改めてこちらを見た。

「この、妹からは、よく手紙が来ているんじゃないのか」

「——はいっ」

「妹は何をしている」

「東京で——働いていますっ」

「何をしている」

「分かりませんっ」

「分からんのか」

「はいっ」

刑務官は、試すような目つきで次郎を見ている。次郎は、半ば祈るような気持ちになっていた。頼む、これ以上聞かないでくれ、そうでなければ、また暴れるようなことをしなければならなくなる。今さら懲罰を食らうなんて、いくら「都」とはいえ真っ平だった。

やがて刑務官は「東京か」と小さく呟いた。

「では、お前は、妹と暮らすとか、世話になることは、考えておらんのか」

「はいっ」

ふうん、とうなずき、ぱたんと音を立てて書類を閉じると、刑務官は立ち上がってこちらに来た。次郎は、さらに胸を反らして顎《あご》を引いた。

「お前は、学校もろくに行っておらんのだろう」

「はいっ」

「それで出所後、どうやって暮らしていく」

「分かりませんっ」

「威勢良く答えるな」

刑務官は、口元を奇妙に歪めていた。

そして三十歳を迎えた日、次郎は再び呼び出しを受けた。前回と同じ部屋に通され、床に引かれた線の前につま先を揃えて立つ。向かいにいる刑務官も前回と同じだったが、ひとつ違っていたのは、その近くに城島先生がいたことだった。相変わらずの無表情で、次郎になど何の興味もないように、城島先生は日だまりに座り、窓の外を眺めていた。

「南部次郎。お前、もうすぐ出所になることは分かっておるな」

「はいっ」

「最初から、きちんと規律を守って真面目に務めておれば、本来ならもっと早く、仮釈放になることも出来たんだぞ」

「はいっ」

「まったく。手を焼かせてくれたからな」

「はいっ」

「だが、まあいい、とにかくここまで無事に務めあげたわけだ。それで、出所後のことだが」

刑務官は手を後ろに組んで、部屋の中をぐるぐると歩き回っていた。

「何より、もう二度と、こんな場所に戻ってこないようにすることが大切だ」

これには次郎は、即座に返事が出来なかった。無論、そのつもりではいる。今後、誰にも迷惑をかけずに生きていきたいし、何より君子の足を引っ張るような真似だけはしたくなかった。だが、自信がないのだ。次郎の中の恐怖心は、日増しに大きく膨らんでいた。殺人のような真似は、もう二度としないにしても、いっそのことちょっとした盗みでも喧嘩でもして、また刑務所に逆戻りしてしまいたい、その方が楽なのではないかという気持ちも、心のどこかで働いていた。

「どうした」

「いえっ」

「無論、外の世界は厳しいぞ」

「はいっ」

「お前の場合は、とにもかくにも短気を起こさんことだ。何ごとも辛抱することだ」

「はいっ」

「その約束が出来るなら、お前の身元を引き受けてもいいと言ってくださる方がおいでになる」

城島先生が、ふん、と小さく鼻を鳴らした。

「お前、陶芸は好きなんだろう」

刑務官は試すような目つきでこちらを見た。

「どうだ」

刑務官は大きく一歩近づいて、次郎の瞳を覗き込んできた。次郎はとにかく「はいっ」と声を張り上げた。だが、何が「どうだ」なのか、実のところはよく分からない。

「やる気はあるか」

「な――何のですか」

「馬鹿もんっ。陶芸だろうが。何を聞いとるんだ、お前」

「でも、出所したら――」

「だから、城島先生はお前を備前に連れていってくださり、一人前の職人として、育ててやっても良いと言ってくださっておる」

「備前に――」

次郎は初めて城島先生を見た。先生は椅子に座ったままで、じろりとこちらを見ると「お前にやる気があればの話だよ」と言った。

「だから、やる気はあるかと聞いておるんだ」

刑務官が、さらに顔を近づけてくる。今度は次郎は、精一杯に胸を反らして「はいっ」と大声で答えた。

「本当だな」

「本当ですっ」

「何ごとも辛抱するか」

「辛抱しますっ」

「先生にご迷惑をおかけしないように誓い、精一杯の努力をするか」

「誓いますっ。努力しますっ」

どこか眠たげに目をしょぼしょぼとさせていた城島先生が、ゆっくりと立ち上がってこちらに来た。次郎はさらに緊張した。

「何年か見てきたが、わしには、お前は土をいじるのが好きなように感じられたもんでな」

「――はいっ」

「焼きもんは、楽しいかい」

「はいっ」

「それなら、どこに行ってもおんなじだ。好きだと思うんなら、余計な脇目はふらんでな、それだけを黙々と、一生懸命やりゃあ、いい」

「——やりますっ。あ——ありがとうございますっ」

これほどまで心の底から礼の言葉を口にしたのは、もしかすると生まれて初めてのことかも知れなかった。次郎は、思わずその場で踊り出したいような気持ちをこらえて、深々と身体を折り曲げ、サンダル履きの自分の爪先を見つめ続けた。

「お兄ちゃん
取り急ぎペンを取りました。お手紙を拝見して、君子はとても驚いています。そして泣きました。せっかく、やっと兄妹で暮らせる日が来ると思っていたのですよ。そのための準備も、君子なりに一生懸命していたところです。まず、お兄ちゃんが来てくださったら、十分に身体を休めていただこうと、本当に色々と考えていました。それなのに、お兄ちゃんは東京には来ない、君子とは暮らせないとおっしゃるんですね。
一度目にお手紙を読んだときには、思わず腹が立ちました。けれど、二度、三度とお手紙を読むうちに、君子にはお兄ちゃんのお気持ちが手に取るように分かってきました。お兄ちゃんは、私のことを心配してくださっているのでしょう。ご自分が傍にいては、私が困ることになるのではないかと、お考えになっているのではないですか。もしも、そうだとしたら、君子は申し訳ない気持ちで一杯です。本当にごめんなさい。

一緒に暮らすのが無理でも、せめて同じ東京で暮らしていくのは無理なのだろうかと、君子は泣きながら考えました。お兄ちゃん、そのことは考えてくださったのでしょうか。

今、東京は来年のオリンピックに向けて、街中をひっくり返すくらいの勢いで、方々を工事しています。そのために、工事現場で働く人たちも増えてきました。ですから、仕事の心配はいらないと思うのです。きっと、何とかなるだろうと思うのです。でも、せっかく焼物を続けられるというお話があるのなら、お兄ちゃんのためには、その方が良いのかも知れないのですよね。お兄ちゃんが焼物を続けたいというお気持ちは、多分、本物なのでしょう。君子はこれまでにいただいたお手紙のことなども思い出しながら、そのお気持ちを信じようと思います。君子はあきらめなければならないと、自分に言い聞かせることにしました。お兄ちゃんと同じに、君子も我慢しなければならないのでしょうね。

けれど、お兄ちゃん、新しい住所が決まったら、必ず、必ず連絡をくださるのでなければ困ります。昭子姉ちゃんも、満男兄ちゃんも見つからないまま、これでお兄ちゃんの行方まで分からなくなってしまったら、君子は何のために、こんなに一生懸命働いているのか分からなくなります。どうか、この約束だけは守ってください。お願いします。きっと、きっとお願いします。　君子」

出所の朝が来た。

十年前のあの日に、確かに自分が身につけていた古びたズボンとセーターを見たとき、次郎は思わず頭の芯が痺《しび》れるような感覚に陥った。死んだ母が、病床で繕《つくろ》ってくれた靴下。雨の日には泥水がしみて、実際にあの晩も靴下を濡らし、足先をかじかませた靴。ヤミ市で盗んだ、安っぽい薄っぺらの財布。ぼろ布のような手ふき。

——自由が来る。

これらが、どれほど薄汚く、他人には価値がないように見えたとしても、再び手にするのに十年という月日を要した。こんな物さえ、持つことを許されずに過ごしてきたのだ。だが今日からは、次郎が望む限り、ずっと着続けていることが出来るのだと、初めて思った。

「二度と戻ってくるなよ」

同じ日に出所する数人と共に最後の手続きを終えて、ようやく鉄製の扉の前に立つと、刑務官の一人が言った。全員が同じ服装だったときには、腕の振り方から歩幅まで、すべてが揃っていたはずなのに、小さく礼をするときには、もう全員がちぐはぐだった。私服に戻ってしまった男たちには、早くも娑婆の匂いが戻っていた。

そして、次郎は外の世界に足を踏み出した。途端に、再び奇妙な感覚に襲われた。突然、視界に様々な色と形が飛び込んできて、どこに目の焦点を合わせれば良いのか分からない。

——家。道。車。

めまいがするようだった。なぜ、こんなにもすべてのものが揺らいで見えるのか、または歪んで見えるのだろうか。

——川。橋。電柱。街路樹。子ども。女。

これまで、まるで世界の果てのように感じながら、見つめ続けて暮らしていた高い塀が、これほどまでに多くの色と形を遮《さえぎ》ってきたのかと思った。第一——。

初めて気づいた。世の中のほとんどすべてのものは、その形が直線で出来ていないのだ。人間だけでなく、道も、川も、家並みも。すべてが柔らかく規則などない曲線で出来ている。真っ直ぐな線が、これほど少ないとは思わなかった。だから、文字通り四角四面の世界にいた次郎には、すべてが歪んで感じられたのに違いなかった。

「さて。行こうか」

迎えにきてくれていた城島先生が歩き始めた。号令もかからず、腕振りの必要もないことに微かな物足りなさのような戸惑いを覚えながら、次郎は慌てて、その後を追った。小柄な城島先生は、少ない頭髪を初冬の風に乱しながら、すたすたと歩いていく。次郎は、その後に従いながら、ひたすら辺りを見回していた。

どぶ。じゅず玉。すすき。看板。家々。男。女。何と色鮮やかな、また形の異なる車が通ることだろう。子どもの被っている、あの黄色い帽子の可愛らしさはどうだ。すべての物が、それぞれに生命を持っているかのようだ。

広い通りに出る。そこでも次郎はめまいを起こしそうになった。何と車の量が多いのだ。空を走る電線の多さはどうだ。それに、周囲からやたらと色々な音が聞こえてきて、全身の神経がビリビリと反応する。耳の底がごうごうと鳴るようだ。

――駄目だ。

目も耳も、すべてを覆い尽くしたい衝動に駆られた。飛び込んでくる物が多すぎる。頭がかっかと熱かった。心臓が苦しい。脇の下には冷たい汗をかいているのが感じられた。次郎はあえぐように前を見た。もはや、城島先生だけが頼りだった。小さな後ろ姿だけを見て、よそ見をしないように気をつけながら、次郎は、まるで宙を漂い、綿を踏むような頼りない心持ちで足を動かした。

「どうだ。外は」

やっとの思いで駅にたどり着いたところで、初めて先生が話しかけてきた。次郎は既にまともに立っていられないほど疲れ切って、全身に汗をかいていた。思わずその場にしゃがみ込み、足下に目を落とす。ぼろぼろのどた靴が見えた。踏みしめているのは固い石で覆われたプラットホームだ。その石の上に、顎から汗が滴った。

「気持ち、悪いです」

やっとの思いで答えると、頭上から「そうかい」という笑い声がしてくる。

「そんなものらしいな。何年間も決まり切った世界で、決まり切ったようにしか動いとらんかったから、仕方ないんだろう」

先生の声の向こうに、やはり色々な音が聞こえた。どこかで誰かが怒鳴っているようだ。激しい警笛らしい音もする。がたん、と衝撃音のようなものが響いた。すべての物音が波のように押し寄せてきて、次郎をさらおうとする。胸が苦しい。出てきたばかりの、あの塀の向こうに逃げ帰りたいとさえ思う。

「まあ、じきに慣れる。それに、これから行くのは、静かな町だ」

「静かな――」

次郎はおそるおそる先生を見上げた。城島先生は、午前中の陽を浴びて、どこか遠くを眺めている。この、ちっぽけな老人以外、他に頼る人もいないのかと思うと、改めて心許ない気持ちになる。だが、この人を信じるより他に、一歩でも前に進む方法はなかった。

ようやく列車がやってきた。

「去年これが全線開通してな。えらく便利になったもんだ」

考えてみれば刑務所に入る前だって、呉の町で暴れ回っているばかりで、次郎は列車に乗ったことなど、ほとんどありはしなかった。やがて、乗り込んだ列車が動き出すと、ごとごとという揺れと騒音、さらに、あまりに早く窓の外を風景が流れることに、次郎はやはり、めまいと恐怖を感じた。

下りる先は、「いんべ」という駅だと教わった。次郎は駅で止まるたびに、白い看板に書かれている駅名を読んでいった。やがて、列車の揺れにも少しは慣れて、遠くの景色もゆったりと眺められるようになった。山々が連なっていた。小さな田畑がある。茅葺《かやぶ》き屋根の家があった。美しかった。冬の陽を浴びて、すべての景色が金色に輝いて見えた。ああ、出てきたのだと、初めて実感が湧いてきた。

「お前に言っておくことがある」

流れる風景に思わず見とれていると、ふいに城島先生が口を開いた。

「今日からお前は、わしの弟子ということになるわけだが」

城島先生は、ほとんど初めて、真っ直ぐに次郎を見た。次郎は思わず気をつけをしそうになりながら、「はい」と背筋を伸ばした。

「お前がどこから来たか、知っとるのは、わしの女房だけだ。他は誰も知らん」

「はいっ」

城島先生は「よせ」と顔をしかめた。

「返事がいいのはかまわんが、大声を張り上げることはない。今どき、軍隊帰りだって、もうそうはおらんのだぞ」

「は――はい」

「その方がお前のためだと思うから、わしらは何も言わんことにしたわけだ。だからお前も、誰に何を聞かれても、余計なことを言うことはない」

「はい――あの」

「なんだ」

「じゃあ、あの――何て」

「他の土地で、多少、焼物の修業をしていたとでも、言えばええ。そっちに見切りをつけて、備前に来たと。いいな、今日からは身も心も、生まれ変わったつもりになることだ」

そして、一日も早く普通の生活に慣れることだと城島先生は言った。

城島先生の家は、伊部の駅からさらに三十分ほど歩いた、山の中腹にあった。この十年というもの、号令にあわせて平らな地面しか歩いたことのなかった次郎にとって、階段の上り下りから始まって、傾斜地へ向かう道は、ひどく歩きにくく、また、疲れるものだった。

「どうするんだ、これくらいで息切れして」

思わず息を弾ませていると、城島先生が振り返ってにやりと笑った。小柄な老人は、いくら歩いても汗ひとつかくこともなく、実に軽快な足取りのままだ。

「夕飯のときに全員が揃うが、うちは今、八人で暮らしとる。わしと、女房と、長男夫婦と孫が三人、それに弟子が一人だ」

坂道を上りながら、城島先生は「お前は九人目になるわけだ」とこちらを見た。

「そんな大人数で暮らしたことは、ないだろう。身内で、という意味だが」

「あ――あります」

息を弾ませながら、次郎は答えた。城島先生は意外そうな表情で「ほう」と眉を動かす。

「自分は七人兄弟で――やっぱり九人家族でした」

「家は、どこにあったんだい」

「満州です」

「今、家族は」

「――皆、死んだり、行方が分からなくなったりしました」

「全員か」

はい、と言おうとして思わず口ごもった。すると城島先生の方から「妹が、おるだろう」と言った。身元については刑務所から知らされているのに違いなかった。叱り飛ばされるのではないかと、思わず首をすくめていると、だが先生は、自分にはあまり隠し事をするなと言っただけだった。

「一応、お前の身元を引き受けたものとしての責任があるんでな。何かあったときに、何も知らんようでも困る。その、妹にも、もう心配をかけんようにせんとな」

「あの――頑張りますから。俺」

「そう頑張らんでも、ええ。倦《う》まずたゆまず。地道に、こつこつやりゃあ」

先生の言葉の意味が分からなかった。次郎は「うまずたゆまず」という言葉を、何度も口の中で呟き、胸に刻み込んだ。後で時間が出来たら、以前、妹が差し入れてくれた「広辞苑」で引いてみなければと思った。

その晩、次郎は腹を下した。

「おかしいわねえ、悪いものなんか、食べさせてないのに」

会ったばかりの先生の奥さんは、不思議そうに首を傾げていたが、次郎には分かっていた。これまでの食事と違いすぎたのだ。量も、味付けも、食材も違いすぎていた。

「とにかく今夜は早くお風呂に入って、ゆっくり休みなさい」

薬を渡され、戸惑いながらもたった一人で風呂を使い、今日から自分の部屋だと教えられた三畳間に戻って、そこでも次郎は居心地の悪さを感じなければならなかった。布団が柔らかすぎる。夜が暗すぎる。一人の空間が広すぎる。

——自由。

何だかひどく恐ろしい。次郎は一旦、横になった布団から這い出して、天井から下がるひもに手を伸ばした。初めて見た形の、丸い輪になっている蛍光灯を灯し、しばらくは、その青白い光を浴びていた。明日から、どんな生活が始まるのだろうか。自分はこれから、どうやって生きていくのだろう。蛍光灯を消して、ベビーランプにした上で、改めて布団に潜り込む。汗じみてもおらず、臭くもない布団だった。だが、心臓がどきどきして一向に眠くならない。誰のいびきも歯ぎしりも聞こえない、看守の靴音も響いてこない環境が不安でならなかった。

「君子
元気ですか。新しい生活が始まって一週間が過ぎました。最初の何日かは腹を痛くして困りましたが、今は慣れてきました。布団も柔らかくて気持ち悪いのですが、毎日よく身体を動かすので、疲れてすぐに眠ってしまいます。静かなのと、真っ暗なのには慣れません。オレンジ色の電気をつけたままで寝ます。

毎朝、食事の支度を手伝います。便所と風呂の掃除をします。洗濯もするし、布団も干します。奥さんに呼ばれて畑に行くこともあります。山にも行きます。それから土を練ります。

夕食が済むと、家の人たちとテレビを見ることがあります。君子は、どのテレビに出ていますか。今度、教えてください。


兄」

一日延ばしにしていた手紙をやっと書いた。誰に見せる必要もなく、自由に好きなことを書けると思うと、余計に何を書けば良いのか分からなくなった。自分で糊で封をした。封筒の裏に城島先生の家の住所を書き、「城島方　南部次郎」と書き込むときには、何となく誇らしい気持ちになった。先生の奥さんに教わりながら、自分で切手を貼って、自分で郵便局まで出しに行った。そんなことさえ初めての経験だった。身体は大人でも、幼い子と同じだね、と奥さんは笑った。


それにしても本物の備前焼というのは、それまで次郎が作ってきた備前焼とは、あまりに違っていた。形。色合い。風合い。どれをとってみても、まるで違う。初めて城島先生の作品を見たときには、これまで教わってきた物とのあまりの違いに、次郎はしばし言葉を失った。

「どうだい」

先生に聞かれても、答えることが出来ない。次郎の目から見て、城島先生が焼いたという壺や花瓶、茶碗などの数々は、人間が作ったという感じがまるでしなかったからだ。それは、たとえていうならば、そのまま岩の中から飛び出してきたような印象だった。

「全然――違います」

ごろごろと並んだ焼物たちには、まるでまとまりというものが感じられなかった。刑務所で、次郎たちがあんなにも神経を尖らせて、常に物差しを片手に、決まった大きさ、決まった形に整えて作っていたものとは違いすぎる。

「どっちが好きだ」

「――分かりません」

誰が作っても同じ形と大きさで、きちんと揃っていた方が、美しかったようにも思うのだ。整然としていた。まとまりがあった。第一、すっきりと、無駄のない形だった。正直に思った通りの感想を言うと、城島先生は「なるほどな」とうなずいた。

「最初があゝだと、そういう印象を持つものなのかも知れん。だが、あれは確かに備前の土を使った焼物ではあるが、本来の備前焼と呼ばれる物とは、まるで違っている。いうなれば、もどきだ。もどき。しかも無個性の大量生産品。それじゃあ備前の本当の特色は、何も出ないんだよ」

先生は改めて自分の作品のいくつかを手に取りながら、備前焼の特色について語り始めた。胡麻の類も、桟切《さんぎ》りも、さらに緋《ひ》だすきも牡丹餅も、本来は薪で焚《た》く窯でこそ生まれ出てくる、炎と割り木の灰が作り出す窯変《ようへん》なのだと先生は言った。

「だから本来、同じ物が二つと出来るはずがない、それが備前焼なんだ」

「炎と灰――」

そんな偶然に頼るのか。誰が作っても、あくまでも同じにならなければいけないと言われ続けてきた刑務所での作業と、それは、まったく逆のことではないか。次郎は混乱した。混乱しつつ、それも面白そうだと思っていた。

土を練る。ろくろをひく。

そこまでの作業は、変わることがなかった。だが、そこから先が違っていた。城島先生は、次郎に物差しを持つことを禁じた。

「土の量は決まっとるんだから、出来上がったものの大きさが、そう変わるわけはない。あとは、自分の手の感覚で作ればいい。寸法のことなんかより、もっと他のことに神経を使うんだ」

自分の手の感覚だけを信じて、土を感じ、土と対話するように形を作れと先生は言った。多少の誤差など、気にすることはないと。それでも、身体が覚えていた。

「すげえ。よくそんなに、きっちり作るよな」

兄弟弟子にあたる伝田《でんだ》が、目を丸くする。数年前まで東京の大学に籍を置いていたという彼は、陽気でお喋りな男だった。次郎が聞きもしないのに、あれこれと自分の身の上話をするし、仕事中にも工房にトランジスタラジオを持ち込んで、常に何か音を流している。城島先生と息子の若先生は、別の工房で作業していた。

「次郎さんてホント、几帳面《きちょうめん》なんですね」

一昨年、旅の途中でふらりと備前に寄り、そのままこの土地に居着いてしまったという伝田は、まだ菊もみも満足に出来ない。彼は、こちらが承諾もしていないうちから、次郎を馴れ馴れしく名前で呼び、自分のことは「でんちゃん」と呼んで欲しいと言った。

「部屋だってきれいにしてるし、何でもかんでも、きちん、きちんとしてるもんなぁ」

「そうかな」

「すげえよ。尊敬するよ」

次郎は思わず口の端だけで笑いながら、黙ってろくろに向かっていた。大学まで行っていたという若者が、この、中学にも行っていないような殺人者に向かって「尊敬する」などと言うのがおかしかった。

「ニヒルだしさあ。かっこいいよなあ」

伝田が何を喋っていようと、次郎はひたすら聞き流した。この手にしみついてしまっている刑務所暮らしの垢《あか》のような部分、規則に縛られなければ、逆に何も出来ないようになってしまっている自分を、何とかして壊してしまいたい一心で、ひたすら土と向き合っていた。

4

暮れも押し詰まった頃、君子は備前で暮らし始めた兄に、新しい服を送ることを思いついた。かつては自分の職場でもあったデパートを訪ねると、紳士用品売り場には、以前の仕事仲間がまだ働いていて、君子はあっという間に懐かしい顔に取り囲まれた。

「よく来てくれたわねえ」

「見てるわよ、テレビ!」

実際は、さほど親しかったわけでもない、あるいはほとんど覚えていないような顔にまで取り囲まれて、それでも君子は笑顔を崩さなかった。

「それで、今日は何を買いに来たの？」

「分かった。誰か素敵な人に贈るんでしょう」

噂話が大好きな女店員たちは、次々にはしゃいだ声を上げ、興味津々の表情で君子の頭の先から足先までを眺め回す。違うのよ、兄に、と言いかけて、だが君子は慌てて口をつぐんだ。

——噂になる。

主役級は無理でも、ようやくそれなりの役をもらい、顔も名前も覚えられてきたところだった。今が大切なときだ。こんな自分がデパートで男物の服を買っていたなどということがゴシップ週刊誌にでも載れば、これまでの苦労が水の泡になる。第一、本当に兄の服を買いにきたと言っても、現在の戸籍に兄はいないのだ。その兄とは何者なのだと身元でも調べられて、さらに面倒なことになりかねない。

「違うの。近くを通りかかったものだから、つい懐かしくなって」

作り笑いを崩さずに言うと、女店員の間からは「わあっ」という歓声が上がり、また男性社員たちは、誰もが半ば眩しげな表情になった。

「すっかりスターさんになっちゃったと思ってたのに、私たちのことなんか、思い出してくれることがあるの？」

「あら、当たり前だわ。皆、懐かしい仲間ですもの。一緒にデモにだって参加した仲じゃないの」

さらに歓声が上がる。それからしばらくの間、君子は差し出されたノートや手帳にサインをしたり、誰が用意したのか、向けられたカメラに笑顔を送ったりして過ごすことになった。そして、暇《いとま》を告げるときには「記念」として、タオルを土産に渡された。

——買い物も出来ない。

無論、喜ぶべきなのは分かっている。だが、息苦しいことは間違いがなかった。まるで、自由を獲得した兄と入れ替わったようではないかと思った。

結局、あれこれと考えた結果、付き人の女の子に言いつけて何点かの服を揃えさせ、そこから選ぶしか方法はないと結論を出した。

「好みの色と寸法を言ってくだされば、私の方でちゃんと選びますけど」

付き人は、どこか不満げな表情をしていたが、君子は承知しなかった。口にこそ出して言えないものの、これは兄への出所祝いなのだ。あの兄が、ようやく青色の囚人服を脱ぎ捨てて十年ぶりに自由を獲得した、その心ばかりの祝いなのだ。一緒に暮らすことこそかなわなかったが、それでも、せめて君子の見立てた服を着てくれていると思うだけで、わずかでも気持ちが楽になる。心さえときめくようだった。

「お兄ちゃん
長い間、本当にご苦労さまでした。その後、お腹の調子はいかがでしょう。新しい暮らしには、慣れてこられたでしょうか。
新しい服で新年を迎えていただきたいと思って、これを選びました。寸法が合えば嬉しいのですが——もし、大きすぎたり、または小さすぎたりしたら、遠慮なさらずに、どうか知らせてください。もしも、そういうお便りがなければ、これから君子は全部、お兄ちゃんはこの大きさの服で良いのだと思って、どんどん送りますよ。

きっと近いうちにお目にかかれることを夢見ています。私も、仕事でそちらに行くような機会があれば、かならず寄らせていただきます。お兄ちゃんも、もしも東京へ来られるときには、きっときっと知らせてくださいね。

今年は本当に良い年でした。何より、お兄ちゃんが無事に戻られただけで、大満足の一年でした。もうイヤなことは起こりませんよね。これからは、きっと良いことばかりだと信じます。どうか、よいお年をお迎えください。また来年ね。

君子」


手紙を添えて荷物を送り、それが届いたときの兄の姿を想像して浮きたった気持ちになっていた晩だった。君子は、つき合い始めてまだ日の浅い愛人に殴られた。日比野というテレビ局のプロデューサーは、君子の部屋へ上がり込んで来るなり、酒臭い息をまき散らしながら、いきなり君子の顔を殴りつけたのだ。

「この、あばずれ女がっ。どんな男に服なんか送りやがったんだっ！」

床に倒れ込み、痺れた頬を押さえながら、君子は普段「まきちゃん」と呼んでいる付き人の、不満げな顔を思い浮かべていた。牧子。あの女。悔しさがこみ上げた。

——可愛がってやったのに。

よりによって、日比野にそんな余計な話を聞かせるとは。一体いつの間に、そんなこざかしい真似をしたのだろうか。

「おいっ、聞いてるのかっ」

君子の脳裏を、これまで牧子を相手に無防備に話してきた数々がよぎった。日比野の前につき合っていた愛人のこと。共演者のこと。仕事の内容のこと。その都度、あの女はどんな顔をしていただろうか。それらの話の、果たしてどれくらいが外部に洩れたことだろう。君子の気づかないうちに、自分に不利に働いていたことが、なかったと言い切れるだろうか。

——冗談じゃない。あんな山出しに。

そういえば、本当は自分も女優を夢見て上京したのだとか、そんな身の程知らずの話をしていたこともある娘だった。それならば、どんな小さな足がかりでも作りたいと、チャンスを狙っているかも知れない。だからこそ君子の目を盗み、出し抜いて、日比野に取り入ろうとしたとも考えられる。

——油断も隙もありゃしない。

だが、そんな付き人の気持ちも、理解できないわけではなかった。何よりも君子自身が、似たようなことをしてここまで這い上がってきたからだ。そして、これからもまだ上り続けなければならない。上りつめて見せる。そのためには、たとえ、どんなつまらない相手にだって、下手な情けは禁物だと知るべきだった。今夜、そのことを肝に銘じようと、君子は自分に言い聞かせた。

「——日比野さん、ひどいわ——私、今夜、日比野さんが来てくれたら、真っ先にその話をしようと思ってたのに」

素早く考えを巡らせて、この場は泣き落としに出ることにした。君子は頬を押さえたまま、肩を震わせ、唇を噛んだ。酔いの回った、とろりとした目つきで、日比野はわずかに面食らったような顔つきになっている。

「母が生前、お世話になった方が、やっと見つかったって。私、何年も、ずっと探してたの。そのために東京に出て来たくらいなのよ。それで、やっと居場所が分かったと思ったらお身体の具合が良くないっていう話だったから、せめて暖かい服でもと思って、私——それなのに、ねえ、まきちゃんは日比野さんに何て言ったの？　あんまりだわ」

　日比野は酒癖が悪く粗暴な男だったが、その一方、有能で行動力があった。何より、その豊かな発想力と企画力とで、業界内でもそれなりに名を知られ始めている。君子にとっては、まだまだ利用価値のある、そう簡単に手放すわけにはいかない男だった。

「日比野さんともあろうものが、あんな子の言うことを鵜《う》呑《の》みにするなんて——」

　君子は、日比野の足にしがみついて、ひとしきり泣いて見せた。

「情けない——私、情けない。こんなに愛してるのに、あなたに信じてもらえないなんて」

　声を詰まらせ、カメラの前に立つときよりも懸命の演技をして見せると、それまで仁王立ちになっていた日比野の足から力が抜けたのが感じられた。彼はその場にかがみ込んで、思いの外、真剣な表情で君子の顔をのぞき込んできた。

「小夜子——」

「いや。君子って呼んで。日比野さんの前では、私は生まれたままの私でいたい——望月君子のままでいたいの」

　そろそろ四十に手が届こうという男だった。その日比野が、いかにも無骨そうな手を伸ばしてきて君子の頰を撫でる。君子は、その手を握りしめて新たな涙を流した。

「私って駄目な女だわ。人気商売だと思うから、つい人の目を気にしたのがいけなかったの。母の恩人に送るんだから、まきちゃんなんかあてにしないで、自分でデパートにでもどこへでも行けばよかった——ろくに売れてやしない、こんな中途半端な女優のことなんか、誰も気にしやしないのにね。

最初からそうしていれば、日比野さんを傷つけたりも、しなかったのに――罰が当たったのね――」

さめざめと泣きながら、言い終えるか終えないうちに、日比野は荒々しいほどの力で君子を抱きしめてきた。酒と煙草の匂いが君子を包む。

「馬鹿。お前は一流になる女じゃないか」

「だって――」

「来年のドラマでな、きっといい役につけてやるから。俺が一流の女優にしてやるから」

こんな男、と思う。その一流になる女優の顔を殴ったのは誰なのだと言いたかった。それでも、君子は黙って日比野に抱かれていた。損得も計算ももちろんだ。だがとにかく、こうして誰かに抱かれている安心感こそが、何ものにも代え難かった。

昭和三十八年は慌ただしく暮れていき、オリンピック一色の昭和三十九年が始まった。君子は年明け早々から、撮影所やテレビ局、ラジオ局などを移動して毎日を過ごした。このところ幸いなことに、仕事がとぎれるということがなくなってきた。傍には常に男性のマネージャーと、例の付き人がいる。ことに牧子は、名前さえ呼べば、まるで忠実な犬のように駆け寄ってきた。

「あら、まきちゃん、悪いわね。でも、いいわ。まきちゃんとは、好みが違うみたいだから」

「へえ、まきちゃんて、そういう感覚なの」

「まきちゃんに言っても、分からないわね」

前年の暮れからずっと、気分次第で相手を振り回し、牧子を困らせる日々が続いていた。頭ごなしに叱りつけたり、下手な切り方をして、よそで何か言われるのではたまらない。それよりも手元に置いたままで、じわじわと痛めつける方が得策だと、君子なりに作戦を練ったのだ。いびり方ならよく知っている。何しろ、君子自身が施設にいた当時、また大部屋女優だった時に他の連中からさんざんそういう目に遭ってきた。

　やんわりと嫌みを言う。見えていないかのように無視をし続ける。これ見よがしに、牧子の前でくすくすと笑いながら他の者と内緒話をする。付き人になって一年足らずの間に、すっかり君子に慣れていたように見える牧子の表情が曇り、また、すっと強張る回数が増えていった。

「あの、小夜子さん、私、何か――」

「あら、いやだ。まきちゃん、いたの」

　毎日、少しずつ、君子は牧子を追いつめていった。こちらの機嫌が悪くて、ついつらく当たっているかのように見せかけたかと思えば、次には必要以上に親切にする。頼りにしているようなことを言う。牧子が安心し、油断した頃を見計らって、また突き放すといった具合だ。時には、牧子に一切の仕事を言いつけず、ただ放っておくこともあった。

「あの、そんなこと、私がやりますから」

　牧子がおろおろとしている前で、わざと楽屋の中を片付けたり、鏡台の鏡まで拭いて見せる。そして君子は、あくまでも穏やかに「いいのよ」と微笑むことを忘れなかった。

「だって、まきちゃん、何だか疲れた顔してるんだもの。申し訳なくて、こんな雑用なんか、お願いできないわ」

　その都度、牧子は顔を強張らせ、その場に立ち尽くした。

　やがて牧子は目に見えて暗い表情になり、無口になった。

「ちょっと、まきちゃん。そんなに暗い顔、してないでくれない？　まるで私が何かしてるみたいに見られるわ」

「――すみません」

「それとも、私が何かしてる？　まきちゃんをいじめたり、つらい思いをさせたりしてる？」

「あの――いいえ」

ついに泣き出しそうに見えるときには、君子はわざと牧子を呼びつけ、その手を握りしめたりしながら「ねえ、まきちゃん」と囁きかけた。

「あなただけは味方でいてね。だって、本当に生き馬の目を抜くような世界じゃない？　この芸能界も、東京もね。右を見ても左を見ても、心の底から信じていい相手なんて、いやしない。その中で、まきちゃんだけは絶対に私を裏切ったり、告げ口をしたり、陰で何か企んだりする子じゃないって、私、知ってるの」

牧子の、貧乏くさくてぺしゃんこの顔をのぞき込みながら、そんなときの君子は、「そうでしょう？」と、わざとゆっくりと瞬きをした。そして、ドラマで共演した女優や俳優についての噂話や、彼らに降りかかった不幸について口にした。スキャンダルにまみれて四苦八苦している女優。同様に女性関係でもめていると週刊誌にすっぱ抜かれた俳優。借金の噂が出た役者もいる。すべての情報は、内部から洩れたものに違いないのだ。

「役者なんて、本当に弱いものだもの。周りがちゃんと守ってくれなかったら、どうすることも出来やしない。それなのに、事務所も油断してるからいけないのよ。そういうことをしそうな人は早く見つけ出して、最初の段階で、誰か、ちゃんと教えてやればいいのよねえ。守るふりをして裏切りでもすれば、もうこの業界では生きていかれなくなるっていうことを。要するに信用だけが大切だっていうことを。ねえ？」

牧子の顔はもう真っ青になっていた。そんな牧子を、君子はそっと抱きしめて「その点、私は幸せだわ」と囁いてやる。

「だって、まきちゃんがいてくれるんだもの」

やがて、牧子は体調不良を訴えるようになった。君子は休養を許さなかった。「一人にしないで」と言い続け、どんな地方ロケにも連れていった。結局、牧子は夏前には故郷へ帰ることになった。君子は餞別《せんべつ》をくれてやった。

まさしくオリンピックで明け暮れた一年だった。ことに未曾有《みぞう》の暑さと水不足に悩まされた夏頃までは、東京中が掘り返され、慌ただしく、埃っぽく、どこかに苛立ちを含んだような毎日ばかりが続いた。

そんな折に、佐田啓二《さだけいじ》が交通事故死した。映画産業の斜陽が取り沙汰される中で、松竹の看板スターだった俳優の死は、君子たちにも、ひとつの時代の終わりを感じさせた。同時に君子は、赤木圭一郎が亡くなったときのことも思い出した。

——そんなに昔のことじゃない。

それなのに、ずい分遠くまで来てしまったような気がする。あの、地味で刺激のない、貧しいデパートガールとしての毎日を送っていた日々が、半ば懐かしく感じられた。

平凡に暮らしていかれれば、それだけで十分だと望みながら、常に兄のことが頭から離れなかった。あの頃の君子は、おそらく自分は一生涯、何かに耐えて生きていかなければならないのだろうと覚悟していた。兄も姉も居場所が分からないまま、いつまでたっても捨て子のような気分をぬぐえなかった。それでも、とにかく真面目に、誠実に生きていれば、きっと神さまが、どこかで見ていてくれるなどと本気で信じていた。

だが、時代は動いていた。ただ堪え忍んでいるばかりでは、ことにこの東京では、生きのびてはいかれない。そう思うからこそ、君子は過去を捨て、新しい戸籍と名前を手に入れた。そして、自分一人の力でここまで来たのだ。これからも、そうしていく。走り続ける。

秋までには、東京と新大阪の間で東海道新幹線が開通し、また名神高速道路の一部が通った。都心には、外国人向けの新しいホテルが次々にオープンするという具合で、来る日も来る日も大きな話題が飛び交った。それに呼応するようにテレビの世界は派手になり、『モーニングショー』などという、ドラマともニュースとも異なる番組が生まれていた。君子は、日比野がプロデュースするドラマにレギュラーで出演していた。傍には新しい付き人がいた。

オリンピックの期間中は、日本中がテレビに釘付けになり、声を嗄らして日の丸を応援した。だが二週間続いた祭りの後には池田首相が辞意を表明し、北からは冷害が報告された。灰色の冬が、もうすぐそこまで来ていた。

昭和四十年、映画産業の斜陽はいよいよ深刻になり、八月には松竹京都撮影所が閉所した。映画の世界にはとうに見切りをつけて、テレビで生きていこうと決心していた君子には、直接的な打撃というようなものはなかったが、それでも兄が手紙で心配してきた。

「——ちゃんと仕事はもらえていますか。自分はテレビをあまり見ないので、いつも君子の応援が出来るわけではありませんが、心配しています。去年からやっていたドラマも終わったようですね。今はどんな仕事をしているのか、また教えてください——」

早いもので、兄が出所してすでに二年が過ぎようとしていた。その間、君子は季節が変わるたびに新しい服を送ったりして、何かにつけて兄を思い出し、気にかけてはいるつもりだったが、結局、一度として会ってはいなかった。

時折、無性に会いたくなる。会って、幼い頃と同じように「お兄ちゃん」と駆け寄りたい。兄はもう自由の身だ。その気になれば出来ないことではない。だが実際には、それは夢のまた夢としか思えなかった。仕事が忙しいせいもある。今の立場も考えないはずがない。だが一番には、怖いのだ。何しろ、お互いの上に流れた時は、あまりにも長く、そしてあまりにも違いすぎている。たとえ今、兄に会えたとしても、二人きりになって何を話せば良いのかさえ、君子には分からなくなっていた。

秋口に、日比野との関係が終わった。元来、短気で嫉妬深い男だったが、このところ酒量がさらに増え、それと共に君子への束縛《そくばく》がきつくなり、君子自身も重荷に感じ始めていた矢先のことだった。新しいドラマで共演することになった若い役者と、君子との間を勘繰《かんぐ》って、酔った勢いで、また君子の頬を叩いたのが決定的だった。

「ぶったわね」

痺れる頬を押さえながら、君子は日比野を睨みつけた。もう、こんな男は必要ではない。ちょうど良い潮時だ。

「いい？　この顔は、商売品なのっ。そんなことも分からないのっ！」

傲然《ごうぜん》と言い放ち、君子はそのまま自分の部屋を飛び出した。そして二度と戻らなかった。その後、日比野は別の問題を起こして、会社を辞めたという話が聞こえてきた。

兄が上京するという手紙を寄越したのは、ようやく長いホテル暮らしから解放されて、新しい住まいになじんだ頃のことだった。手紙は、古い住所から転送されてきていた。

「――暮れに、うちの先生が銀座のデパートで個展を開くことになったのです。その準備と手伝いをするために、自分も先生について何日間か、上京することになりました。泊まるのは、旅館かホテルをとってもらえるという話なので心配はいりません。

オリンピックの頃にテレビで見ましたが、東京は大変な都会ですね。そんなところで、君子はどうやって生きているのだろうかと心配になりました。もしも迷惑でなければ、少し会って、話でも出来ないかと考えています。自分が焼いた器なども、出来れば君子に使って欲しいので、持っていくつもりです。君子は、ドラマの仕事は忙しいですか。五分か十分でも、時間を都合することは出来ませんか――」

何という水くさいことを言うのだろうか、せっかく会えるというのに、五分か十分などと、どうしてそんな遠慮をするのだ。君子は即座に「待っています」と返事を送った。

「――いつも書いていますが、今度こそ、電話をしてください。細かいことを相談するためにも、その方が、ずっと簡単です。今また新しいドラマの撮影に入っているので、留守のことも多いけれど、午前中、九時ごろまでは大体いるつもりです。でも、あまり早くには、かけてこないでね。夜更かしの君子は、早起きが苦手なんです。

お兄ちゃんの声を聞くのは何年ぶりになるでしょう！　とにかく電話を待っています」

手紙を書いた後で、本当に、何年ぶりになるのだろうかと、君子は改めて数えた。四年はたつだろうか。あの岡山の、駅からの道筋を思い出す。用水を渡り、刑務所の門をくぐってすぐの、正面玄関脇に植えられていた巨大なソテツの木。面会待合室の薄暗く、ひっそりとした空気。面会室のすり減った椅子。目の前の金網――。

嬉しいに決まっている。

兄に会いたい。その気持ちに嘘はない。もしも会えたら何を話そう、一緒に何を食べよう、どこを案内しようかと、想像し始めるときりがない。この世の中で唯一、損得も欲も関係なく、君子を抱き留めてくれるのは、兄しかいないのだ。その兄に、実に十二年ぶりに直に触れることが出来ると思うと、胸が高鳴るほどだった。

だが、その一方では怖かった。

兄が来る。兄に会う。それが、憂鬱でもあった。

何しろ君子は変わった。もう以前の、兄の名を呼びながら泣いてばかりいた君子ではない。当たり前だ。それだけの年月が流れた。必死で、たった一人で生き抜いてきた。今、君子は女優としてそれなりの地位を築こうとしつつある。名前も顔も覚えられてきた。ギャラもアップしたし、マネージャーと付き人の他に、専属のヘアメイクもつくことになりそうだ。既に二十四歳になった今、これからは大人の、演技派の女優を目指して、さらに足元を固めたいと思っている。

そんな君子を見て、果たして兄は、どう思うだろうか。手紙によれば、滅多にテレビなど観ない生活を送っている様子だが、それでも何回かは、ドラマに出ている君子を見たことはあるらしい。それに対する感想が書かれていたことはないが、これまで君子がこなしてきた大半の役柄から考えても、控えめで辛抱強く、清潔感を漂わせている真面目な印象が強いはずだ。

人妻の場合でも看護婦でも、町娘でも下女でも農婦でも、若い母親役でも保母でも、財閥の令嬢でも、また娼婦の役でも、とにかく君子に与えられるのは、時には可憐《かれん》、時には健気《けなげ》、地味で主演を引き立てて、はかなく消えていくような役が多い。そんなドラマばかり見ていれば、世間の人たちは大半が、君子をそういう性格だと思いこむ。そして、生身の君子にも優しさや健気さ、忍耐強さを要求する。それは、兄にしても同様のはずだった。第一、兄の知っている頃までの君子には、確かにそういう部分があった。当時は、特に演技をしていたつもりはない。ただ、耐えることしか生き抜く術を知らなかったことは、間違いがないと思う。

——でも、今は違う。

実際の君子の姿を見せて、兄に「変わった」などと言われるのはつらい。たとえ向こうに悪気がなかったとしても、それは、暗に君子を責める言葉に聞こえてしまいそうな気がする。かといって、兄の前で、二人きりでいるときに芝居をすることなど、出来るはずもなかった。

同様に、兄だって変わったに決まっているのだ。年月のみならず、兄の場合は十年間も、あんな閉ざされた、特殊な環境に身を置いていた。金網越しには分からなかったお互いの変化を、否応なく知ることになる。

もしも、兄がいかにも田舎臭い、野暮ったいばかりの男になっていたら。いや、それどころか、君子を食い物にするような男になっていたら。もしも、君子の財力をあてにして、ずっと東京で暮らしたいと言い出したら。もしも、兄だと名乗り出て、君子の仕事の支障になったら——。

考えるだけで嫌になった。いっそこのまま会わずにいる方が、お互いのために幸せなのではないかという気さえしてくる。会いたい。恐い。会いたい。不安だ。毎日のように堂々巡りでそんなことを考えていたある晩、君子の住まいの電話が鳴った。「もしもし」という声を聞いただけで、何を考えるよりも早く、君子は「お兄ちゃん！」と声を上げてしまっていた。受話器の向こうで、兄の声は半ばロごもるように「元気か」と言った。君子の脳裏を、あの刑務所での光景がかすめていった。いつでも金網越しでしか見ることの出来なかった、兄の細面《ほそおもて》の顔が思い出された。

「何よ、電話なら午前中にって、手紙に書いたのに」

「ああ――そうは思ったんだけど。こう――午前中は、こっちも色々と忙しいんだ。それに、公衆電話までも、大分、遠いもんだから」

兄の、独特のかすれ気味の声は、戸惑いを隠せない様子で、ぼそりと「すまん」と言った。兄の、懸命な様子が温かく伝わってくる。思わず微笑みながら、君子は受話器を耳に当てていた。

「今も、公衆電話からなの？」

「いや――先生の、とこの」

「お借りしてるの？　番号、教えて」

「ああ――何で」

「だって長距離よ。電話代が、すごくかかるから。先生に申し訳ないでしょう？　だから、こっちから、かけ直すわ。すぐに、折り返し」

君子の耳に、何かごそごそという音と、誰かの話し声が聞こえてきた。それから兄の声は、いかにも不器用そうにひとつの番号を読み上げた。君子はふいに、幼い頃のことを思い出した。伯母の家の、物置を改装しただけの掘っ立て小屋のことだ。陽の光さえ射し込まない、湿気の強い小屋だった。生きていくだけで精一杯の、何一つないような小屋での暮らしから、こうして電話でやり取りをするところまで来たのだということが、急に実感になってこみ上げてきた。この兄と、会わないわけにいくものか。この世でただ一人、君子とつながっているのは、この兄しかいないのだと、改めて感じた。

それから兄と会えるまでの日々は、君子にとっては生まれて初めてといって良いくらいに、心弾む楽しいものだった。

「最近、ご機嫌じゃないですか」

仕事の合間などにも、マネージャーに言われることがある。その都度、君子は「実はね」と言ってしまいたい誘惑と戦わなければならなかった。望月小夜子の本名は、あくまでも望月君子であり、両親は既に他界、兄弟もいないことになっている。南部次郎などという男は、君子の履歴《りれき》とはまったく無縁の、明らかに切り離された存在でしかなかった。その男と会うというだけで、こんなに機嫌を良くしている、はしゃいでいることなど、誰に知られるわけにもいかなかった。

「何か、いいことでもあったんですか」

「そんなものがあったら、苦労しないわ」

「そうかな。楽しそうに見えますけど」

「よけいなこと、勘繰らないで。私が機嫌をよくしてちゃあ、いけないみたいじゃないの」

「まさか。そんなわけ、ありませんよ」

相手は十歳近く年上のマネージャーだった。だが君子は、「そうかしらね」と、容赦《ようしゃ》ない言い方をした。彼らの給料にしたところで、君子の稼ぎから出ている。付き人も、ヘアメイクも同じことだ。君子が食べさせてやっている。そんな連中に気を使うつもりには到底なれなかった。

ただでさえ牧子の一件以来、君子は以前にも増して秘密主義を通すようになっていた。誰よりも信頼すべき立場にあるマネージャーにでも、必要最小限のことしか話さない。信じるな。油断するな。

つけ込まれるな。それが、この世界で生き抜いていくための鉄則、君子の哲学だった。

「それはともかく、来週のことは、頼んだ通りにしてくれてるのよね」

「ああ、来週の金土日、ですね。大丈夫です、調整済みですから」

マネージャーは、几帳面な表情で手帳を開き、確かめるようにうなずく。君子は、その顔を試すように見上げた。

「何も、聞かないのね」

「聞いたら答えてくれるんですか」

君子は、ふん、と鼻を鳴らしてそっぽを向いた。

「残念だな。僕はいつでも、あなたの味方のつもりなんですがね」

マネージャーは、あきらめたように微笑んでいた。この業界に味方なんかいらないわ、という言葉を、君子は呑み込んだ。

十二月十日は朝から煙るような曇り空の日になった。吐く息は白く灰色の空に溶けて、ひっそりとした淋しい冷気が街中を支配する。いつになく早く目が覚めた君子は、マンションのベランダに出て、ゆっくりと煙草を吸いながら、寒々しい風景を眺めた。外苑の辺りを飛ぶ鳩さえ、凍りついて落ちそうに見えるほどだ。

――せっかくだから晴れればいいのに。

何しろ兄にとっては、生まれて初めての東京だ。先月の末には、初めて「スモッグ警報」などというものも出たけれど、決して薄汚れているばかりではない。常に変化を続け、刺激に満ち、君子の夢を叶えてくれる街であることを、兄にも感じて欲しかった。

「何だ、馬鹿に早いんだな」

ふいに背後から声がしたと思ったら、寝間着の上に羽織った肩掛けごと抱きすくめられた。背中に柔らかい温もりを感じる。君子は首を巡らせて、男の顎の下に顔をもぐり込ませた。

「そっちこそ」

「君がベッドから出ていくから、それで起きちまった」

「意外に、神経質なのね」

「繊細《せんさい》って言えよ」

男の声が身体にじかに響いてくる。君子は微笑みながら男の方に向き直り、その顎の辺りに軽く口づけをした。男は、君子の手から吸いかけの煙草をつまみ取り、まだ寝ぼけた顔のままで自分の唇に運ぶ。ふう、という息と共に、吐き出された煙が流れていった。

「はっきりしない天気だな。嫌になっちまう」

男が言う。

「俺、今日、ロケなんだ。嫌だぜ、晴れ待ちなんてさ」

「ロケは、どこ」

「東京湾だってさ。このくそ寒いのに」

「海には飛び込まないんでしょう？」

「当たりめえだ」

都筑猛《つづきたけし》という芸名の彼こそが、日比野が関係を怪しんだ若い俳優だった。日比野が、あんな馬鹿なことを言い出して、嫉妬に狂ったりなどしなければ、まったくの無関係のままで終わったはずなのに、逆に、そのことが引き金になったのは皮肉だった。二十三歳の彼は、君子がこれまでつき合ってきた誰よりも若く、エネルギッシュで、美しかった。

君子は猛が気に入っていた。一緒にいるだけで気持ちが弾む。新しいドラマの話をするときなどは新鮮で刺激的だ。まだ一度も実現したことはなく、今後もその可能性は低いだろうが、もしも一緒に出かけることが出来たら、どんなに楽しいだろうと思う。遊園地にでも動物園にでも、またはただ景色が良いばかりの田舎にでも。何よりも、彼は見た目が良かった。涼やかな目元も、どこか気品を漂わせて感じられる口元も、くせのない真っ直ぐな鼻筋も、見事に整っている。人前に出して恥ずかしくない、隣にいて誇らしい気持ちになる。

だが実のところ、君子はそれ以外の猛のことについては、何一つといって良いくらいに知らなかった。知りたいとも思わない。信じるな。油断するな。つけ込まれるな。この鉄則は、たとえ相手が猛であろうと、変わることはなかった。猛のことを考えるとき、ときめきに近い感覚を抱くことはあったけれど、だからといって、この関係も、そう長く続くものではないと確信していた。何しろ、彼はまだ若く、何の力もない。彼では、君子をスターに押し上げることは出来ないのだ。

「寒いよ。中に入ろう」

出身は広島。住んでいるのは、中野の古アパート。君子が知っているのは、それだけだった。それだけで十分だった。

「ああ、冷えた冷えた。風邪、ひいちまう」

猛は君子の肩を抱いたまま、再び寝室に戻って、そのままベッドに倒れ込む。君子は笑い声をあげながら、そんな猛と絡み合っていた。

「次、いつ会える」

猛が君子の上になり、君子の前髪を撫でながら囁く。この人は若いのだと、彼の背中に回した君子の手が感じている。

「来週からロケなのよ」

「じゃあ今週中にもう一度、会おうか」

「今週は、もう駄目。予定が入ってるの」

「俺よりも大切な？」

君子は「もちろん」と答えた。猛は、ほんのわずかな時間、君子の瞳をのぞき込んで、「そうか」と、いともあっさりとうなずいた。

「じゃあ、相当に大事なんだな」

その言いぐさがおかしかった。君子は再び声を上げて笑い、猛にしがみついた。いつか終わりが来るにせよ、当分は、まだこの人との関係を続けていたかった。

昼前には、「周りに気をつけて」と念を押した上で、口づけと共にサングラス姿の猛を送り出し、それからの時間を、君子はひたすら兄からの電話を待って過ごした。兄たちは、午後には新幹線で東京駅に着く予定だと聞いている。それから真っ直ぐに銀座のデパートに行き、陶芸の師匠と共に、個展の打ち合わせをするのだそうだ。打ち合わせが終わった段階で、君子に電話をくれることになっていた。それが四時になるか、五時になるかは分からない。とにかく電話がかかってきたら、すぐに飛び出せるようにと、君子は三時過ぎには、もう化粧を始め、服を選んだ。

誰と会う前でも、こんなに緊張し、こんなに落ち着かないことはなかった。数時間前に、別れを惜しみつつ送り出したばかりの猛に対してさえ、彼がここへ来るという晩には、少なからず待ち遠しい思いはしても、こんな気持ちにはならなかった。

——何が始まる。何が起きる。

ただ兄に会うというだけなのに、息苦しささえ感じてきた。初めて刑務所を訪ねたときも、そうだった。兄は逮捕された後、何年間も手紙ひとつ送ってきてはくれなかった。どうにか連絡が取れて、金網越しにやっと会えた日、君子は、痩せて疲れた顔つきになってしまった兄を一目見て、涙が止まらなくなったのを覚えている。

四時を回った。電話はことりともいわず、部屋はひっそりと静まりかえったままだ。弱々しい冬の陽は早くも西の空に傾いて、辺りには淋しい夕暮れの気配が立ちこめてきていた。

やがて五時を回る。君子の暮らすマンションの窓からは、黒々とした闇に沈んだ外苑の森と、遠い街の灯が望めるだけになった。

——来てないんだろうか。予定通り、着かなかったんだろうか。

時間と共に不安が広がり、ついに不吉な想像までし始める。じっとしている余裕は、もうなくなりつつあった。病気か事故だろうか。または、打ち合わせをするはずのデパートとの間で、何かが起きたのか。最悪の場合、まさか、この大都会に、兄は一人で放り出されてしまったのではないのだろうか。考えれば考えるほど、いてもたってもいられなくなる。

待ちかねていた電話があったのは、午後七時過ぎだった。君子は部屋を飛び出した。

指定されたホテルの客室に行き、ドアの隙間から現れた兄の姿を見た途端、君子は、泣きたいのか笑いたいのかも分からない、「ぽかん」としたような気持ちになった。黒いとっくりのセーターを着た兄は、オレンジ色の光を背に受けて、「よう」と言った。

「あ、あの――」

「入らないか、とにかく」

兄の声は、静かだった。君子は言われるままに客室に入った。一応はベッドの置かれている洋風の部屋だが、息苦しさを覚えるほどに狭く、貧しげで、落ち着いているとも言い難い。恐らくはオリンピック前に、大挙して訪れる国内外の観光客をあてにして、駆け込み式に大急ぎで作ってしまったというところだろう、いかにも安普請《やすぶしん》な印象を受ける部屋だった。

「それで、あの――」

緊張している。色々と考えてきたはずなのに、何を話せば良いのかも分からなくなっていた。君子は、まともに兄の顔も見られないまま、とにかく「打ち合わせは」とたずねた。兄は、カーキ色のコール天のズボンをはいている。セーターも、そのズボンにも、見覚えがあった。それらは間違いなく、君子が選んで、君子が送ったものだった。

「俺は、先生の傍《そば》にいるだけだから。どうっていうこともないんだ」

「そう――そう。あの――」

やっとの思いで顔を上げると、そこに兄の顔があった。細面なのは以前のままだが、黒々とした豊かな髪を無造作にかき上げ、君子が一緒に暮らしていた頃に比べたら、まるで別人のように静かな表情になった、大人の男の顔があった。

「あの――よく、いらっしゃいました」

慌てたように会釈《えしやく》をしながら、思わず涙がこみ上げた。それほど、泣くような場面ではないと思う。第一、兄の方は、こんなに落ち着いているではないか。そう思うのに、一度、こみ上げてきた涙は容易に止まらなかった。

「本当に、よく——」

「——君子も、よく——」

思わず駆け寄って、しがみつきたい衝動があった。けれど、身体が動かなかった。君子は、ただその場に立ち尽くし、涙を流した。

「すまなかった——いつも」

やがて、君子の視界で兄の足下が動いた。そして、頭に暖かい重みを感じた。まるで幼い頃に戻ったように、兄は君子の髪を、ゆっくりと撫でてくれた。

——涙って、あたたかい。

自分の頬を濡らす涙の、その温かさを初めて知った思いだった。君子は兄の肩に額を押しあて、ただ泣いた。長かった。本当に。その、すべての過去が洗い流されていくようだった。

どのくらいそうしていたか、ようやく気持ちが落ち着いたところで、君子はあわてて化粧を直し、兄と共に食事に出ることにした。あらかじめ、君子の業界の人間もよく利用する、個室のある割烹を予約しておいたのだ。そういう店は信用が第一だから、客のことは決して他言しないと以前、ある映画監督から聞いたことがある。

「ごゆっくりどうぞ」

仲居が恭《うやうや》しく頭を下げて襖《ふすま》を閉めると、八畳ほどの和室に、兄妹は初めて向き合って座った。床の間を背にして、兄は、いかにも落ち着かない様子で室内を見回している。だが、世間の誰が、この兄を見て東京は初めてだと、その上、十年間も刑務所で暮らしていた殺人者だと思うだろうか。または、住み込みの職人見習いふぜいだと。むしろ、その風貌や今日の服装から見ても、まるで新進気鋭の芸術家のようではないか。

「お兄ちゃん、その服、似合ってるわ。すごく」

室内を見回していた兄は、初めて恥ずかしげな表情になって口元を歪めた。

「お前が送ってくれる服は、こう——どれも評判がいい。普段は、もったいないから、こういう時以外には、そんなに着ないんだが」

「あら、何言ってるのよ。どんどん着てくれなきゃ。お兄ちゃんさえ嫌じゃなかったら、私また、いくらでも送るわ」

「今で十分だ。第一、普段は泥まみれなんだから。きれいな服なんか、とても着てられるような仕事じゃないんだ」

「欲がないのね」

「興味がないだけだろう。俺は、何ていうか——相変わらず、世間から取り残されて暮らしてるからな。単なる田舎っぺえだ」

自嘲《じちょう》気味に笑う兄は、だが君子の目からは、どこから取り残されているようにも、田舎ものにも見えなかった。むしろ、失われた十年についても、たとえばパリなどの海外で過ごしたと言ったって容易に信じられそうだ。ようやく帰国したものの、都会の喧噪《けんそう》を嫌って、自ら望んで人里離れたアトリエにこもっている——そんな風にさえ見えると思う。

ビールが運ばれてきた。仲居が酌をしようとするのを、君子が断った。

「初めてね。お兄ちゃんに、こうできるの」

改めて兄のコップにビールを注ぎながら、やはり胸が熱かった。

5

君子はまつげに涙をためて、次郎の差し出したコップにビールを注ぐ。そのビールで、次郎はのど元までせり上がっていた熱いかたまりを、やっと飲み下した。

「ああ、おいしい」

目の前で、白い喉を見せてビールを飲む妹を眺めながら、次郎は、まるで夢でも見ているようだと思った。いや、だとしたら、この夢はいつから始まったのだろう。今朝、伊部を発ったときからか、それとも、あの雨の晩、この手で人の生命を奪ったときからなのか。

「さあ、食べましょう。お料理、どんどん運ばれてくるから」

君子の笑顔は、まさしく花が咲いたように明るく華やかに見える。次郎は、どこか気恥ずかしささえ覚えながらその笑顔を受け止め、目の前の割り箸に手を伸ばした。箸は、白い和紙を折りたたんだ袋に収められ、扇子《せんす》をかたどった陶器の箸置きに置かれていた。

――箸置き。

ふいに、刑務所で作った箸置きのことを思い出した。今にして思えばいかにも単純で、稚拙《ちせつ》なばかりの作りだったが、それでもあの当時は、小さな箸置きひとつ作るにも必死だった。そして、閉ざされた空間の中で作られたこの箸置きは、果たしてどんな場所で、どんな人に使われるのだろうかと、思いを馳《は》せたものだ。

「どうしたの」

君子が不思議そうにこちらを見る。次郎は、手に取った朱色の箸置きを戻しながら「いや」と小さく笑った。

「やっぱり、焼物に目がいく?」

「まあ――何となく」

「そんなものなんでしょうね。何ていったって、お兄ちゃんは、焼物のプロなんだものね」

「まだまだ、見習いだ」

今日の君子は淡いピンク色のワンピースを着て、胸元には茶や赤の、いくつかの小さな木の実をかたどったブローチをつけている。全体に柔らかい、まるで春の木漏れ日のような雰囲気に満ちていると思う。その君子が「ううん」と首を振った。耳元で、小さな石がきらきらと揺れた。

「どこから見ても、お兄ちゃんは立派な芸術家に見える。何だか、夢みたいだわ」

箸を片手に、君子はうっとりと呟いた。

「おまえこそ」

冷たいビールを喉に流し込み、次郎はふう、と息を吐き出した。

「大したもんだ。本当に、立派になったな」

そこで思い出したように、次郎は姿勢を正して、改めて妹を見る。

「お前には本当に――」

苦労をかけたと頭を下げかけた途端、ところが君子は、すっと目をそらし、「やめましょう」と、意外なほど素早く、ぴしゃりと言った。その口調と、さっきまでの柔らかい笑顔との落差に、次郎は思わずたじろぎそうになった。

「だけど、俺は今日はどうしても――」

「だめ。やめて」

君子の眉根が、苛立ったように微かに寄せられた。唇がきゅっと結ばれる。次郎は、奇妙な違和感を覚えながら妹を見つめていた。こんな顔つきをする娘だったろうかと思う。だが、次郎が考える間に、もう君子は表情を変えていた。今度はしみじみとした、どこか力の抜けたような表情になって、小さくため息をついている。

「何か――照れくさいじゃない？　大丈夫。お兄ちゃんの言いたいことくらい、私、全部分かってるから。私だって、あの頃のことでは言いたいこと、たくさんあるわ。でも、思い出したくない気もするの。要するに私たち、すごく遠回りして、何とかここまで来たっていうことよ――とにかく今日は、改まった話なんてしたくない。せっかくこうして会えたんだもの。やっとよ、やっと。楽しい話だけ、したいじゃない？」

君子の言うことも、分からないではなかった。妹もまた、過去を捨ててここまできたのだ。名前も捨て、戸籍も捨てた。そうさせたのは、他ならぬ自分だ。

「そんなことより、ねえ、お兄ちゃんのこと、話してよ。伊部って、どんなところ？」

「田舎の小さな町だ。静かな」

「仕事はいつも、その、先生っていう方と？」

「工房では、伝田っていう、やっぱり住み込みの弟子と一緒だ」

「伝田、さん。初めて聞いた。男の人？」

「当たり前じゃないか。そいつが一日中、ラジオをかけっぱなしにしてるもんだから、俺も自然に歌謡曲なんかは覚えるようになってな」

「あら、じゃあ歌謡曲は詳しい？　誰が好き？」

「誰がっていうこともないが」

最近は、都はるみの『涙の連絡船』が気に入っていると正直に答えると、君子はくすくすと笑い、それから急に「よかった」と、大きく息を吐き出した。

「本当に、自由になれたんだわね」

どこから見ても成熟した女に見える君子を眺めながら、次郎はふと、自分と妹とは何歳違いだっただろうかと考えた。確か八歳のはずだ。だが、こうして向き合っていると、そんな差など感じないどころか、いつの間にか君子の方が、よほどしっかりとした大人になってしまっているような気さえしてくる。

「それで、お仕事は？」

「仕事って」

「どんなものを作って、焼いてるの？」

別れ際にでも渡そうかと思っていた手土産《てみやげ》に目がいった。次郎は、自分の脇に置いておいたデパートの紙袋から風呂敷包みをひとつ取り出した。

「気に入るかどうか、分からないけど」

包みごと卓の上に置くと、君子は表情を輝かせて「私に？」と言う。

「本当に、私に？　これ、お兄ちゃんから？　本当？」

君子は、信じられないとでもいうように、同じ言葉を繰り返した。次郎はうなずき返しながら、君子の華奢《きゃしゃ》な手が風呂敷の結び目をほどくのを眺めていた。やはり色のついた石のはまった指輪が、輝いて見えた。生まれてこの方、何一つとして苦労したことがないように見える手だ。そんな手になってくれて、良かった。

「すごい、こんなに立派な箱に入って。二つもあるの？　二つとも、開けていいの？」

妹に贈りたいのだというと、城島先生は次郎の焼いた茶碗と花瓶とを、それぞれ桐《きり》の箱に入れて良いと言ってくれた。まだ銘を入れられるような物を作れる腕前でもなく、実際、持ってきた作品自体、桐の箱になど収められるような域まで達していないことは、よく承知していた。それでも、ささやかな見栄を張らせてもらえたことは有り難かった。

「この秋に、焼いたんだ」

こんな風に改まって、自分の作品を人に見せるのは、初めてのことだ。もちろん、城島先生や身内の人々、問屋などは別だが。

城島先生のもとでの次郎の仕事は、いわゆる粗品《そしな》や記念品として配られる類の、茶碗や皿を制作することから始まった。それが最近では時折、土産物店や陶器店などにも置いてもらう、量産品とは異なる器を作るところまできた。

「まあ、こんな――」

やがて、姿を現した茶碗を手にとって、君子は囁くような声を出した。さらに次の箱から、花瓶を取り出す。次郎は柄にもなく、微かに胸が高鳴るのを感じていた。

君子は茶碗と花瓶とを卓の上に並べ、小首を傾げてしげしげと見入っている。

「これを、お兄ちゃんが――」

どちらも今回の窯出しの成果の中では、次郎なりに気に入っている作品だった。ことに花瓶の方は、すとんとした飾り気のない円筒形だが、全体に明るく白っぽい肌に、鮮やかな緋《ひ》だすきが二本だけ走って、それが少しモダンな印象を醸し出し、普段の次郎の焼き物に比べると一風変わった味わいになった。

「素敵――」

君子の表情は真剣そのものだった。次郎はビールの残りを飲み干しながら、「まだまだなんだけどな」と照れた笑いを浮かべていた。この、くすぐったいような緊張感は何なのだろう。まるで、何というか――。

――他人に君子を見られてるときみたいだ。

無論、君子が次郎の妹であることを知るものなど、次郎の周囲に誰一人として、いはしない。だが、ときたま先生の家族と一緒にテレビを見ていて、偶然、君子が映ったりするとき、次郎は何ともいえない気分になる。恥ずかしさと誇らしさと緊張とで、つい目をそむけてしまいそうな、それでいて「この娘が自分の妹なんです」と口走りたいような、何とも落ち着かない感覚に襲われるのだ。その時と今の気分は、よく似ていた。

「私、焼物のことはよく分からないけど、何ていうか、熱い感じがする。すごい感じ」

君子は瞳を輝かせながら、なおも次郎の焼物から目を離そうとしなかった。その時、襖《ふすま》がすっと開いて、仲居が料理を運んできた。それに続いて、見るからに高級そうな和服を着た女が、にっこりと笑いながら入ってくる。

「本日は、ようこそおいでくださいました」

正座した膝の前でぴたりと指を揃え、女は馬鹿丁寧なくらいに深々と頭を下げる。次郎は、どう応じたら良いかも分からないまま、女の見事に結《ゆ》い上げた髪と君子とを見比べていた。君子は、いかにも慣れた様子で愛想良く受け応えをしている。まるで映画かドラマのシーンのような場面だった。

「あら、そのお作は」

ふいに女が、君子の前に置かれた焼物に目を止めた。次郎は、思わず手を伸ばして隠したい衝動に駆られた。だが君子は、にっこりと微笑んで「こちらの先生の、お作品ですの」と言った。すると和服の女は大げさなほどに「あら」と顎を引き、改めてこちらを見る。反射的に、次郎は目をそらしてしまった。他人の視線は怖い。時には、痛いような気さえする。だから嫌いだ。

「備前からいらしてる方ですのよ。新進気鋭の陶芸家でいらして」

うつむきがちに君子の声を聞いていると、まさしくドラマの台詞のようだった。「まあ、備前から」という女の受け応えさえ、どこかで聞いたことがある気分になる。

「道理で、映画やテレビの関係の方とは、どこか雰囲気が違っておいでだなあと、思いましたんでございますけれどもね。まあ、わざわざ備前から、それはようこそ、お越しくださいました」

女は、この店の女将《おかみ》だと名乗った。次郎は黙ったまま、曖昧にうなずいただけだった。

「ご覧になります？　こちらのお作」

「まあ、よろしゅうございますか」

「ええ、ねえ、かまわないわよね?」

言いながら君子はもう、手にしていた花瓶を女将の方に差し出していた。次郎は目顔で「困る」と諫めたつもりだった。素人《しろうと》の君子はだませても、多少の目利きなら、どんな程度のものだか、すぐに分かってしまう。運ばれてくる料理に使われている器を見れば分かる。この店には、それなりに器に凝り、器を選ぶ目を持つ人間がいるはずだ。

だが、次郎の送った合図は、君子には伝わらなかったらしい。君子、と名前を呼びそうになって、次郎は慌てて口をつぐんだ。目の前にいるのは、女優の望月小夜子だ。いついかなる時も、そのことを忘れてはならない。小さくため息をついたとき、ようやく君子がこちらを見た。そして次の瞬間には、差し出していた花瓶を、さっと引き戻していた。

「やっぱり、やめておくわ。女将さんに取られちゃったら困るもの」

女将は「あら」と言って笑っただけだった。

「どうして見せたらいけないの」

女将が消えると、君子は不満そうな顔をした。人前で見せる表情と、素の状態との落差が大きいことに、次郎はようやく気がついた。だから時折、奇妙な印象を受けるのだ。それが女優というものなのだろうか。あの君子が、そういう使い分けをする女になったということなのだろうか。

「こんなに素敵なのに――私、自慢したかったのにな」

君子の膨れっ面を笑って眺めながら、新しく運ばれてきた銚子《ちょうし》の酒を猪口《ちょこ》に受け、それを口に運んで、次郎は「おや」と思った。普段、愛用している備前のぐい呑みに比べて、唇に当たる感触が、まるで違っていたからだ。

「どうしたの？　お酒が、口に合わない？」

「いや――」

改めて、上品な作りの小さな猪口を眺める。そしてもう一度、唇にあてる。薄く滑らかで、ガラスと変わらない感触が、そのまますんなりと酒を呼び込むようだ。人肌程度の燗酒《かんざけ》だが、薄い地肌を通して、その温もりが、かなり密着する感じで、ぴたりと指先に伝わってくる。備前のぐい呑みならば、この程度の温度はまるで気にならないし、その感じ方も、まるで違っている。

「こういう店だと、やっぱりこっちなのかな」

思わず目の高さに猪口を上げて、外からも下からも眺めていると、君子がくすくすと笑った。

「お兄ちゃん、本当に陶芸をする人なのね」

「おかしいか」

「おかしくなんかないけど。ただ、私にはどうしても想像がつかなかったから。その――昔のお兄ちゃんからは、陶芸なんて」

君子が銚子を差し出してきた。次郎は、その銚子ごと、君子の手から受け取った。やはり薄い磁器だけに、温度がじかに伝わってくる。この程度の燗酒ならば問題はないが、もう少し熱燗にしたら、持つのは大変だろう。その点は、備前の徳利の方が扱いが楽な気がする。

「まあ、これも偶然だ」

自分の猪口を満たし、君子の猪口にも酒を注いでやると、君子は「そういうことね」と言いながら、いかにも慣れた手つきで猪口を口に運んだ。あの小さかった妹が、顔色ひとつ変えずに杯を重ねていく。もしかすると、この一年ほどで、ようやく酒を覚えた次郎より、よほど強いかも知れない。

「俺だって、まさか、君子が女優になるなんて、想像もしなかった」

そして、こういう形で再会が果たせるとも思わなかった。少しずつ酔いが回ってきた頭に、君子の「でも」という声が響いた。

「私の場合は、偶然ていうだけじゃない。きっかけはどうでも、あとは自分一人の力で、切り開いてきた道なのよ」

君子の瞳はきらきらと輝き、表情は毅然《きぜん》としている。

——こいつは、変わった。

淋しいという感じでもなく、不愉快というわけでもなかった。ただ、変わったのだという現実だけが、次郎の前で揺れていた。

「苦労、したんだろうな」

思わず呟くと、君子はふん、と小さく鼻を鳴らした。いつの間にか、その指には煙草が挟まっている。次郎は、君子が鮮やかなピンク色の唇をすぼめて煙草をくわえる様を、ぼんやりと眺めていた。確か、今年で二十四歳になったはずの妹だった。「なあ」と呼びかけると、君子は煙草の煙をよけるように、ゆっくり瞬きをしながらこちらを見た。

「お前、結婚はしないのか」

「結婚？」

そう言うなり、君子はころころと愉快そうに笑った。

「まさか。そんなつもり、さらさらないわ」

「どうして」

「どうしてって——相手がいないからよ」

「つきあってる男も、いないのか」

「当たり前じゃない。お兄ちゃんは知らなくて当然だけど、私がいる業界はね、そういう点がものすごく厳しいの」

それから君子は、自分が日頃から、いかにスキャンダルを恐れ、人目を気にして暮らしているかという話をし始めた。それは、ごく普通の娘の生活からは想像も出来ないくらいに窮屈《きゅうくつ》で、不自由なもののように聞こえた。

「もちろん、不自由だわ。息苦しいし、時々、嫌になることもある。でも、その代わりに私たちは、テレビを見る人たちに夢を与えて、喜んでもらえる。つまり、使命感ね。奉仕よ。私の身体は、私のものであって、私だけのものじゃない。世の中の皆のためのものなんだって。だからこそ、普通のOLなんかじゃあ、手に出来ないだけのお金をもらってるわけでしょう?」

君子は饒舌《じょうぜつ》だった。だが、そんな話を聞きながら、次郎の中にはひとつの疑問が芽生え始めていた。そんなにも潔癖《けっぺき》に、純粋なままで守られている女たちが、果たしてカメラの前で男と抱き合ったり出来るものだろうか。恥ずかしげもなく。少なくとも、目の前で煙草を吸っている妹は、お下げ髪だった頃の、あの君子とは違っている。何ごとにも動じない、もしかすると次郎など足もとにも及ばないくらいの落ち着きを身につけていると思う。人前であろうと、どんなことでもこなせるに違いないと思わせる。

「そんなことより、お兄ちゃんこそ」

君子は、今度は急に半ば探るような表情になった。

「結婚しないの？」

「――馬鹿言え」

「何が馬鹿なのよ。ねえ、いい人いないの？　お兄ちゃん、モテると思うんだけど」

「冗談じゃない」

久しぶりに、腹の底で微《かす》かな苛立ちが揺らめいた。一体、何を考えてそんなことを言っているのだ。次郎の立場を分かっているのかと言いたかった。だが君子は、意外なほど真剣そうな表情で「そうかしら」などと呟いている。

「だって、お兄ちゃんだってもう三十二でしょう。子どもの一人や二人くらいいたって、何の不思議もない歳よ」

この俺が、まともな結婚など出来る身だと思っているのかと、口に出せば怒鳴り声になってしまうに違いない。その苛立ちにようやく気づいたのか、君子は慌てたように「まあ、いいんだけど」と笑顔になる。

「でも、きっとそういう機会があると思うな。その時には、どうするの」

「そんなこと、考えたこともない。第一、俺はまだまだ住み込みの、見習いの身だ」

「まあ――まあ、そうね」

そして君子は、またすっと女優の笑顔になった。

「ごめんなさいね、何か、変な話になっちゃった。私、興奮してるっていうかね、何か、これでも緊張してるのよ。カメラの前に立つときよりも、ずっと。何ていうか――上がっちゃって。何を話せばいいのか、分からなくなっちゃって」

次郎は黙っていた。君子が、いかにも女優らしい、テレビで見かけるのと同じ微笑みを浮かべれば浮かべるほど、痛々しい気持ちになる。過去を捨て、素顔を押し隠して、望月小夜子という仮面をかぶることで、君子はやっと、この都会で生き抜いてきたのに違いない。

「ねえ、明日、どこに行こうか。私、どこでも案内するわ。東京タワー？　浅草？　お兄ちゃんが行きたいところ、どこでも」

気を取り直すように微笑みかける君子には、もはや、次郎からしてやれることなど何一つとしてないことを、思い知るべきだった。ここまで来たからには、せめて妹の足手まといにならないこと、これ以上、君子の人生を狂わせないこと。それだけが、次郎に出来る唯一のことに違いなかった。

君子は、東京にいる間は自分の部屋に泊まれば良いと言ってくれたが、次郎はそれを断り、ホテルへ戻ることにした。明日以降も、午前中は城島先生に従って動かなければならないし、第一、ただでさえ日頃から人目を気にして、何よりもスキャンダルを恐れているなどと聞かされて、とても妹のところへ行くことなど出来るはずがなかった。

「ごめんなさいね。やっと会えたっていうのに、薄情だと思わないでね」

「気にするようなことじゃない」

タクシーでホテルまで送られ、自分だけ下りるときに、次郎はそう言って妹の手に軽く触れた。はっとするほど柔らかい手をしていた。

翌日も翌々日も、日中は、城島先生についてデパートの美術担当者に会い、先生が作品の陳列方法や、値段設定などについて相談するのを傍で聞いていた。また、銀座や日本橋界隈に店を構えている美術商を訪ねたりもした。そして午後、先生の許しが出たところで君子に連絡をする。君子は毎日、異なる服装で次郎の前に現れ、タクシーで都内の様々なところを案内した上に、毎晩、違う店で食事をする段取りを整えていた。

「悪いな。ずい分、散財させてるだろう」

「馬鹿なこと言わないで。そんなの、気にすることないのよ」

たとえば一度の食事だけでも、果たして、どれくらいの金額を使わせているのか、次郎には見当もつかなかった。何しろ、物価が高いと評判のこの東京で、しかもいかにも高級そうな場所ばかりに行っている。何もかもが、次郎の日常とは比べものにならない、桁《けた》が違う金額でやりとりされているように見える。兄としては情けない姿をさらしている、みっともない真似をしていると思っても、どうすることも出来なかった。とにかく右も左も分からない状態で、ただ妹に連れ回されてばかりでは、惨めさを感じる暇さえないくらいだった。

「こういうことが出来るようになりたくて、頑張ってきたんだもの。そのために私、一生懸命やってきたのよ」

君子は、そうも言った。そしていつか、次郎の焼いた茶碗や壺が、大変な高値で売れるようになったら、それで返してもらうからと笑った。

「そんなふうになんか、なりゃあしねえよ」

「あら、なるわよ。絶対なる。なるって思わなかったら、ならないのよ」

君子は自信たっぷりの表情で、言い切った。

東京にいる間中、次郎は何よりも、巷《ちまた》に溢れかえる焼物の種類の多さに、行く先々で驚かされた。焼物といえば備前しか知らず、普段の生活でも、ほとんど自分たちで焼いた食器ばかり使っている次郎には、君子に伴われて高級そうな店に入る度に、食卓に並ぶ食器たちの、その色鮮やかさや感触の違い、料理の引き立て方というものに驚かされ、すっかり目を奪われた。

「また見てる」

新しい料理が出てくる度に、時には手に取り、目の高さにまで上げて、しげしげと器を眺め回す次郎に、君子は「お兄ちゃんたら」と言いながら、くすくすと笑った。

「少しはお料理にも感心して欲しいわ。ここだって、それなりに有名なお店なんだから」

「分かってる。旨い」

だが正直なところ、作り方に凝りすぎていたり、明らかに鮮度が落ちていたり、または味付けが濃すぎたりして、心の底から旨いと思える料理には、それほど出会ってはいないのだ。普通の米の飯と、素材の味が生きている料理を食べつけている次郎の舌には、見せかけばかりで乙《おつ》に澄まして感じられる東京の料理は、もう一つぴんと来ない。それよりは、やはり器だ。

「そんなに珍しい？」

「どうかな」

「どうかなって。そんなに一生懸命、見てるじゃない？」

「俺は、普段は本当に備前ばっかりに囲まれてるからさ。こう、食事の時も、景色がまるで違う感じがしてな」

「景色？」

どちらが良いと言うつもりはなかった。箸と椀《わん》以外の、ほとんどすべての食器に備前焼を使っている食卓には、色彩がない。華やぎがない。素朴で地味だ。だが、代わりに、それぞれの料理の色を引き立たせているとも思う。無駄がなく、落ち着いている。料理によっては、肌の白いつややかな磁器の方が、ずっと上品で旨そうに見えることを、次郎は初めて知った。食卓全体が、洗練されて明るくなる。絵付けも、ときにはうるさいが、料理に合えば悪くない。盛りつけで遊ぶことも出来る。さらに緑茶なども、備前以外の茶碗で飲んでみて初めて、美しいと思った。

——備前だけじゃ、ない。

それは、久しぶりに目から鱗《うろこ》が落ちる感覚でもあり、また軽い衝撃を伴うものでもあった。

三日間は瞬く間に過ぎていった。個展の会期中は、城島先生は東京に残るということだったから、次郎は一人で、師走《しわす》の東京を後にすることになった。

「ああ、話したいこと、まだ何も話せてないような気がするわ。だから、きっとまた近いうちに会いに来て、ね、約束ね」

東京駅まで見送りに来た君子は、ネッカチーフにサングラスという姿で次郎の手を取り、押し殺した声で、何度も同じ台詞を繰り返した。

「いつでも連絡ちょうだいね。手紙でも、電話でもいいから、ね？　君子を一人にしないでね」

次郎は何度も「分かってる」と繰り返してから、新幹線に乗り込んだ。座席に落ち着くと、窓のすぐ外に君子がいた。サングラスのせいで、きらきらと輝く丸い瞳は見えない。口元には、笑みすらも浮かんでいなかった。そこにいるのは、既に君子ではなく、常に人目を気にする一人の女優なのかも知れなかった。

やがて、ベルが鳴り響き、背中にほんの小さな衝撃があった。君子のいる風景がゆっくりと後ろに流れ始めた。君子が、置いていかれまいとするように足を動かす。ネッカチーフから出た前髪が揺れた。君子の唇が何か言った。

――元気でね。元気でね。お兄ちゃん。

確かに、そう読みとれた。次郎は大きくうなずいて、サングラスの女に手を振った。ふと、一体、自分は何度、妹を置き去りにするのだろうかという気持ちになった。こうして繰り返し、君子の前から立ち去るのが自分の運命なのだろうか。

ホームから滑り出ると、新幹線は見る間に速度を上げ、冬の陽を浴びて疾走を始めた。急に、背中に重たい疲労を感じる。次郎は深々とため息をつきながら、窓の外を流れる都会の風景を眺めた。いくつもの大きな看板が見える。ビル。ビル。ビル。それにしても、何という建物の多さだろう。何というめまぐるしさだったろうか。確かに東京は、大都会に違いなかった。君子はよくもこんな環境で生き抜いているものだ。たった三日で、次郎はこんなに疲れきったというのに。

――でも、あきらめたわけじゃないのよ。

昨夜、君子は言っていた。行方が分からないままの、昭子と満男について。いつか再び、家族揃って暮らす夢について。だが、君子がこの街で生きていく限り、その夢はかないそうにないと思う。他の二人はともかく、少なくとも次郎は、こんな街では生きていかれそうになかった。

6

次郎の日常が戻ってきた。

土を作る。練る。ろくろをひく。新聞を読んだり、テレビやラジオをつけていれば、世の中は刻々と移り変わり、外の世界では、人々がうねるようにしながら生きているのが分かる。日本だけではない。世界中が、動いている。

昭和四十一年も半ばを過ぎた頃から、中国に関するニュースをよく聞くようになった。かつて、次郎たちが暮らし、多くの日本人たちと同様に、命からがら引き揚げてきた大陸で、何か大きな動きが起きているらしい。新聞には「文化大革命」「紅衛兵《こうえいへい》」などといった文字が頻繁に躍ったが、次郎には、詳しいことは分からなかった。

「何だか、怖い国になっちまったなあ」

仕事中にラジオのニュースを聞きながら、伝田が憂鬱《ゆううつ》そうに言うことがあった。

「だったら、もう、行かれねえかな」

何気なく呟くと、伝田は驚いたようにこちらを見る。

「次郎さん、中国なんかに行きたいと思うんですか。あんな、恐ろしい国に。なんでまた」

「いや、思わねえけど、ただ、何となくさ」

自分が満州育ちであることまで隠しておく理由はなかった。だが、敢《あ》えて話すようなことでもない。よけいな話をして、思い出したくないことまで思い出すのは面倒だった。

「何となく、ね。その、何考えてるか分からねえところが、渋いんだよな、よけい」

伝田はさらに素《す》っ頓狂《とんきょう》な声を上げた。

「そういうところに痺《しび》れちゃうのかなあ、女は」

「何が、痺れちゃうんだ」

次郎と伝田とは、互いに一メートルと離れていない距離で、並んでろくろをひいている。ラジオからは森進一の『女のためいき』が聞こえていた。その他はひっそりとした工房にいながら、それなのに伝田は「だって」とわざとらしく声をひそめた。

「ここに来る女どもは、皆、次郎さんのファンになっちゃうじゃないですか」

「知らねえよ」

「気がついてないはず、ないじゃないですか。俺がにらんでるだけでも、ひい、ふう、みい――」

馬鹿馬鹿しい、と言う代わりに小さく鼻を鳴らしながら、次郎はろくろを回していた。

確かに伝田の言う通り、自分の周辺が時折、妙な雰囲気に小さく波立ちそうになるのは、次郎も感じたことがないわけではなかった。

特別な用事もないはずなのに、二日か三日にいっぺんずつ、この工房に顔を出す女がいる。また、暇《ひま》さえあれば母屋の茶の間に上がり込んで、若先生の奥さんなどと話し込んでいる女が、会うたびに、妙に粘《ねば》っこい視線を送ってくる。いつも納品に行く問屋の娘が、何やらモジモジと話をしたそうなそぶりを見せることにも、次郎は気づいている。いずれに対しても、確かに嫌な気はしない。だが、それだけだった。次郎は、誰の目もまともに見はしなかったし、誰に話しかけられても、必要最低限の受け応えしか、しなかった。

「ねえ、次郎さんて女に興味、ないんですか」

「べつに」

「それとも、どっかに言い交わした仲の女でも隠してるとか」

「そんなもん、いやしねえって」

「じゃあ、さんざん泣かれて、手も焼かされてきてるから、もう懲りてる、とか」

あからさまに苛立った顔をして、舌打ちまでして見せたところで、伝田は「えへへ」と笑いながら、ようやく口をつぐんだ。あとはラジオの音だけが流れる工房で、ひんやりとした土の感触を味わいながら、次郎はぼんやりと考え始めた。

——君子の手は柔らかかった。

次郎だって、事件を起こす前には少しくらい深く関わった女がいなかったわけではない。だが、その時の気持も、感触も、もう忘れてしまった。妹の手に触れただけで、女の肌というものは、あんなに柔らかく滑らかなものなのかと驚いたくらいだ。

それでも今触れている、この土の感触を越えるような女の肌が、果たしてあるだろうかと思うのだ。水に浸した手で触れるときの、この快感をしのぐ女の肌が。ここまで飽きずに触れ続けたいと思わせるだけのものが。

だが、そんな興味だけで生身の女に触れるわけにはいかなかった。深みにはまりたくない。面倒に巻きこまれたくない。結局、行きつくところは、常にその思いだった。たとえ刑期を終えて、罪は償《つぐな》ったことになっているとはいえ、過去が消え去ったわけではないのだ。

「ホント、変わってるよなあ、次郎さんは」

何も知らない伝田は、時折、呆れたように肩をすくめた。

実のところ、女のことなどより、もっと新たな興味がわき始めていた。果たして世の中には、備前焼以外に、どれほどの焼物が存在するのか、それぞれに、どんな個性や特色を持ち、どういう魅力を感じさせるのかということだ。たとえば緑茶を美しく見せた、あの桜色の焼物は何だったのだろう。ガラスのように滑らかで、手にも唇にも吸いつくようだった瀬戸物《せともの》は、どんな土を使い、どう作られるのだろうか。

東京から戻って以来、次郎は何かにつけてそのことを思うようになった。いつもの食卓に向かっていても、東京で君子に案内された料亭の食卓が思い出された。土くれ色の備前焼ばかりの食卓に比べて、あの華やかさ、賑やかさは、まさしく目が覚めるようだった。

——備前だけじゃない。

たまの休日、次郎は電車に揺られて岡山や姫路に行くようになった。最初はまず本屋に行って、とにかく焼物に関する本を探し、立ち読みをするところから始まった。だが、写真を豊富に使っているような本は、値段も高い。かといって、商売品の本を端から端まで立ち読みするには、かなり無理があった。何よりも、次郎には読めない文字が多く、意味の分からない言葉が出てくることも少なくないのだ。

城島先生の個展の時にも感じたことだが、普通に焼いているはずの壺や水挿しなどの数々は、ひとたび作品となると、ひどく難しい漢字ばかりの名前がつけられる。それは、何も城島先生の作品や備前焼に限ったことではなく、どうやら陶芸という世界全般の約束事らしかった。じっくりと読めば、作品が何を表現した、どんなものかが分かるようになっている様子だが、それでも文字が難しい。思い切って城島先生に相談すると、それなら図書館に行ってみろと教えられた。

「図書館、ですか」

次郎は、おずおずと師匠を見た。城島先生は、「図書館も知らんのかい」と驚いた顔になったが、それがどういう場所で、どうすれば利用できるかを説明してくれた。

「まあ、いいことだ。外の世界を知ることも大切だからな」

日頃、滅多に次郎を褒《ほ》めたりしない先生だが、その時は少し満足そうな顔をした。次郎の図書館通いが始まった。

休日になると、ノートと筆箱だけを鞄に入れて、次郎は岡山の中央図書館に向かった。実際、あのようにたくさんの本が並ぶ空間を、次郎はかつて見たことがない。それは、書店などよりもよほど広々として、また厳《おごそ》かな場所に思えた。ただそこに身を置いて、本に囲まれているだけで、次郎は自分が何かしら賢くなれるような、そんな気分に浸ることが出来た。

「分かった。女でしょう。何ですか、いい店でもあるんですか」

休みの度に、飽きることなくいそいそと出かけていく次郎に対して、伝田は、何かにつけてそんなことを言った。

「だったら俺も、ついていこうかなあ」

だが実際に、彼が一緒に岡山までついてくることは、ついぞなかった。このところ漫画雑誌にばかり夢中になっている伝田は、たまに部屋を覗いてみても、いつも寝ころんで漫画を読んでいた。次郎としては、たとえばもう少し弟子同士で焼物の話が出来れば面白いのに、と思わなくもなかったが、どうやらそれは期待できない様子だった。

それにしても、陶芸の世界は知れば知るほど奥が深く、さらに、つかみ所がないくらいに幅が広かった。ただ焼物のことを知りたいと思っても、果たしてどこから調べ始め、学んでいけば良いものか、皆目、見当がつかない。それでも次郎は、まず出来るだけ図版が多く取り入れられて、少しでも分かりやすそうな本を選んでは、片っ端から見ていくことにした。読めない文字はノートに書き写し、また、少しでも印象に残る造形は、そのまま、やはりノートに模写をした。

常滑《とこなめ》、瀬戸《せと》、越前《えちぜん》、信楽《しがらき》、丹波《たんば》。

日本に古くから伝わる窯や、それらの焼物についての記述を読み、また図版などを見ていくうちに、次郎はひとつのことに気がついた。それは、備前を除く多くの焼物が、釉薬《ゆうやく》を使用しているということだ。むしろ、須恵器《すえき》の流れを汲むという備前のように、無釉で焼き締めていくものの方が特殊と言って良いのかも知れない。

——釉薬。

その作業工程があるからこそ、色彩も豊富になり、絵柄なども入れられることを、次郎は初めて理解した。それは、人間はただ成形するだけで、仕上がりは炎や割り木の灰の効果など、自然の力に委ねてしまう備前への取り組み方とは、まるで違うものなのかも知れないと思った。

「お兄ちゃん
先週、そちらは大変な集中豪雨に見舞われたとニュースで見ましたが、備前は大丈夫でしたか。兵庫や広島で被害が出ているという話なので、心配しています。もしも何か困ったことがあったり、必要なものなどがあるようでしたら、遠慮なくご連絡くださいね。

私の方は相変わらず、忙しい毎日を過ごしています。最近はカラー放送が増えてきたせいもあって、衣装やメイクなどに、以前よりも神経質にならなければいけなくなってきたんですよ。女優さんの中には洋服のセンスの本当に悪い人がいて、自分の好みでばかり服を選んでいたら、白黒の時にはバレなかったのに、カラーになった途端、評判がガタ落ち、なんていう人もいるくらいなんですもの。だから私も、チョット気をつけなきゃ、と思っています。でも、お蔭様で仕事は順調、今やっているドラマも好評なようです。

確か、今年もまた、先生の個展があるというお話ではなかったでしょうか。もしも、こちらに来られる予定が決まったら、早いうちに教えてください。仕事の日程を調整しますので。それではまたね。今年の夏は本当に暑いですね。どうぞ、お身体に気をつけて。

君子」

「君子
このところ窯焚きで忙しく、やっと窯の火を落としたと思ったら、知らない間に吉田元首相が死去していたという話で驚きました。昨日の国葬は、自分たちもテレビで見たが、大変なものでしたね。東京は静まりかえったのでしょうか。
ところで、うちの先生は、今年は東京のデパートの個展を取りやめにして、大阪でやることになったと今日、知らされました。自分としても東京で行ってみたいところがあったので、それが出来ずに残念です。
ただ、良い知らせもあります。

今度の窯焚きで良く出来た品があったら、自分の焼いたものも一つか二つ、先生の個展会場に置かせてもらえることになった。今度の窯焚きでは、ずい分色々なものに挑戦しているので、自分としても楽しみです。今は、窯の温度が下がるのを待っているところです。疲れて眠いです。もしも個展に出させてもらえるようなら、君子にも見に来て欲しいです。さようなら」

窯出しの日が来た。

いつものことだが、窯の周辺に集まった人々は、期待と不安の入り交じった、独特の顔つきになっている。何日間も炎が暴れ回り、城島先生や若先生、次郎たちが作りためた器のすべてを腹の内に納め、その炎と赤松の灰とで翻弄《ほんろう》しつくしたはずの登り窯は、まだ多少の熱を残したまま、まるで土に半分埋もれて眠り続ける、巨大な竜の背中のように見えた。

「始めるか」

先生の合図で、次郎と伝田とが、窯の入り口を壊しにかかる。何度、経験しても、この瞬間が楽しくてならない。若先生などは、この窯出しの瞬間よりも、炎の通り道や灰の降り方などを考えながら、一つ一つの作品の置き場所を決めていく窯詰めの方が、味わいがあって楽しいと言うが、次郎はまだ、その面白さまでは理解していないらしい。ただ、若先生が窯詰めをする中に、自分の作品を混ぜてもらうとき、自分なりに、どういう仕上がりになってほしいか、どうなりそうかと思い描くのは、確かに心躍る、興味の尽きないものだ。そして、それこそが、電気やガスの窯で焼く場合との、いちばんの違いだった。

火のみちを読む。読んで、支配できれば、人間の勝ちだ。そして窯出しの瞬間は、その勝敗が分かるときだった。これまでほとんどの場合、次郎は自分なりに読んだつもりの火のみちの、その意外性や勢い、さらに赤松の灰が生み出す窯変の不可思議さに翻弄《ほんろう》されてばかりだった。一度も、炎を読み切れたためしはない。だからこそ、続けていられると思う。

やがて、耐火煉瓦《れんが》と粘土で閉じられていた窯が口を開ける。窯に封じこめられていた熱い空気が、ぼわりと抜ける。まず最初に足を踏み入れるのは若先生だ。そして、一つ一つの作品を丁寧に、慎重に、外に運び出してくる。若先生の手から、城島先生の手に移された器は、そこで吟味される。割れているもの、ひびが入っているものは、その場でうち棄《す》てられる。

「ああ、こりゃあ、面白い味が出たな」

「いい景色になった」

時折、短い感想を挟みながら、先生は自分の作品の中から、今度の個展に出品できそうなものを、もうその場で選んでいく。若先生の作品にも意見を言う。

「これは、次郎か」

そして、ずい分、時間がたった頃、先生が一つの花活けを手にした。

確かに、それは次郎の作った花活けだった。形に見覚えがある。間違いない。だが、その意外な焼け具合に、次郎はしばらく返事が出来なかった。

まるで、焼け残った棒杭《ぼうぐい》のような印象だった。無論、途中で少し折れ曲がった枝のような、斬新な形にしたいと思ったのは次郎だが、その色合いといい焦げたような表情といい、思っていたのとまるで違っている。

「面白いじゃないか」

しげしげと眺めていた城島先生が呟いた。窯から顔を出していた若先生も「それね」とうなずいている。

「これまでの次郎のと、ちょっと違ってるよね」

頭に手ぬぐいを巻いた格好で窯から這い出してくると、若先生は先生と並んで、改めて次郎の花活けを吟味し始めた。次郎は、何ともいえない不思議な気分で、先生父子と、その手にある自分の作品とを眺めていた。

「やたらと行儀の良かった、融通の利かなかったところが、とれてるな」

「ここの、焦げの具合が効果的だし」

耳の辺りがかっと熱くなる。次郎はおずおずと近づいていって、自分もその花活けに見入った。

「何か、枯れ木、みたいですね」

思わず呟くと、城島先生がさっと顔を上げて「ばぁか」と言った。

「それが、いいんじゃないか。この造形と、焼け具合とが調和して、作為に満ちたところが感じられない」

「お前の、これまでの作品の方がいいと思うかい。どこか、こう、規格品めいた」

そう言われると返答に困る。次郎自身は、やはり行儀の良い作品に惹かれる部分も持っていると思うのだ。だが城島先生が望む答えがまるで異なっていることも、十分に承知していた。

「これなら、今度のわしの個展の会場に、一緒に置けるだろう」

先生は満足げだった。

「どうする、次郎。高値で売れたら」

若先生も、からかうような口調で言った。次郎は、慌てて頭を下げた。作品の出来云々《うんぬん》もさることながら、大阪のデパートに置いてもらえるということが、何より嬉しかった。早速、君子に手紙で伝えようと思った。

城島先生は、次郎の作品の中からもう一つ、小ぶりな壺を個展用にと選び出した。

「どうやら、ひと皮むけたな」

二つの作品を目の前に並べて、腕組みをしながら、先生は言った。

「この二つからは、お前の生命が感じられるよ」

次郎は、よく分からないまま、かしこまっていた。確かに、その二つの作品は、これまで次郎が焼き続けてきたものとは明らかに違う出来になった。それでも次郎自身が思い描いていた通りの姿に焼けたわけでもなかったし、形を作っていたときに、何を考えていたというわけでもないのだ。むしろ、極めて偶然に、炎と灰とが、次郎の意志とは関係なく、その二つを生み出してくれたような、そんな気がしてならなかった。

「お前は、以前は手がつけられんほどに、短気だったたって？」

突然、先生が真っ直ぐにこちらを見た。次郎は一瞬、いつのことを言われているのだろうかと考え、それからようやく、そういえば、そんな時代もあったということを思い出した。

「昔は」

「あそこにいる間に、直ったかい」

「直ったかどうかは——ただ相当、痛い目には遭いましたから」

先生は、次郎の過去を知っている。それは、時には恐怖や不安につながることもあったけれど、ある意味で気楽でもあった。こんな風に当時を振り返ることが出来、口に出来る相手は、城島先生しかいなかった。

「痛い目に、な。つまり、力で無理矢理、飼い慣らされたわけだ。それで、上手に猫をかぶるようになったかい」

愉快な言葉ではなかった。だが、この師匠にだけは、何があっても逆らうまいと誓いを立てている。何を言われても、腹を立てたり、言い返したりしない。

「三つ子の魂百までというてな」

今度は聞き慣れない言葉だ。また後で、意味を調べなければならないと、次郎はその言葉を繰り返して口の中で呟いた。

「人間の本性は、いくつになっても、そう変わるもんじゃあない。お前の、この二つの作品を見ておると感じる。伝わってくるよ。お前の内側の、こう、何とも言えん、怒りというか、外には出さん、激しさを」

それでは、自分はまるで常に怒りをため込んでいるようではないか。そんな覚えはない。今の自分のうちには怒りはないはずだ、と次郎は思った。

——怒る理由だって、ありはしない。

十代の頃、また二十歳を過ぎて刑務所に入れられた当初の、あの嵐が吹き荒れていたとしか言いようがない心持ちを、次郎はまるで、他人の過去を振り返るような気分で思い出す。あの頃は、どうしてあんなに苛立ち、怒り、すべてのものを憎んでいたのだろうかと思う。

確かに、いつも不満だったことは間違いがない。貧しく、餓えていて、常に追いつめられていた。

まるで希望が見えないどころか、そんな言葉すら知らなかった。頼るものは何もなく、孤独だった。自分は、このまま闇雲に、ただ泥濘《ぬかるみ》のような場所だけを走り回って、最後には力尽きて、一人で野垂れ死ぬに違いないと思っていた。

だが、刑務所での年月が次郎を変えた。文字通り、生まれ変わったのだと自分では思っている。

次郎が納得していない顔をしているのに気づいたのか、城島先生は口の端だけで小さく笑うと、その話題を打ち切った。先生が良いというのなら、それで良い。それ以上には質問しない。そう決めている。

「まあ、分からんでええ」

そして十二月、次郎は先生と共に大阪に向かった。三年後には万国博覧会が開かれるという大阪は、街中に活気がみなぎり、いたるところに「万国博を成功させよう」などという看板が見えた。道ばたでも、たとえば昼食を取るために立ち寄ったうどん屋でも、どこに行っても人々は大きな声で話し合い、ぽんぽんと軽妙なやりとりを楽しんでいるように見えた。彼らは男も女も、老人も子どもも、等しく大阪弁を話した。その響き、独特の言葉を耳にしたとき、次郎は自分でも不思議なほど、胸が熱くなるのを覚えた。

——母さん。

そういえば、自分はこの街で生まれたのだ。まるで記憶に残ってはいないが、死んだ母は、そう言っていた。そして母は、あの満州の大地で暮らしていたときも、また、呉で細々と生き延びていたときも、大阪弁だけは変わることがなかった。ここは母の街、そして、次郎の生まれ故郷に違いなかった。

母の故郷だと思うからだろうか、次郎は大阪が好きだと思った。ただ人の話し声を聞き、その雰囲気に浸っているだけで嬉しかった。そのためだけに、自由に動ける時間は、ただ街をうろうろと歩いて過ごした。

今回は次郎自身の作品も二点、出させてもらっているということもあり、さらに、東京よりもよほど備前に近いせいもあって、先生は次郎に、個展が始まってからも大阪にとどまることを許可してくれた。すると、六日間の会期の三日目には、君子も来ると連絡が入った。

「前の日まで、京都で撮影があるの。その帰りに一泊出来るようにしてもらったのよ。本当はもう少し、ゆっくりしたいんだけど、年末で色々と忙しくて」

ただし、個展会場で、次郎と親しげに話しているところなどを人に見られるのは困るという理由から、君子は君子で個展会場を訪れ、その後、場所を変えて次郎と落ち合うことにしたいという、面倒な提案があった。

「俺が個展会場にいたら、まずいのか」

「今さら、そんなこと言わないで」

宿泊先のホテルに電話を寄越した君子の声は、電話口に、ふう、と息を吹きかけるようにしながら「分かるでしょう？」と言った。おそらく煙草を吸いながら話しているのだろう。

「望月小夜子が、そんなところにいるって分かれば、必ず、何でって聞かれるじゃない。関係ない人になら、適当にごまかすことは出来るかも知れないけど、それでも、お兄ちゃんの先生にはご挨拶しなきゃならなくなるかも知れないし、そうしたら、私が妹だって分かっちゃうわけだし——」

「ああ、ああ、分かったから」

べつに悪いことをしているわけではない、実の兄妹が会って話をするのに、どうしてそうまでしなければならないのだろうかという、疑問とも不満ともつかない思いが、その時初めて、次郎の中でうごめいた。だが、分かっている。本来ならば、次郎のような人間は、人前に出たりしてはいけないのだ。デパートなどで得意げに、自分の作品を見せられるような立場でもないのかも知れない。それを思うと、何も言えなかった。

約束の日、君子は夕方過ぎには個展会場を訪れ、どんな風にかは分からないが、とにかく次郎の焼いた二つの作品も見てくれた様子だった。

「ああいう個展て、私、初めて見たわ。よく分からないけど、気持ちが落ち着いていいものだと思った。それに、デパートに勤めてた頃のことまで、ちょっと思い出したりして」

その日の夜、久しぶりに兄妹で再会を祝し合った後、次郎は君子から「立派だった」「素敵だった」などという感想を聞き、そして、意外な情報を得た。作品の前に貼られている小さな紙の片隅に、赤い押しピンが留められていたというのだ。

「赤いピンが?」

小さな紙とは、城島先生が持つ窯の名と作品名、さらに作陶者名と作品の値段が書き込まれたもののことだ。そこに赤い押しピンが留められているということは、作品が既に売れている、買い手がついたという目印のはずだった。

「俺の、花活けに?」

「そのはずよ。あの細長い枝みたいな花活けの前の紙に、留めてあったんだから」

北新地《きたしんち》にある、やはり静かな料理屋だった。女優という仕事が具体的にどういうものなのか、一体どんな日常を送っているのか、次郎には皆目、見当がつかない。ただ、大阪で会おうと決めた段階で、君子は、落ち合う所と食事をする店の手配は、自分に任せて欲しいと言った。

「そう詳しいわけでもないけど、心当たりがないわけでもないし、詳しい人なら周りにいくらでもいるから。心配しないで」

そして、実際に足を運んでみれば、やはり見事なほどに静寂と個人の秘密とを保たれるように出来ている、また一方で、実にきらびやかな作りの座敷を持つ店だった。何よりも目を引いたのは、金屏風《きんびょうぶ》の置かれた床の間の、あまりに巨大な土瓶だった。その土瓶に目を奪われている間に、君子は赤い押しピンのことを言い出したのだ。

「ねえ、あれは、どういう意味？」

「間違いじゃなけりゃあ、買い手がついたっていうことだが」

身体をひねって、容易には持ち上がりそうもないほどの大きさの土瓶を眺め回しながら、次郎は半信半疑の気分で答えた。すると背後から、君子の「やっぱり！」という声が聞こえた。振り返ると、君子は満面の笑みを浮かべている。

「そうじゃないかと思ったの。あれ、売れるんじゃないかなあって」

だが次郎は、それでも信じがたい気分のままだった。

「いくらすると思ってるんだよ、あれ」

「確か、八万円だったわね」

「だろう？　八万円だぞ八万。俺らくらいの年頃の、会社員の給料の二倍はするっていうことだろう？　それも大学出の。そんな金を、ぽんと出すような人が、おいそれといると思うか？」

「だって――」

君子は驚いたように丸い瞳をパチパチとさせて、ひたすらこちらを見ている。ふと、少し老けたかな、と思った。いや、大人になったというべきなのだろうか。とにかく、君子の最大の特徴である、その目もとの辺りにうっすらとした疲労が漂って見える。

「お兄ちゃんの先生の作品なんて、もっと、とんでもない値段がついてたじゃない。ほんの小さな、たくあんが二、三切れしかのらないようなお小皿が三万円もしたわ。一枚でよ」

「先生には、名前がある」

「名前だけで買うものなの？　気に入ったと思うから、買うんでしょう？　それに、あれを買った人は目が高いと思う、私。今だから八万円なのかも知れないじゃない？　新人だから。お兄ちゃんの作品は、これからどんどん、高くなっていくかも知れないのよ」

確か以前にも、君子は似たようなことを言っていたと思う。あの時は次郎は、適当に笑って遣り過ごしたはずだ。だが今度は、そう呑気に笑ってばかりもいられない。何しろ、本当に買い手がついたのかも知れないのだ。

「自信持って、いいわよ、お兄ちゃん」

君子は、次郎に徳利を差し出しながら、柔らかく微笑んだ。

「今だから言うけど、一昨年、私にくれたお茶碗なんかより、全然、いい出来だと思ったもの。あれはね、まだまだ、素人の出来だった」

妹の悪戯っぽい表情に、「おい」などと怒ったふりをして見せながら、次郎はふと、君子の身に何かあったのだろうかと思っていた。少なくとも一昨年には、こんな憂いを含んだ微笑み方はしなかったと思うのだ。だが、敢えて尋ねることははばかられる。たとえ妹でも、そこまで相手の気持ちに踏み入ることは次郎には出来なかった。君子が自分から何も言わない以上、次郎に出来ることはない。だから、その晩も、とにかく穏やかに、久し振りの再会を喜びあって過ごすしかなかった。

翌朝、次郎は城島先生に電話で起こされた。慌てて飛び起きると、頭の芯がずきんと痛んだ。吐く息が酒臭い。一度、身体を起こした寝台にもう一度倒れ込みたいのを、必死でこらえなければならないほどだった。

「珍しいじゃないか、寝坊か」

ホテルの一階にある食堂で、先に朝食をとり始めている先生の前で、とにかく恐縮して見せているつもりだったが、とにかく胃が重く、頭もぼんやりしている。

「こっちに、何だ、そんなにしたたか呑むほどの知り合いでもいたのかい」

「いえ――妹が、来てまして」

「東京から、わざわざ？」

「わざわざっていうか――何か、仕事のついでだって言ってました。京都まで来てたからって」

先生は「ほう」というようにこちらを見るが、それ以上には何も聞かない。この何年かの間に、あきらめている様子だった。考えてみれば、これだけ世話になっている師匠に、たった一人の身内を一度として紹介もせず、正体を明かさないどころか挨拶《あいさつ》もさせていないのだから、失礼な話だ。それは分かっているし、心苦しいが、仕方がなかった。これほど恩を感じている先生よりも、やはり次郎は君子を守らなければならなかった。

「だったら、もう少し休ませておいてやってもよかったんだがね。実は、早く知らせてやりたいことがあったんでな」

だが先生は、さして気に留めている様子もなく、卵焼きを箸で切りながら口を開く。こちらは、何を食べるつもりにもならなかった。店員に熱い渋茶だけを注文すると、とにかく重いまぶたを必死でこすり、大きく深呼吸をした後で、次郎は「はい」と背筋を伸ばした。

「あの花活けな。昨日、売れたとよ」

まだぼんやりしている頭で、次郎は昨晩のことを思い出していた。すると、君子が言っていたのは本当なのだろうか。

「あそこのデパートの人間が言うには、どこかの金持ちらしい。昨日、お前が帰っていった後で、ちょうど入れ違いのように、ひょっこり顔を出してな、ひと通り見て歩いた後で、わしの、ぐい呑みを一つと、あれとを」

「——本当ですか」

先生は、ゆっくりうなずいた。そしてその客が、自分たちに会いたがっているらしいと言った。聞くところによれば、その客は、どこかの地方の素封家《そほうか》で、うまくすれば上得意になる可能性があるという。だから、是非とも大切にするべきだと言われたのだそうだ。

「素封家、ですか」

「まあ、由緒正しい、先祖代々からの金持ちというところかな」

「——はあ」

そんな由緒正しい金持ちが、次郎の作品を買ったという。気に入ってもらえたことは、もちろん嬉しかった。だが、昨晩は本気にしていなかった分、特に何も感じていなかったものの、改めて、その話が本当だと知ると、次郎はにわかに不安になった。

「――その人は、もう、金は払ったんでしょうか」

「どうだかな」

「――思い直してもらった方が、いいんじゃないでしょうか」

次郎は、飲みかけの茶に目を落としたままで呟いた。

「その方が、よくはないでしょうか。その――俺のことなんか、何も知らないわけだし」

「お前はまだ、そんなこと言うとるのか」

顔を上げると、城島先生は長く伸びた眉をぎゅっと寄せて、眉間に深い皺を刻み込み、口をへの字に曲げて顎に凹凸を浮かべていた。この顔をする時は、相当に機嫌を損ねた証拠だと知っている。次郎自身は、あまりこの顔をされたことはなかった。だが、伝田が年中、先生のこの顔に睨みつけられ、時には怒鳴りつけられているのだ。

「だったら、お前は何のために、毎日毎日、土をこねてきたんだっ」

「――何のため」

「子どもの泥んこ遊びのつもりかい、ええっ！　人様に喜んでもろうて、手元においてもろうて、なんぼのもんじゃろうが！」

ざわついていた食堂内が、一瞬、しんと静まりかえるほどの大声が響いた。次郎は首を縮めたままでうなだれていた。

「あの花活けには、生命がある。だから買い手がついたんじゃ。お前が、あれに生命を吹き込んだんじゃろうが」

「──生命を」

　この自分が。次郎は思わず顔をあげた。城島先生は、半分以上も白くなっている長い眉の下から、ぎょろりとした目でこちらを見つめていた。

「そういうものを作り続けていくことが、お前の罪滅ぼしなんじゃ、ないのか」

　ここしばらく忘れていたつもりの「谷やん」の顔が、遠く、ぼんやりと思い出された。同時に、あの角材の感触までもが、手のひらに蘇ってくる。ここ数年、次郎は思うようになっていた。今なら、あんな真似はしなかったかも知れない。いくら君子を守るためとはいえ、もう少し何か、べつの方法を考えたのではないだろうか。何も、殺すことはなかったのではないだろうか。今さら手遅れだ。分かっている。だが、悪いことをした──。

「お前が、自分で自分を赦《ゆる》せるようになるまで、罪滅ぼしは続けなきゃ、いかんじゃろう」

　ようやく普段の物静かな口調に戻って、先生は言った。

「法律では、お前はもうとっくに赦されたことになっとる。じゃが、お前は赦されたと思っておらん。誰にじゃ。お前は、誰に赦されておらん」

「それは──」

「殺した相手かい。もちろん、そうじゃろう。どんな相手だったかは知らんが、さぞかし無念だったろうよ」

　そうだろうと思う。生きていたくない人間など、いはしないだろう。次郎から見れば、虫けらのような男としか思えなかったが、あの「谷やん」だって、自分なりに生きたいと思う理由は、あったに違いない。

「だが、誰よりも赦しておらんのは、お前自身じゃないのかい」

先生は、じっとこちらを見ていた。次郎は、その視線を受け止めることが出来なかった。思わず目をそらして、冷めかけた茶を見つめる。自分を赦す、赦さない、ということの意味が、よく分からない。果たして自分は自分を赦していないのだろうか。

「おそらく一生涯、お前はそのことで苦しみ続けることだろうよ。じゃが、生きている限りは、ただ苦しみ続けとるわけにもいかん。じゃから、自分に出来る形で、罪滅ぼしをするんじゃろうが」

それが、次郎にとっての陶芸ということなのだろうか。まだ酔いの残る頭で、次郎はぼんやりと、城島先生の言葉を聞いていた。とにかく、自分の作った作品を認めて、決して安いとはいえない金まで支払おうという人物が現れたことには、素直に感謝しなければならない。間違っても、今ごろになって売りたくないなどと言い出すべきではないと言われて、次郎にはもう返す言葉がなかった。

——罪滅ぼし。

城島先生の言葉が重くのしかかっていた。これまで次郎は一度として、そんなことを考えたことはなかったのだ。無論、刑務所にいる間には、何かにつけてその言葉を耳にした。耳にたこが出来るくらいに聞かされたものだ。だが、それはまるで念仏のようなもので、ただ適当に聞き流してばかりいたから、その意味について深く考えたことはなかった。

——俺が、俺を赦していない。

自分は自分であるだけのことだ。赦すも赦さないもないと思う。だが、先生が言うからには、そうなのかも知れなかった。少なくとも、その言葉に逆らう理由も、そのつもりも、次郎にはありはしなかった。

結局、先生につき従う形で、その日の午前中、次郎は個展の会場に向かった。デパートの『宝飾時計・高級贈答品・特選美術工芸品』という階まで行くと、そこには、あまりにも豪華で厳《おごそ》かな雰囲気が広がっている。どこを見ても四方八方からまばゆい光を放っているようで、他の階のように客で混雑しているということもなく、次郎には何度、足を運んでも一向に慣れることが出来そうになかった。白っぽい光の溢れるガラスのショーケースの間を、だが城島先生は常に、普段と変わらない歩調で、すいすいと歩く。小さな後ろ姿には、威厳と自信が漲って感じられた。

個展会場の入り口近くに立っていたデパートの美術部員が、先生に気づいた途端、「おはようございます」と、腰を屈め気味に歩み寄ってくる。

「喜多川《きたがわ》様、もうお見えになっておられますですよ」

数日前、初めて会ったときには、城島先生に対しては今と同じ愛想笑いを向けていたものの、次郎など鼻も引っかけない様子だった男が、今は奇妙に親しげな表情で顔を近づけてきた。

「昨日もう少し、あと三十分でも残ってくれはったら、南部先生、すごいもん見られたとこでしたわ。何しろ作品はぽんと売れるし、女優の望月小夜子な、あの人も来てましたんやでぇ」

ただ曖昧にうなずいただけで、次郎は城島先生の後に従って歩いた。広々としたスペースをとってある個展会場の奥の方には、作品をゆっくり眺められるようにと、中央に簡単な長椅子とテーブルが用意されていた。そこに、大柄ででっぷりと太った男が、その巨体を持て余すようにして腰掛けていた。城島先生に気がつくと、男はゆっくりと立ち上がった。

「城島先生と、南部先生でいらっしゃいます。こちらが昨日、先生方のお作品をお買い求めになられました、喜多川様と仰《おつしや》いまして——」

次郎の背後からついてきていたはずの美術部員が、足早に次郎たちの脇をすり抜け、先生と客の間に立つと、澄ました表情で紹介を始めた。喜多川と言われた巨体の男は、この寒い季節だというのに額にうっすらと汗を浮かべながら、背広の内側から名刺入れを取り出した。

「喜多川と申します」

朗々と響く声だった。体毛の濃い、むっくりとした大きな手で、男は城島先生と、さらに次郎にも自分の名刺を差し出した。生まれて初めて、人から名刺を渡された。

——喜多川一頼《かずより》。

名刺には、筆で書いたような黒々とした書体で、男の名前と、脇に住所と電話番号が記されていた。肩書はない。

鳥取県八頭《やず》郡智頭《ちず》町。

鳥取の場所は、刑務所にいるときに君子に送られた地図で学んで、大体分かっている。砂丘で有名だということも知っていた。だが、智頭という地名は、読み方も分からなければ場所も分からない。どの辺りなのだろうかと考えている間に、喜多川という男は、もう城島先生と話を始めていた。次郎は黙って、二人の会話を聞くでもなく聞いていた。

「まあ、天候の点では、今年は恵まれておったといいますかな、雨も降らんかったし」

「なるほど、それは幸いでしたな」

「最近では、火の番はもっぱら倅《せがれ》の仕事になりましたんで、わしはもう、任せておりますが」

先生が何か言うたびに、男は大きな身体を揺すりながら「なるほど」を繰り返す。櫛目《くしめ》の残る髪からか、それとも他の部分からか、男からは、次郎が嗅《か》ぎなれない匂いがした。これが金持ちの匂いというものだろうかと、ふと思った。

「それで、こちらのお若い先生は」

ふいに喜多川がこちらを振り向いた。次郎は慌てて背筋を伸ばした。

「もう長く、修業しておいでなんですかな」

自分に直接、聞いているのだろうか。次郎は救いを求めるように、先生の方を見た。

「うちに来て、ちょうど四年になりますか。その前にも何年か、よそで修業しておりました」

喜多川は「なるほど」と言うように大きく、ゆっくりとうなずき、それから「あの花活けは、いいです」と言った。

「いっぺんで、気に入りましてね、すぐに頂いていこうと決めたんですが、聞けばまだ大阪においでになるということだったもので、それならば是非一度、お目にかかってご挨拶させていただきたいと思いまして」

次郎は仕方なく顔を上げ、改めて頭を下げた。この自分が作った焼物が、目の前の男によって買い上げられたのだということが、少しずつ実感となってこみ上げてきた。八万円だ。八万円。何という大金だろうか。

「城島先生のお作品が素晴らしいことは、もう、分かり切っておりますからな。ご贔屓《ひいき》すじも多いでしょうが、何といいますか、私の場合、どうも道楽が過ぎるというか」

男が息を吸い込むと、しゅう、というような音がした。身体が大きいせいか、または鼻でも詰まっているのだろうか。それが気になって、次郎は自然に男を見ていた。

「まだ誰も目をつけていないような、そういう掘り出し物を探すのが、好きなようでして。物も、人も」

男の目はどこか重たげな、まぶたが覆い被さるような形をしていた。だが、その眼光は意外なほどに鋭く、いかにも注意深そうだ。次郎は、あの花活けだけでなく、自分までも値踏みされているような気分になって、慌ててまた目を伏せてしまった。

「南部先生は、おいくつになられるんですか」

「――三十、四です」

「お若く見えますな。だが、いずれにせよ、これからが楽しみだ」

頭の上から「なるほど、三十四か」という声が聞こえ、ついで、しゅう、と大きく息を吸い込む音がする。その音に引き寄せられるように、次郎は再び男を見た。

「実は一つ、お願いがあるんですが、これからは新しいお作品が出来上がりましたら、まず私に、ご一報をいただけませんかな」

何と答えれば良いのか分からなかった。思わず隣を見ると、だが城島先生は、しごく澄ました表情のまま、ただうなずいている。

「そう、お気に召すようなものが焼ければ、よろしいんですがな」

「いや、期待しております。それと南部先生は、今後、公募展などに出品するご予定は、おありなんでしょうか」

「それも、まあ、おいおいといったところでしょう」

「楽しみですな。城島先生も、いいお弟子さんをお育てになった」

それから喜多川は、日展がどうの、伝統工芸展がどうのといった、次郎にはよく分からない話を始めた。時折、短い言葉で返事をしている城島先生をちらちらと眺めながら、次郎は今し方の、喜多川の言葉を嚙みしめていた。

これからは新しい作品が出来るたびに、この男に連絡をする。渡された名刺の場所へ手紙を出すのか、電話で済ませて良いものか。すると、この男はどうするのだろう。鳥取の、この智頭という町から備前までやってきて、また買い上げてくれるのだろうか。確かに、城島先生の場合には、そういう顧客が全国にいる。先生のもっと若い頃には、窯出しの度にそれらの客を招いて、宴会のようなものまで催しながら、窯から出てきたばかりの作品を見せていたこともあるそうだ。

——俺の罪滅ぼし。

今朝方、先生から言われた言葉も、胸に深く刻み込まれていた。つまり、顧客がついたくらいで、晴れがましい気持ちになどなっていては、いけないということなのかも知れないと思った。少しでも喜ばれること、誰かの役に立つことで、次郎はどうにか生きていくことを許されるのかも知れない。

「いやあ、新しい楽しみが見つかりました。昨日はたまたま時間が出来たもので、こちらを覗いてみたんですが、運が良かった」

小一時間も喋った後で、ようやく立ち上がった喜多川は、最後に次郎に向かって握手を求めてきた。おずおずと差し出した手を、肉づきの良い、大きな手がぎゅっと握りかえしてきた。

「次にお目にかかるのを、楽しみにしていますよ」

喜多川は次郎の目をのぞき込んで、念を押すようにゆっくりと言った。

7

昭和四十三年二月十五日、東京は朝から大雪に見舞われた。午前中、今日のロケが中止になったという電話をベッドの中で受けた君子は、それからのろのろと起き出して、日がな一日ぼんやりと部屋の中で過ごしていた。

——今日で何日になるんだろう。

虚ろな視点は宙をさまよい、気がつけば、火を点けただけでほとんど吸っていない煙草が、ただ長い灰になって指の間に挟まっている。足下のカーペットには、同様にして出来てしまった煙草の焦げ跡がいくつもあった。

猛が死んだ。昨年の暮れも押し詰まった三十日のことだ。その二週間ほど前に、この部屋に来ている最中に、彼は頭痛を訴えた。珍しいことではなかった。

「またなの？　何かしら、いやあね」

顔をしかめてこめかみを押さえる彼に、君子はいつもの頭痛薬を渡してやった。彼は「本当にな」などと言いながら、素直に頭痛薬を飲み、青白い顔をして撮影に向かった。そして、現場で倒れたという話だった。だが、君子がそれを知らされたのは、彼が入院してから三日も過ぎてからのことだ。それも、撮影の合間に役者同士のうわさ話として伝わってきたのだった。

「脳腫瘍《のうしゅよう》だそうです。それも、摘出《てきしゅつ》は不可能と診断されたということでした」

どうしても、いてもたってもいられなくなり、思い切ってマネージャーに頼み込んで、猛の所属している事務所から聞き出してもらった情報は、君子を打ちのめすのに十分すぎるほどだった。さらに、その衝撃の大きさが、君子を別の意味でも驚かせ、慌てさせた。

彼を、愛している。猛を失いたくないと、その時に初めて気がついた。

「前々から、そうじゃないかとは、思ってたんです。だったら、もっと早く、そう言ってくれればよかったじゃないですか」

「もっと早く言っていれば、彼は倒れなかったとでもいうの」

「そうじゃありませんが、でも、病院に見舞いに行く算段とか――」

「病院に行って、彼の死ぬところを見ろっていうのっ。そのために、あなたに言っておけばよかったって！」

マネージャーは、いかにも痛ましげな表情で「すみません」と頭を下げたものだ。

あくまでも遊びのつもりだった。いつでもきれいに別れる自信があった。だからこそ、君子は必要以上に彼にのめり込まないように気をつけてきたのだし、嫉妬もしない代わりに心配もしない、束縛《そくばく》もしない代わりに、彼を待ちもしないという姿勢を貫いてきたつもりだった。

本当は、どうも変だと思っていたのだ。君子とつき合い始めて間もない頃から、猛は時折、頭が痛いと言い出すことがあった。以前はそんなことはなかったのに、いつの間にか頭痛持ちになったらしいと、困ったように笑うこともあった。その都度、君子はまるで心配などしていないというポーズを崩さず、時には「案外、見かけ倒しなのね」などと、半ばからかうように笑ってやることさえあった。

――私が、ちゃんとしていれば。

自分を責めても遅かった。結局、人目を気にして病院へ駆けつけることも出来ず、また、年末の忙しい時期とも重なって、仕事に穴をあけるわけにもいかなかったから、君子はただ毎日、歯を食いしばるようにして日々を過ごした。

本当は、大阪でだって、もう少しゆっくりしていたかったと思う。久しぶりに会った兄と、もっと色々な話をしたかったし、買い手がついたらしい焼物の話も、もう少し丁寧に聞いてみたかった。そして、出来ることなら、猛の話を聞いて欲しかった。他の誰にも話すわけにいかない、この胸の内をすべて吐き出して、思い切り涙を流したかった。だが結局、何も出来なかった。そんなことよりも東京へ帰りたい、少しでも彼の近くにいたいという気持ちの方が強かった。

幼い頃から、ずい分、色々な涙を流して来たと思う。だが、あまりにも悲し過ぎるときには、不思議なくらいに涙は流れないものだった。ただ胸が苦しくて、息が詰まった。

そして、彼は死んだ。

「ご遺体は、そのまま、ご遺族が田舎に引き取られるそうです。もう明日で年が変わっちゃいますからね、どうするのかな」

マネージャーからの電話で君子は初めて、彼が広島の、竹原《たけはら》の出身であることを知った。

「――何よ。呉の隣じゃない。教えといてくれりゃあ、よかったのに」

電話を切った後で、初めて涙が出た。たった一人の部屋で、君子は声を上げて泣いた。

それから今日までの一カ月半というもの、君子は一日の休みもとらずに仕事を続けてきた。このまま、どこかで力尽きて倒れるまで、ひたすら走り続けるしかないと思っていた。それなのに、雪が降った。ロケは中止。君子に行くあてはなかった。

――彼は死んだ。

灰色の空と、雪で煙る街を眺めながら、君子は何度となく同じ言葉を繰り返していた。彼は死んだ。売れない役者は、芸能ニュースに取り上げられることもなく、一人でひっそりと世を去った。そして今ごろは、とうに骨と灰になって、竹原にいることだろう。

信じたくなければ、別にそれで済みそうな気もするのだ。死に目に会っていない、遺体も見ていないのだから、実感は乏しい。長期のロケにでも行っていると思えば、そう思えなくもない。または、喧嘩別れしたと思うことにしようか。いっそ、最初からそんな男など、知らなかったことにしようか
――いくら考えても、駄目だった。

思い出すのだ。彼の笑顔。彼の仕草の一つ一つ。彼の声。彼の温もり。ここにいても、自分の部屋のように自由に振る舞い、のんびり羽を伸ばしていた彼の姿が蘇る。

彼の髪の感触。手の感触。指の形。爪の形。少年時代の怪我の痕。背中の黒子。忘れたことなど、何一つとしてない。

こんな気持ちは生まれて初めてだった。これまで、いくつの別れを経験してきたか分からないが、文字通り引き裂かれるように全身が痛む、これほどまでにつらい思いが、世の中に存在するとは思わなかった。

――助けて。助けて。誰か。

以前の君子なら、こんなときにはすぐに誰かに連絡をして、面白おかしく過ごす方法を考えたと思う。または、次に温もりを与えてくれる男を探し、その男の懐《ふところ》にもぐり込んで、小鳥のように甘え

ただろう。だが、どんなことも、今の君子の慰《なぐさ》めにはならない。どんな相手でも、この傷は癒《いや》せない。もしも出来るとしたら、それは猛だけだ。猛がもう一度、君子の前に現れてくれることだけだ。

何度、指でこすっても、すぐに曇ってしまうガラス窓を開けた。途端に切るように冷たい風が吹き込み、ベランダ越しに、いくつかの雪の欠片《かけら》を運び込んできた。

ふいに、自分もこの雪のように溶けて消えてしまいたいと思った。それも悪くない。そういう方法もある。死ねば、もう一度、猛に会えるだろうか——ぼんやりと、そんなことを考えていた時、背後で電話が鳴った。

「そっち、大雪だって」

聞こえてきたのは兄の声だった。君子は「お兄ちゃん」と言ったきり、声を詰まらせた。ようやく止まりかけていた涙が、またこみ上げてきた。

「大丈夫か」

「——」

「君子？　もしもし？」

「——何が？」

「何がって。昼のニュースで見たから」

「——お兄ちゃん」

「うん」

「——そっちは？」

「こっちは雨だ。朝早くには、少しみぞれが降ったけど」

「――お兄ちゃん」

「お前、風邪でもひいてるのか？　声が変だけど」

震える息を懸命に吸い込んで、君子は後から後からこみ上げてくる涙を飲んだ。

「だって、東京、寒いのよ。本当に」

「そうだろうなあ。大丈夫か。今日は風邪で、休んでるのか」

「雪だから。ロケが中止になったの。お兄ちゃんこそ、工房は、寒いんでしょう」

「そうそう、お前の送ってくれた綿入れ、暖かいよ。助かってる」

目をつぶり、受話器を両手で耳に押しつけながら、君子は兄の声を聞いていた。まだ、本当の独りきりになったわけではない。この兄が、遠くから自分を思っている。君子を守るために、かつて人まで殺した兄がいる。

――死ねない。死なない。

この兄を見捨てるわけにはいかないのだ。

「風邪は万病のもとっていうんだから」

「――いやだ、お兄ちゃん。ずい分年寄りくさいこと、言うのね」

「うちの先生が、いつも、そう言うんだ。とにかく心配なら、すぐに医者を呼んでもらえよ」

「珍しい。お兄ちゃんが、そんなこと言うために電話くれるなんて」

「もう十円玉がなくなるから。いいな、気をつけるん――」

プーッという音がしたと思ったら、間もなく電話は切れた。これだけの時間、話をするのに、兄は果たして何枚くらいの十円玉を用意したのだろうか。凍えきっていた心に、わずかに温かいものが流れ込んできたような気がした。君子には兄がいる。そのことにすがって、とにかく明日までは生きられそうだと思った。

死なない。
生きる。
死なない。
生きる。生きて働く。
女優として生き抜く。生きる。死なない。

明日まで。せめて明日まで。毎日、念仏のように同じ言葉を呟き続けて、君子は歯を喰いしばって日々を過ごした。こういうとき、自分とは異なる人物を演じるという仕事は、つらいようでもあり、救いにもなった。自分の持っている二十四時間を、赤の他人に分け与えている気分になる。自分でいられる時間が少なければ少ないほど、君子自身が背負っている現実を忘れていられる時間が増える。何もかも忘れて、別人になりきって過ごしてさえいれば、猛を喪った悲しみも、また忘れていることが出来る。

やがて一人の春を迎え、夏を過ぎた頃、君子はさらに忙しくなった。二本の連続ドラマに加えて、ある食品メーカーとのコマーシャル出演契約が成立し、さらにこの数年、各テレビ局が競いあうようにして放送するようになってきたクイズ番組の一つに、レギュラー解答者として出演することが決まった。

てきた。

「ちょっと働き過ぎじゃないですか。大丈夫ですか」

ある晩、自宅に向かう車の中で、さすがにぐったりとしていると、隣からマネージャーが話しかけてきた。

「少し、休んだ方がよくはないですか」

「何、言ってるのよ。働けるときに働いておかなきゃって、いつも言ってきたのは誰なの。仕事がもらえるうちが華なんだからって。社長だってふた言めには、そう言ってるじゃない」

「それは——」

「第一、私がこうして働いてるお蔭で、あんたたちだっていい思い、してるんじゃないの」

「——そうですが、でも」

「そんなこと心配するくらいなら、もう少し他のことを心配してよ。大体、どうして私が、あんな馬鹿女の姉さん役なのよ。私、あの女とは二度とごめんだって、言っておいたはずよ」

「でも、あの監督さんは小夜子さんが——」

「いくら気に入られてたって、どうだっていうのよ。あんな、創造性も指導力も、センスもない監督。私、明日、プロデューサーにかけ合ってやろうかしら」

煙草をくわえると、隣からパチン、と音がしてライターの火が近づいてきた。

「それは、やめておいた方がいいです」

ライターの小さな火の向こうで、マネージャーの顔が揺らいで見える。君子は、その顔を一瞥《いちべつ》し、煙草に火を移した。ふう、と煙を吐き出しながら「なんで」と尋ねると、再び暗くなった車内に、マネージャーの「プロデューサーは」という低い声が響いた。

「彼女と、出来てますからね」

「——そうなの？　いつから？」

「もう、長いんじゃないですか。二年か三年か。そういう話ですけど」

車に揺られながら、君子は素早く計算を始めた。そういえば、あの性格の悪い、飛び抜けて美人というわけでもない上に、特に芝居が上手いとも思えない女が、妙に主演級の女優として頭角を現したのが、その頃からだったように思う。

「——そういうこと」

悔しさとも、怒りともつかない感情がこみ上げた。つまり、あの女優が現在の地位を固めるまでの年月とは、そのプロデューサーとの関係が続いてきた年月であり、それはおそらく、君子が猛とつきあっていた時と、ほぼ重なり合うはずなのだ。

あの女が野望に燃えて、着々と歩んでいる間、君子は、その前につきあっていた日比野と比較しては、猛の若さを喜び、単純な無邪気さを楽しみ、屈託なく笑いあえることや、見つめあえること、互いの身体を暖めあえることだけに、ただ満足していた。そんなはずではなかったのに。結局、その挙げ句に、先立たれるという形で、振り捨てられるとも知らず。

「ですから、プロデューサーには——」

「私だって、そこまで馬鹿じゃないわ」

愛したことが愚かだったということなのだろうか。猛など、愛さなければ良かったのだろうか。考えれば考えるほど、腹立たしかった。

——私だって。

ずい分長い間、忘れていた、怒りの感覚にも似た闘争心が頭をもたげてきた。悲しんでいる場合ではない。いつまでも一人でおろおろと泣いている場合ではなかった。こういうときこそ、新しい踏み台を探すのだ。猛のことを忘れるために。さらに女優として地位を上げるために。

「私、引っ越したいわ。新しい部屋を探して」

前を見据えたまま、君子は言った。

「お兄ちゃん

その後いかがお過ごしでしょうか。先日のお手紙では、先生のお宅が、ついにカラーテレビを買われたとのこと、やはりメキシコオリンピックの影響でしょうか。お兄ちゃんも、オリンピックはずい分観られていますか? 私は毎日忙しくしていて、残念ながら、前の東京オリンピックの時のようには、熱心に観ていません。

ところで、例の週刊誌の記事のこと、ご心配かけてごめんなさいね。まさか、お兄ちゃんの目に触れるとは思わなかったので、事前にご連絡もしなかったのですが、本当にデタラメで失礼な記事を書かれてしまいました。大体、あの見出しは何でしょうね、『魔性の女』なんて。一体、誰のことを書いているのかしらと見てみたら、私自身のことだったので、もう本当にビックリ。腹立たしいのを通り越して、つい笑ってしまったくらいです。

私が自分の身辺について、神経質なくらいに気を配っていることは、誰よりもお兄ちゃんがいちばんよくご存じのことと思います。それでも、こんな根も葉もない記事が出てしまったのは、おそらく、誰かの差し金。イヤガラセです。私のいる世界は競争が激しくて、皆、人を蹴落としてでも自分が這い上がろうと、必死なんです。

でも、大丈夫ョ、君子は負けません。ですからお兄ちゃん、くだらない週刊誌などに、どんなことが書かれていても、まるっきりの嘘ですから、どうか決して信じないでくださいね。君子はいつまでも、君子のまま、お兄ちゃんの妹のままです。どうぞ、ご心配なさらず、いいお作品を作ってください。ではまたね。取り急ぎ。


君子」


走り書きの手紙を、読み返しもせずに封筒に入れた。マンションの外からは、さっきからひっきりなしにパトカーのサイレンが聞こえている。つけっ放しのテレビでは、新宿駅の周辺に全学連の学生や群衆が押しかけて大変な騒ぎになっているというニュースを繰り返し流していた。その他にも防衛庁や国会議事堂や、あちこちで騒ぎが起きているという。

日本中が落ち着かず、混乱している。そして、まるでそのとばっちりのように、君子の周辺も慌ただしくなっていた。

どこから、どういう風に噂が洩れたのかは分からない。とにかく、ある朝突然、君子はマネージャーの電話で起こされた。ゴシップ週刊誌の一つが「魔性の女」という見出しで、君子の男性関係について書き立てているというのだ。

「今、何時だと思ってるのよ——何よ、それ」

この秋口から暮らし始めたばかりのマンションの、朝陽の射し込む寝室で、君子は最初、マネージャーの言葉の意味すら理解できなかった。

「ですから、書かれてるんです。前の、都筑《つづき》さんのことも、今の——梅川さんのことも。ああ、梅川って名前は出てないですけど、イニシャルで」

梅川、という名を聞いた途端に、君子はベッドの上に飛び起きた。なぜ、マネージャーの口から彼の名前が出るのかが分からなかった。確かに、今年でもう何年のつきあいになるかも分からない間柄だし、猛の一件では色々と力を尽くしても、もらった。だが、それでも君子は、自分に課した鉄則を守っている。

信じるな。油断するな。つけ込まれるな。

そのために、日々、不自由を感じながらも付き人を家には住まわせていない。万に一つも、噂の火種になるような、何かを摑《つか》まれては困るからだ。家政婦さえも通いで済ませている。人の口に戸は立てられない。

「とにかく、これからすぐにそちらに行きますから。どうするか、何か方法を考えましょう」

マネージャーは、三十分で着くとだけ言って慌ただしく電話を切った。君子はすぐに動き出すことも出来ず、ただぼんやりとしていた。自分のことがゴシップ週刊誌に載っているという。猛のことだけでなく、梅川とのことまで。

——どういうこと。誰がやったんだろう。

まず疑うべきは身内だ。マネージャーか付き人か。ヘアメイクか運転手か。それぞれの顔を思い浮かべる。だが、ことに梅川との関係については、電話一つかける場合でも、君子はこれまでで最大級の、細心の注意を払っていた。何しろ、相手は日本を代表する大物俳優だ。しかも、彼の妻もまた、大がつくほどの女優だった。

ベッドから起き出しても、君子は着替えることもせずに、ただうろうろ歩き回るばかりだった。

――どうしよう。どうする。

それにしても、まだつきあい始めて一カ月かそこらだというのに、どうして噂になどなったのだろうか。早すぎる。いくら何でも。

――こんなとき、どうするの。闘うの。逃げるの。泣き落とし。何がいいの。

君子は、寝間着の上にガウンを羽織ったまま、立て続けに煙草を吸ってマネージャーを待った。やがて、ほぼ時間通りに現れたマネージャーが持ってきた週刊誌をむさぼるように読む間、今度はマネージャーの方が、君子の目の前をうろうろと歩き回っていた。

《〝清純派〟望月小夜子の隠された素顔！

〜行方不明、倒産、病死、関わった男たちをすべて滅ぼす魔性の女〜》

驚くほど大きな見出しに続いて、だがよく読めば、書かれている記事は、そう大したものではなかった。要するに、地味で控えめながら、お茶の間のファンの心をしっかりと摑んで安定した人気のある望月小夜子も今年で二十七歳になり、ことに最近は色気が出てきたと思ったら、といった出だしで、適当なうわさ話のように、いくつかの男性関係をつなげて書いているだけのことだ。

「馬鹿馬鹿しい」

ざっと目を通した後、君子は鼻で笑いながら雑誌を放り出した。確かに、都筑猛に関しては本当だ。だがあとの部分は、日比野らしいと思われる男について書かれている程度で、残りは好い加減なものだった。大物俳優についても、イニシャルは「T」となっており、梅川の外喜夫《ときお》という名前の方からとっている。「U」と書かれては連想しやすいが、「T」では、そう簡単には思い浮かばないに違いなかった。だがとにかく、記事全体に悪意が満ちている。それだけは確かだった。完全に、望月小夜子のイメージを落とそうと狙っている印象があった。

「頭に来る。誰が、こういうことするわけ？　あなた、思い当たること、ないの？」

「ここの編集部の知り合いをしめあげて、聞き出しました」

マネージャーも眉間に皺を寄せ、難しい顔で言った。君子は「それで」と彼を見上げた。

「どうやら、これは梅川先生の、奥さんがネタ元らしいんです」

君子は呆気にとられた。

「本当なの？　あの、宇部《うべ》さと枝が？」

あくまでも誇り高く、何が起ころうと微動だにしない印象の大女優を思い浮かべて、君子は思わず背筋が寒くなる思いだった。あんな大物ににらまれてしまっては、この先、どうなるか分からない。君子が太刀打ちできる相手ではない。

「——何なのよ。女房が亭主の浮気をバラして、どうしようっていうの」

「その辺のことは、よく分からないんですが、とにかく、そういうことらしいです。小夜子さん、出来れば、梅川先生とのおつきあいは——」

「もちろんよっ。やめた、やめた！　金輪際、会わないわ。第一、何よ、見かけ倒しもいいところじゃないの。女房に尻尾つかまれて、週刊誌にネタを売られるなんて、馬鹿じゃない？　だらしのない。最悪だわ。だって私たち、まだ何回も会ってやしないのよ。本当よ」

普段は、さほど言葉数の多い方ではないと思うが、君子は不機嫌になればなるほど饒舌で、しかも早口になると、以前、猛に言われたことがある。実際、自分でも止まらないくらいに後から後から言葉が出てくるのを感じながら、君子はそれから一人でまくし立て続けた。冗談ではない。情けない男だ。女房も女房だ。どこが大物女優なのだ。マネージャーは、いつもの几帳面そうな表情で、はい、はい、と小さくうなずきながら、最後に「とにかく」と言った。

「社長とも相談したんですが、ここは、マスコミの注意を他に向けるしかありません」

「社長とも？　他に？」

「せっかく世間が注目するのに、それを利用しない手はない。この記事を逆手にとって、その上で、この『魔性』なんていうイメージを塗り変える方法を考えるっていうことですよ」

マネージャーはしばらくの間、何か考える表情をしていたが、やがて、改まった口調で君子を呼んだ。

「都筑さんとのこと、告白しましょう」

「――何、言ってるの」

自分の顔色が変わったのが分かった。だが、マネージャーは有無を言わさない表情で「それしかありません」と君子の顔を見据えた。

「本当のことを言うだけでいいんです。それで十分に、涙を誘います」

それからのマネージャーの動きは素早かった。まず、君子の目の前で、今日から一週間の仕事をすべてキャンセルし、さらに、箱根にある社長の別荘を使う手はずを整えるという。

「小夜子さんは、旅行の支度をしてください。一週間分でいいですから」

君子は言われるままに寝室に戻り、服を着替えて荷造りを始めた。居間からは、立て続けに電話をかけるマネージャーの声が聞こえ続けていた。そうこうするうちに通いの家政婦がやってきた。さらに一時間ほどして付き人もやってくる。彼女たちにもてきぱきと指示を与えながら、マネージャーは瞬く間に「望月小夜子が倒れた」という噂を流していった。

「私、倒れるわけ」

「一週間です。社長の別荘で、しばらくの間、骨休めしましょう。ちょうどよかったのかも知れないんだ。このところのあなたは、少し忙しすぎたから」

荷造りを終えた君子に、マネージャーは穏やかに言った。ここは彼の指示に従うより仕方がないらしい。君子は黙ってソファに腰を下ろした。

「あんまり早い時間だと、嘘っぽくなるからな」

家政婦が淹《い》れた紅茶を飲みながら、マネージャーは腕時計をのぞき込み、いつも持ち歩いている手帳をひっくり返している。

「それで、これからどうなるの」

吐き出した煙草の煙をぼんやりと追いかけ、君子は呟いた。マネージャーは、「さっきお話しした通りです」と答えた。

「記事を読んでショックを受け、そのまま倒れてしまったあなたは、一週間後に復帰したらまず、真実を告白しなければならない。この週刊誌とはライバルの女性週刊誌の取材を受けていただきます。そこで、都筑さんとのことを、話してください」

「――どうしても?」

「あれは、悲恋でした。今ごろ結ばれていたかも知れない二人が、都筑さんの死という突然の悲劇によって、永遠に引き裂かれたわけです――まあ相手がちょっと地味ですが、いいでしょう。何より、真実は強いですからね」

いやな気分だった。彼との真実が、これで完璧に汚されると思った。だが、この噂をきれいにかわして、「魔性」などというイメージを払拭するためには、仕方のないことかも知れなかった。君子はマネージャーに従うことにした。猛に死なれた当時の胸の痛みを思い出しながら、彼ならば、きっと許してくれるに違いないと、自分に言い聞かせた。

秋の箱根は静かだった。君子は、実に久しぶりに時間を気にせずに日々を過ごした。色々なことを考えた。幼い頃からのことも思い出した。何だか、ずい分遠くまで来てしまったような気がした。

——二十七。

あの記事は、君子の年齢のことにも触れていた。確かに、もはや「清純派」と言われて喜んでいられる年齢ではなくなっている。このところ与えられる役柄も、いつの間にか「娘」という印象のものから、主婦役や母親役といったものが増えてきていた。実際、女優などという道を選ばずに、あのままデパート勤めでも続けていれば、今ごろは君子だって、たとえば職場で出会った誰かと結婚して、子どもの一人くらい産んでいてもおかしくない年齢だ。

——普通に暮らしていれば。

だがそれは、たとえ女優にならなくとも、無理な話だったかも知れない。いや、無理だったろう。今さら誰を恨むつもりもない。ただ君子は、そういう風には生まれてこなかったということだ。ことに、ここまできたからには、もはや平凡を望むことなど出来るはずもない。だとしたら、何としてでもこの道を歩き続けなければならない。今の地位を守り続けるより他なかった。

「どうです、少しはゆっくり出来ましたか」

一週間が過ぎて、迎えにきたマネージャーは、君子を見て元気そうだと目を細めた。

「ゆっくりし過ぎて、余計なことまで考えたわ」

「ああ、元気になった証拠だ。あなたがそういう言い方をするのは」

車に乗り込み、小さく鼻を鳴らす君子に、マネージャーは満足げに言った。

「早速ですが、明日からは忙しくなりますよ。休んだ分を取り返さなければならないし、まず、例の女性週刊誌の取材を受けていただくところから」

「何でも受けるわ。こんなにたっぷり、お休みさせていただいたんだから」

車の助手席から、身体をひねってこちらを振り返りながら、マネージャーは「頼もしいな」と笑った。君子はそっぽを向いた。

「どうせみんな、過去になるのよ」

翌週発売の週刊誌には、「独占告白」という見出しと共に、再び望月小夜子の名前が躍った。箱根で過ごした一週間など簡単に吹き飛んでしまうような、嵐のような慌ただしい生活が始まった。

マネージャーのもくろみは、見事に的中した。

若くして逝った新進俳優と、清潔感溢れる実力派女優との悲恋物語は、しばらくの間、頻繁に雑誌やテレビで取り上げられ、世間の目を気にするあまり、恋人の死に目にも逢えず、葬儀にも出席出来なかった君子に同情が集中した。それまでは、ファンレターといえば男性からばかりだったのに、急に女性からの手紙が増えて、それも、内容はいずれも励ましばかりになった。

結局、大物俳優「T」の存在は、うやむやになった。無論、それだけ時間を稼いでいる間に、万全の策も講じてあった。

「この戦いは、小夜子さんの勝ちですよ」

マネージャーは満足そうだった。何よりも君子に回ってくるドラマの役柄に変化が出てきた。これまでは、ひたすら地味で平凡な、主演を引き立てるような役柄ばかりだったのが、俄然《がぜん》、独立した個性を持った役が回ってくるようになったのだ。悲しい過去を背負っていたり、ヒロインの敵役だったり、どこか屈折した癖のある役が増えていった。

——この道を進むしかないんだから。

次々に来る新しい役は、それぞれに個性が強い分、以前よりも役作りが難しい。その一つ一つに没頭し、夢中になって過ごすうち、瞬く間に一年が過ぎた。

「君子

先月は先生の葬式に香典を送ってくれてありがとう。あの後も色々と処理が大変で、連絡をするのが遅くなりました。

実は、自分は今度、備前を離れることになりました。いつかは独立しなければと考えていたのだが、城島先生が急に亡くなって、備前にいる理由が分からなくなった。力が抜けてしまったようです。若先生とも、また、鳥取の喜多川さんとも相談した結果、自分は以前から他の焼物のことも学びたい思いがあったので、少しの間、色々と見て歩こうと思います。『男はつらいよ』の寅さんのようです。あの映画は面白かった。

落ち着いたらまた連絡をしますが、急ぎの用があったら、喜多川さんに連絡してみてください。居所が分かるようにしておきます。

君子は元気ですか。健康にだけは気をつけるように。

兄」

第三章　杉の里

1

智頭《ちず》は、杉の山に囲まれた里である。

身体にしみ込むような深い緑と、杉の木の匂い、そして静寂に包まれた山あいの町は、かつては鳥取県内で最大の宿場町として栄え、智頭往来とも因幡《いなば》往来とも呼ばれる旧街道沿いには、今も往時を偲《しの》ばせる古い町並みが残っている。

その、参勤交代にも使われたという街道沿いに広がるのが古い町。街道と千代川《せんだいがわ》を挟んで広がるのが、商店や飲食店、旅館なども建ち並ぶ、比較的新しい町である。その界隈《かいわい》が智頭町の中心部であり、もっとも賑やかな辺りになる。その周囲を囲む山々の、入り組んだ谷あいごとにひっそりと、いくつもの小さな集落が点在している。

昭和四十七年の初夏。南部次郎は智頭町の、小さな谷あいに窯を開くことになった。杉の匂いと草いきれと、あとは辺りの空気を震わすほどの蟬時雨《せみしぐれ》の中で、全身汗みずくになりながら、近郷の男たち数人の手伝いを得て、生まれて初めての自分の窯を築いた。こんもりと丸みのある小山のような外見を持つ、穴窯と呼ばれるものである。

「やあ、いい窯になったじゃないですか」

陽が山の端に隠れる時刻になると、急に涼しい風が吹き始める。うるさいほどだった蝉の声がふいに止んだ頃、喜多川が大きな身体を揺するようにして姿を見せた。

「どうです、足りてないものはないですか」

ぼんやりと煙草を吸いながら、やがてその内に炎を逆巻かせ、ごうっという唸りにも似た窯鳴りの音を響かせることになる窯を眺めていた次郎は、「いや」と言いながら腰を上げた。

「お蔭様で、今のところは」

「そうですか。何かあったら、遠慮なく」

喜多川は窯の周辺をぐるりと歩いて回り、耐火煉瓦《れんが》に触れてみたり、また、苦しげに巨体を折り曲げて、窯の内部をのぞき見たりしている。

「楽しみですなあ。この窯から、どういう作品が生まれてくるのかと思うと」

喜多川の言葉に、次郎は曖昧に口元を歪めた。

「そう、喜多川さんに喜んでもらえるようなものが焼けるかどうか」

すると喜多川は、重たげなまぶたをしょぼしょぼと動かしながら「南部先生」と言った。

「そんなことを考えてちゃあ、いけません」

かぶっていたパナマ帽を手に取り、団扇《うちわ》のように動かして、汗ばんだ自分の顔にわずかな風を送りながら、喜多川は窯を眺め続けている。

「私が気に入るか入らないか、そんなことを気にしていたら、作品は台無しになってしまう。人に気に入られようなんて考えは、駄目です。先生は先生の世界を創っていけば、いいんだ」

何度呼ばれても、この「先生」という言い方に慣れることが出来ない。自分は、そんな呼ばれ方をする人間ではない、ムショ帰りの、殺人犯だった男なのだという言葉が、喉元までせり上がってきそうになる。だが、次郎はその言葉を、常に呑み込まなければならなかった。無論、実際にそんなことを言える勇気があるわけではない。それに、誰かから事実を突きつけられ、真偽を尋ねられるのでもない限り、自分の過去については一生、誰にも言ってはならないというのが、城島先生の遺言だった。

——お前は一人で背負い続けるんじゃよ。自分のやってきたことと、そして、人様に、言うに言えん苦しさも、同時に背負い続けるんじゃ。それが結果としてお前の身を助けるし、お前の作品にも生かされていく。

死の床にあって、城島先生は言った。次郎は、先生の顔にはっきりと死相が表れているのを見て取りながら、小さな身体が横たえられている布団ににじり寄り、黙って何度もうなずいた。この世の中で唯一、次郎を理解し、陶芸への道を開いてくれた存在の死は、次郎にとって、母の死に次ぐ大きな衝撃だった。支えを失った状態になって初めて、自分がいかに城島先生に頼っていたかを思い知らされたほどだった。

「確かに、この場所を提供することにしても、何かとお手伝いさせて頂いてます。だが、そんなことは、気にすることはない。私としては、先生に、じっくりと腰を落ち着けて、作品作りに取り組んでもらいたいという、もう、それだけなんです」

喜多川は、麻の背広の内ポケットから取り出した外国煙草を、のんびりと吸っている。

「城島先生が亡くなって、備前を出ようと思うと、先生が言われたときから、私はそのつもりだったんだ。まあ、これが、縁というものでしょうな」

煙を吐き出し、喜多川はにんまりと笑った。

「むしろ、待ち侘びておったわけですから。この二年半というもの」

喜多川の言葉通り、備前を出てから既に二年半あまりが過ぎている。その間、次郎は日本各地にある焼物の産地を訪ね歩き、時にはひとつの土地に数カ月から半年近くも居続けて、いうなれば武者修行のような旅を続けて過ごした。

瀬戸。萩。信楽。常滑。唐津。それらの土地に赴き、それぞれの土に触れ、違いを感じ、また、備前にいたときには無縁だった施釉《せゆう》や絵付けについても学んだ。単なる旅行者として訪れた土地まで入れると、二年半の間に、果たしてどれほどの距離を移動し、いくつの窯を見て歩いたか分からないくらいだ。そして気がつけば、次郎は、この秋には三十九になろうとしている。

「いやあ、楽しみだ。備前から巣立った先生が、果たしてこれから、どういう独自の世界を創られていくことになるか。ねえ」

喜多川は、いかにも鷹揚《おうよう》な様子で、次郎と新しい窯とを見比べている。

智頭は林業で栄えてきた町だそうだ。喜多川は、いくつもの山林を所有している。町の人々が「旦那」と呼ぶ山持ちの家は、喜多川の他にも数軒あって、それらの家が、所有する山の管理や木々の手入れ、伐採をはじめとする作業などといった形で、人々の働き口を確保しているのである。

そういう男と、まさしく大阪という土地で出会ったことを、次郎は亡母のお蔭ではないかと密かに考えている。これまで何一つとして良いことのなかった人生で、喜多川との出会いがあったからこそ、次郎は二年半もの間、好きな所を、好きなように旅することも出来たのだ。旅の間、次郎は生まれて初めて、本物の自由を感じた。自分の意志や欲求を通す、ということを知った。

「あら、旦那さん、いらしてたんですか」

ふいに背後から声がした。喜多川が「やぁ」と笑顔で振り返る。

「近くまで来たついでです。だが、その旦那さんというのは、やめてください」

次郎の視界にも、白いブラウスが入ってきた。八重子《やえこ》は「あら」と言って小首を傾げる。

「だって、この辺の人は皆、旦那さん、て」

「そりゃあ、うちで働いてもらってる人たちでしょう。こちらは違うんだ。何しろ、私が先生をご尊敬申し上げてるんですからな」

喜多川の言葉に、八重子はちらりとこちらに視線を投げてよこし、微かに笑っている。次郎は素知らぬ顔をしていた。

「先生だなんて、この人、照れくさがります」

「いや、先生は先生です」

八重子の笑顔には、どこか誇らしげな、自信が見て取れた。次郎は不思議な気分で、そんな女を眺めていた。別段、八重子が先生と呼ばれたわけでもなければ、次郎の女房というわけでもないのに、どうしてそんなに落ち着き払った顔をしていられるものかと思う。

「初窯はいつになりそうですかね」

喜多川がこちらに向き直った。

「暮れまでにはと、思ってますが」

「暮れですか。じゃあ、この秋は色々とお忙しくなられますな」

「薪《まき》の手配なんかも、ありますから」

「ああ、そうだった。私の方でも、心当たりを探してますから。この辺はご覧の通り杉だらけだが、もう少し岡山側に行くと、赤松の林があるそうです。その辺で、分けてもらえそうなところを今、当たらせとります」

「お世話になります」

次郎が喜多川と話し始めると、八重子はすっと下がっていき、程なくして麦茶を運んできた。窯場の片隅にしつらえた粗末な台の上に盆のまま置いて、彼女は「ごゆっくり」と言い残し、また音もなく戻っていく。次郎と八重子が暮らしているのは、この窯場とは工房を挟んで反対側に建っている、古い農家を改築した家だった。

「ああ、うまい」

汗をかいたコップに手を伸ばし、麦茶をひと息に飲み干すと、喜多川は深々と大きく息を吐き、口元に笑みを浮かべた。

「それにしても先生。いい人を見つけてこられたじゃないですか。実は私は、先生がここに落ち着かれたら、今度はお嫁さんのことを考えなけりゃいけないとも、思っておったんですが」

次郎は、そんな心配までされていたのかと、思わず目をみはった。

「まあ、備前では何もかも自分でしておられたというんだから、日々の暮らしに、そう不自由はなさらないのかも知れんが、それでも、お歳もお歳なんだし、やはり、何かと身の回りの世話をする人は必要だと思いましたしねえ。まあ、いらぬお節介でしたが」

喜多川は、八重子が立ち去った方を目で追うようにしながら、「何しろ先生は男前だから」と、いかにも意味ありげに、にんまりと笑った。

八重子とは唐津で出会った。ある日、もうそろそろ旅も終わらせて、鳥取に腰を落ち着けるつもりであると告げると、「なら、私も」と八重子は言った。そして、その言葉通り、次郎についてきてしまったのだ。今年で三十四になったという彼女は、唐津の小さな旅館で仲居をしていた。

「お願い。私を連れ出してよ。ここから連れて逃げて」

八重子には、亭主と二人の子ども、さらに舅《しゅうと》姑《しゅうとめ》がいた。

「悪い母親だと思う。思うけど、私、あんな家には、もう戻りたくない。どうしても。それより、あんたの傍にいさせて欲しいのよ」

面倒は嫌だと思った。家庭があるというから、それならば割り切ったつきあいで終わりに出来ると考えていた。なのに、相手がこう出るとは思わなかったから、正直な話、次郎は面食らった。あからさまに迷惑だとも言ったし、そっぽも向いた。だが、八重子は引き下がらなかった。

「迷惑なんかかけないわ。約束する。もし、見つかるようなことがあっても、絶対にあんたのせいにはしないから。ねえ。絶対に、面倒に巻き込んだりしないから」

八重子は何度も同じ言葉を繰り返し、泣いてすがった。

「お願い。私、本気なのよ。ねえ」

「本気になんかなられたって困るって言ってるじゃねえか」

「困ることなんか、ない。あんたは本気じゃなくたって構わない。私が勝手に本気になったんだから。私、一生懸命、尽くすから。だから、あの家から連れ出して」

確かに、八重子の家庭が相当にひどい状態であるという話は、出会った直後から聞いていた。働かず、滅多に家にも帰らない亭主は、たまに戻れば金の無心と暴力だという。舅は身体が不自由。姑は当てこすりばかりを言う。そして、子どもたちは姑にばかり、なついているという話だった。八重子の横顔には明らかに不幸な影が宿っていた。

「今のまんまじゃあ、本当に私、何のために生まれてきたんだか分からないのよ。あんたが連れ出してくれなくても、そのうちきっと、借金のかたに、どこにでも働きに出される。その時を、ただ待ってろっていうの？　私、やり直したいのに。今しか、ないのに」

八重子は虚ろな目に涙をたたえていた。その、実際の年齢よりも老けて見える表情のどこかに、次郎は行方知れずのままの姉を見た思いがした。家族のために身を捨てた昭子は今、どこでどうしているのだろうかと思った。

それまでの旅の途中でも、次郎は何人かの女と関わりを持った。自由気ままな旅は、その分だけ頼りなく、時には孤独を感じさせ、人恋しくもさせることがある。そんな気分のときに限って、なぜか自然に寄り添ってくる女がいた。酒場で。宿で。または大量生産の工房で。いずれも静かな焼物の町で、ふらりと現れた旅行者は自然に人目をひく存在だったのかも知れない。大概《たいがい》は、女の方から口をきき、女の方から隙《すき》を与えた。

ひと晩のつきあいで終わる時もあれば、次郎がその土地にいる間だけ、関係の続くこともあった。中には次郎に、そのままその土地にとどまって欲しいと言い出す女もいたし、はっきりと所帯を持ちたいと言った女もいた。その都度、次郎は横を向き、口をつぐみ、時にはすぐに荷物をまとめて、逃げるように次の土地を目指した。なぜ女たちは、そうすぐに次郎をつなぎ止めようとするのだろう、次郎の何を見て、何を求めているのだろうかと思った。

「俺は、所帯を持つ気はねえ。焼物のこと以外、考えたくねえんだ」

「それだって構わない。あんたの傍に置いてもらって、身の回りのこと、させてもらえれば、それでいい。私、それだけでいいの。他には何もいらないから」

八重子はすがりつく手を離そうとはしなかった。

「あんたにも見捨てられたら、私、本当にもう死ぬしかないわ。だって、あんたと会う前まで、私、死ぬことばっかり考えてたんだもの。こんな生き地獄で、また一人にされたら、もうこれ以上、生きてなんかいたくない」

もしかすると姉の昭子も、今ごろはどこかで誰かに拾われているかも知れない。何とかそうであって欲しい。そう考えると、姉を救えなかった代わりに、この女を、彼女の言う「生き地獄」から抜けさせてやっても良いのではないかという気になった。

「ねえ、あんた！」

「――好きにしろ。俺は、知らねえ。お前が勝手に、この町を出たいっていうんだから。とにかく俺は明日の朝、ここを出る」

それ以上のことは、次郎は言わなかった。一緒に来いとは言わなかったが、来るなとも言わなかった。そして翌朝、唐津から列車に乗るとき、少し離れたままで八重子がついてくるのも、黙認する格好になった。

唐津から遠ざかる時、八重子はひたすら窓の外を眺めていた。そして時折、思い出したように、今にも泣き出しそうな、それでいて、どこか媚《こ》びるような表情で次郎の顔色をうかがった。次郎は終始、何も言わなかった。すると彼女はまたあきらめた顔つきで、窓の外に目を転じた。

「――何て、緑がきれいなんだろう」

列車の揺れに身を任せながら、やがて八重子は呟いた。

「私、本当に外に出たんだわね――これで、何もかも捨てられる。私、生まれ変わるんだ」

自分に言い聞かせるように、八重子は呟いている。生まれ変わったりするものか、と次郎は腹の中で密かに鼻を鳴らした。そんなことくらいで生まれ変わることなど、人間にはない。十年もの歳月を刑務所で過ごしても、次郎は別段、自分が生まれ変わったとは思っていない。

「ねえ、あんた、何とか言ってくれないの」

次郎がいつまでも黙っているから、やがて八重子は不安そうな表情になった。

「怒ってるの？　ねえ」

「どうして俺が怒るんだ」

「だって――こうしてついて来ちゃったから」

「お前が、そうしたかったからだろう。俺には関係ない」

そりゃあ、そうだけど、と言い、すがるような目でこちらを見る八重子の顔は、やはり不幸せそうに見えた。そういえば、この女は、どんな声で笑うのだろうかと、ふと思った。

「あんた、私を捨てないでよね」

「拾いもしてないものを、捨てようがない」

「そんな言い方、しないでよ。私、一生懸命、あんたに尽くすわ。あんたの足手まといにならないようにする。本当よ」

そんなことを頼んだつもりはなかった。だが智頭に着くなり、八重子はその言葉通り、実にこまめに働き始めた。喜多川が用意してくれていたのは、空き家になっていた古い農家だったが、まず隅から隅まで掃除して、家中を磨き上げ、次郎以上に喜多川を驚かせた。

八重子の顔つきが日ごとに変わっていくのを、次郎は黙って眺めていた。

当初、喜多川は八重子のことを、次郎の正式な妻だと思った様子だった。だが次郎は、そのことに関してはきっぱりと否定した。恩人でもあり、大切な後ろ盾でもある喜多川に、嘘はつきたくなかった。自分の前科以外は。少し込み入った事情を抱えた女で、勝手についてきてしまったのだと説明すると、喜多川は眉根を寄せて何か言いたげな顔になった。

「何せ、ここは田舎です。表立って言う者はおらんにせよ、目立ちますからな。その——奥さんではないということは、他の者には、言われんほうが、いいでしょう」

「——あれがいると、ご迷惑になりますか」

それならば、今すぐにでも放り出すつもりだった。次郎にとって、八重子と喜多川とのどちらが大切かといえば、一も二もなく喜多川に決まっている。この土地を提供し、窯まで開かせてくれる大切な後ろ盾を、女一人のために失うわけにはいかなかった。

「迷惑などということは。それに、働き者のようですし、なかなか気のつく、良く出来た人のようじゃないですか。まあ、困ったこととといえば——」

大きくせり出した腹の上で両手を組み、喜多川は少しの間、何か言いたそうな表情になっていたが、ふいに、「まあ、いいでしょう」と表情を変えた。

「ご心配いりません。ただ、何というか、じゃあ、どうお呼びすればいいかと思ったもんだから。まあ、いいでしょう、ねえ、奥さんで。近所の目もあることだし」

喜多川はふう、と深呼吸をして、改めてこちらを見た。

「先生は、私が困ると言ったら、あの人を放り出すおつもりでしょう」

「それは――喜多川さんに、迷惑はかけられませんから」

次郎が口元を歪めると、喜多川は周囲の空気を震わすように豪快に笑った。

「先生は、なかなか短気でいらっしゃる。最近、私も少し分かってきましたよ。先生の目を見てますとね。時々、ぎらりと光る時がある」

まさか、と、ごまかすように笑いながら、次郎は自分の目が、果たして本当に、そんな風に光ることなどあるだろうかと考えた。

「まあ今は、早く落ち着くことです。そして、仕事にかかって下さい」

旅を続けていた間、次郎はそれぞれの土地で修業を積みつつ、陶土を買いつけては智頭に送っていた。それを提案したのは喜多川だ。いずれ、それらはきっと役に立つだろうと喜多川は言った。そして今、備前を始めとする何種類もの土は、新しく建てられた工房の脇に、それぞれに分類されて小山を築いている。

「さあて、じゃあ、私はそろそろ」

それからもしばらく雑談をしてから、喜多川は「よいしょ」と、いかにも大儀そうに腰を上げた。西の空が朱に染まり、ヒグラシの声が山あいに響き始めていた。

「そうそう。昨日、いや、一昨日かな。妹さんから電話があったそうです」

「妹から。何か言ってましたか」

「ちゃんと、こちらに腰を落ち着けてるかどうか、それだけ心配だったとかで、特に急ぎの用でもないということでしたがね。うちの者が、先生のお宅にも来週には電話が引けるからと、伝えておいたと言っていました」

帰りしな、喜多川は思い出したように言った。

「妹さんも、心配だったんでしょう。何しろ、フーテンの寅さんみたいなお兄さんじゃぁ」

次郎は苦笑しつつ、もう何年も会っていない君子の顔を思い浮かべた。次郎が寅なら、君子はさしずめ、さくらといったところか。ああいう、倍賞千恵子が演ずるような役を、君子も演じてくれれば良いのにと思う。

旅の間、ほとんどテレビを観なかったから、最近の君子が主にどんな役柄を演じているのか、次郎はほとんど知らない。だが時折、喜多川から旅先に転送されてきた手紙を読んだ限りでは、どうも複雑な役どころが増えてきている様子だった。難しいがやりがいがあると、そんなことを書いていることが多かった。

「落ち着いたら一度、妹さんも呼んで差し上げたらどうです。まあ、ずっと東京で暮らしているような方には、こんな田舎は退屈なだけかも知れないが」

「そういう機会があれば」

喜多川もまた、君子が望月小夜子であることを知らない。こんな田舎町に、もしも、テレビで見かける女優が現れたら、さぞかし大変な騒ぎになることだろう。手を振って去っていく喜多川の後ろ姿を見送りながら、だがそんな日は永遠に来ないだろうと、次郎は小さくため息をついていた。

喜多川が去った後も、次郎は一人工房に残り、しばらくの間、ぼんやりと煙草を吸っていた。

――俺の窯。

まさか、自分自身の窯を開ける日がやってくるなどとは、次郎は想像したことさえなかった。各地を旅している間も、喜多川の勧めに従って、とりあえず陶土だけは智頭に送り続けていたものの、こういう展開になるとまでは考えてもみなかった。

――この俺が。

もしかすると、浮き草のように漂い続けて一生を終えるのではないかと思っていた。または、いずれはどこかの土地の工房に腰を落ち着けるにしても、その土地の焼物職人として、地味に、ひっそりと残りの人生を過ごしていくのがせいぜいだろう、いや、何ごともなく暮らしてさえいかれれば、それで十分、平穏な日々こそが何より大切だとも思っていた。

それが、ひとつの窯元に身を寄せ、少しでも気に入ったものが焼き上がるたびに、他に頼る相手もいないせいもあって、まるで師匠に見せるような気分で喜多川に送り、結果としてその大半を買い取ってもらっているうちに、こういうことになった。人の運命など、どこでどうなるものか分からないものだと思う。

「あら、もうお帰りになったの」

気がつくと、窯場の入り口に八重子がいた。見上げれば、空を流れる雲も鮮やかな朱鷺《とき》色に染まっている。ヒグラシの声に混ざって、足下からは夏の虫がせわしない声を響かせ、八重子の運んできた蚊取り線香の匂いが微かに漂ってきた。

「喜多川の旦那さんて、本当にあんたを尊敬してるのね」

両手を背に回して、いかにも何気なさそうに近づいてくると、八重子は遠慮がちに口を開く。

「なんで」

「だって、あんたのこと、いつも先生、先生って。あんな大地主の旦那さんに、あんた、尊敬されるような人なのね」

片手で麦茶の置かれた台を撫でるようにしながら、八重子はふう、とためいきをつく。次郎は黙ったまま、うらめし気にこちらを見ている女を見上げた。

「――やっぱり、私みたいな女は、ふさわしくないんでしょうね」

だったらどうなのだ。おとなしく唐津へ帰るのかと思う。だが、八重子が帰りたがらないことは分かり切っていた。

「ねえ、私もあんたを先生って呼んだ方がいいのかしら」

「なんで」

「だって、あの旦那さんがそう呼ぶから、この近所の人たちだって、あんたのこと先生だって思ってるのよ。それなのに、私だけ『あんた』っていうのも」

くだらない話だ。次郎はふん、と小さく鼻を鳴らすと、窯場から工房へ引っ込んだ。真新しく建てたばかりの工房内には、胸にしみ込むような杉の香が満ちている。喜多川が、自分の山から切り出したという杉の木材を惜しげもなく使って建ててくれた。備前の、城島先生の工房よりもよほど明るくて広々とした、五、六人程度の弟子を抱えても大丈夫そうな広さの工房だった。城島先生がこれを見たら、皮肉な口調で「偉くなったたな」などと言うかも知れない。生意気だと叱られるだろうか。確かに、名もない陶芸家には分不相応な、見事にしっかりとした建物になった。

――これが、俺の工房だ。

とにかく次郎は、これから、ここで、自由に次に作りたい焼物のことだけを考えて暮らすことが出来る。備前にいた頃とは異なり、今度は自分の中で新しいイメージが生まれる度に、では、その器を焼くためにはどの土地の土を使えば良いかと考える楽しみが増えた。そして、その土自体が、どう形作られたいと望んでいるかを、この手を通して探るのだ。また、どんな釉薬を、どのように施されたいと望んでいるのかを、器と対話しながら決めていく。この手で。

――俺の、この手。

この工房を建てるときには、次郎も多少なりとも作業を手伝った。そして、清々しい杉の香りに包まれながら、手に角材の感触を味わった。だが実は、その時、次郎の中の時計が逆戻りした。瞬く間に記憶が渦を巻き、あの土砂降りの夜に引き戻されたのだ。ささくれ立った角材を握りしめ、次郎は確かに、自分のこの手で人の命を奪ったことを、否応なく追体験しなければならなかった。頭のてっぺんから冷や汗が噴き出し、一瞬のうちに、目の前が真っ暗になる思いだった。

――罪滅ぼし。

生前、城島先生は言っていた。赦していないのは次郎自身なのではないかと。生涯をかけて、自分なりに誰かの役に立つことが、次郎の罪滅ぼしになっていくのではないかと。

ただ窯を開いた、工房を持ったと、喜んでばかりもいられなかった。土を練ることの意味を、忘れるべきではないと思った。

翌週、喜多川が言っていた通り、家に電話が引かれた。

「お待たせして、すみませんでしたね」

最初にかかってきた電話は喜多川からのものだった。次郎は、黒くつややかな受話器を耳に当てながら、何ともいえない気分を味わった。この小さな電話こそが、次郎が生まれて初めて所有することになった、本当の個人の財産だったのだ。この家も、工房も、窯場も倉庫も何もかも、そして無論それらの建っている土地も、すべては喜多川からの借り物に過ぎない。そのうち、次郎にそのつもりでもあったら、買い取っても構わないと言われてはいるが、果たしてそれだけの財力を自分が身につけられるかどうか、今の次郎には、まるで自信がなかった。それよりも、とにかくこの電話だ。

——あの、何も持ってなかった俺が。

三十九を目前にして、やっと電話一台かと、人は笑うかも知れない。だが次郎は、その一台を手に入れるために、気が遠くなるほどの回り道をしてきた。

「よかったわ。これで何かと心強い」

八重子も嬉しそうな顔をしている。ふと、この女に、そんなに電話をかけたい先などあるのだろうかと、次郎は思った。すると八重子は、次郎の視線に気づいたのか、どこか慌てたように「ほら」と両手を振って見せた。

「いざというときのためよ。急病とか、火事とか」

八重子が何を考えていようと、次郎には関係のない話だった。「本当よ」という八重子から、次郎は目をそらした。どこに電話しようと八重子の自由だ。第一、所詮は次郎とは関係のない話だ。わざわざ興味を持つようなことではない。

「だって、心細いから——」

八重子は、それでも一人でぐずぐずと何か言っていた。その晩、次郎は少し改まった気分で、東京に電話をかけた。密かに緊張しながら、繰り返される呼び出し音を数えていると、やがて、聞き覚えのない女の声が「もしもし」と言った。一瞬、君子の声を忘れてしまったか、または番号を間違えただろうかと思ったが、電話の相手は「望月でございます」と名乗った。

「ああ——君子はいますか？」

「君、子？　お宅、どなた」

声の感じからすると、まだ若い娘のような印象を受ける。だが、その声はあからさまに警戒する口調になって、「どちら様ですか」と言った。

「あの——南部、ですが」

「南部さま。どちらの南部さまでしょう」

「——備前、ああ、いや、鳥取の」

「備前？　備前という事務所か何かですか」

思わず舌打ちが出た。何なのだ、この女は。次郎は荒々しく息を吐きながら、「いないのか」とぶっきらぼうな口調になった。

「知り合いだ。いないのか」

「ですから——」

「いるんなら、本人に確かめてみろっ。南部次郎から電話だと言って！」

相手が息を呑んだらしい気配が伝わってきた。「お待ち下さい」という早口の声に続いて、チリン、コロンと金属のような音色で音楽が流れる。受話器をのせておくと、勝手にオルゴールの鳴る機械があることは、喜多川の家で見ていたから、次郎も知っていた。少し離れたところから、八重子が半ば心配そうな表情でこちらを見ている。それを無視し、どこかで聞いたような、馬鹿にチリチリと鳴る音楽を聴いているうち、ようやく耳に馴染んだ声が「もしもし」と言った。

「何だ、いるんじゃないか」

「ごめんなさいね」

「ずい分、警戒してるんだな」

電話が引けたという挨拶をする前に、次郎はもう不機嫌な声で文句を言った。だが受話器の向こうからは、まるで気にもとめないように、ころころと明るい笑い声が聞こえる。その声を聞いただけで、すっと苛立ちがおさまり、しかめ面が緩んでいくのが、自分でも分かった。

「新しいお手伝いの子なの。今ここで、泣きべそかいてるわよ。怖い声でも出して、おどかしたんじゃないの？」

「知らん。ぐずぐず言ってるからだ」

「だから、ごめんなさい。この頃色々と、変な電話が多いの。だから、知らない人は取り次がないようにって、私が教育してるのよ。でも、これでもう、しっかり覚えただろうから、今度からはすんなり換わらせるわね。だから機嫌、直してちょうだいな。それより、どうしたの？　これ、どこの電話？」

「家だ。家から、かけてる」

「あら、お兄ちゃんの？　やっと引けたのね！　もう、よかったわ。これで安心出来る」

君子は機嫌が良さそうだった。明るい、弾むような声が「おめでとう」と言った。

「それで、そっちは元気なのか」

「私の方は、まあ、相変わらずといえば、相変わらずだわ。次から次へと新しい仕事をこなしてるうちに、気がつけばどんどん季節が変わってるっていう感じかしら」

「忙しいんだな」

「有り難いことだとは思うんだけどね、もちろん。でも、何だかちょっと、マンネリかな」

十円玉が減る心配も、誰に気兼ねすることもなく、初めてゆっくり妹と話せるようになったのだと、しみじみ思った。こうして鼓膜《こまく》を刺激する妹の声を聞いていると、じかに会っているのと変わらない気分になるほどだ。大したものだ。自分の電話というものは。

「もっと刺激的なお仕事をね、したいんだけど」

「贅沢《ぜいたく》言ったら、駄目じゃないか」

「分かってるったら。久しぶりに声を聞いたと思ったら、もうお小言?」

「そういうわけじゃないけどな——」

ふと気がつくと、八重子が妙な顔をして横を向いている。無視するそぶりを見せながら、全神経を耳に集中させて、次郎の言葉の一言一句も聞き漏らすまいとしているらしいことが、手に取るように分かった。

「ねえ、これからは大抵、家にいるんでしょう? じゃあ、いつ電話しても平気ね? ほら、私はこんな仕事だし、家にだっていないことの方が多いから、自然にこっちから電話する方が増えると思うんだけど」

「まあ、いるといえば、いるだろうが——」

「ああ、でも、工房にいたら、電話のベルは聞こえないのかしらね。住んでる家とべつに、今、工房も建ててますとか、前に喜多川さんにお電話したとき、そんなことを仰ってたと思うけど。それにしても、いいパトロンを見つけたわよねえ」

「パトロン？」

「そういう言い方が悪かったら、スポンサーっていうところ？　とにかく最高よ。いくら探したって、滅多に見つからないわ、あんな人。ね、だから私が言った通りだったでしょう？　お兄ちゃんには才能があるんだから。絶対に自信持って大丈夫だからって、私、言ったわよね」

君子は饒舌《じょうぜつ》だった。馬鹿に機嫌が良いようだ。何か良いことでもあったのかと尋ねたかったが、こちらが言葉を差し挟む隙もないほどに、今夜の妹は一人で言葉を続ける。

「だったら、ねえ、親子電話みたいにはなってないの？」

「いや――まあ、ちゃんと、出る者がいるから」

視界の隅で八重子の姿を捉えながら、次郎は少し口調を改めた。受話器の向こうで、初めて「え」という声がして、空気が固まったような様子が伝わってくる。

「出る者って――もしかして、女の人？」

「――まあ、そんなところだ」

「ちょ、ちょっと、本当なの？　結婚したの？　いつっ」

矢継ぎ早の質問に続いて、君子の声は急に調子を変え、「嫌だわ」とつぶやいた。

「それならそうと、早く言ってよ。全然、知らなかった。何よ、お兄ちゃん、結婚したの？　いやだ、もう、おめでとう！」

言葉ほどには喜んでいない。むしろ、自分の狼狽《ろうばい》ぶりと不快感を気取られまいと、必死で取り繕おうとしている。それが、受話器を通してひしひしと伝わってきた。

「もう、水くさいんだから――」

「ちがうんだ」

「違うって、何が？　だって、お兄ちゃん、一緒に暮らしてるわけでしょう？　女の人と」

「それは、お前のところにだって、さっき電話に出た――」

「馬鹿なこと言わないでよ。家にいるお手伝いさんと、お兄ちゃんのところに女の人が来たのと、同じだっていうの？　じゃあ、お手伝いさんなわけ？　違うでしょう？」

「――べつに、所帯を持ったわけじゃない。たまたま、そういうことになってるってだけなんだ。当分の間なんだ」

それまで、身動き一つせずにいた八重子の気配が、すっと強張った。次郎は一方でその様子を探りながら、とにかく君子の方に神経を集中させることにした。

「当分の間って――」

君子の声が困惑している。

「だって、一緒に住んでるんでしょう？　遅かれ早かれ、きちんとすることになるんじゃないの？」

「それは、ない。俺の方だけじゃなくて、向こうにも、そういうつもりはないんだ。そういうんじゃあない。本当に」

そうなの、という君子の声は不審そうでもあり、そして、ほんのわずかな安堵が滲んでいた。

「だったら、私のことは？　言ってある？　私が何してるか、知ってるの？」

「まさか」

「その――お兄ちゃんの、あのことも？」

「もちろんだ」

君子は、今度こそ安心した声で「なんだ」と言った。

「がっかりだわ。喜んで、損しちゃった」

思いと言葉が裏腹だ。それが、電話だとこんなにもはっきり感じられる。次郎は、今年で既に三十一歳になっているはずの妹をいじらしく、また哀れに思った。

「まあ、お兄ちゃんらしいけど。でも、何だか中途半端ねえ。どうせなら、ちゃんとした方がいいと思うのになあ。ねえ、何だったら、私が説得してあげようか？　身内になる人なら、べつに私のことを言ったって――」

「いいんだ。向こうにも、事情があることだから」

「あら、そうなの？　へえ」

心にもないことを言いながら、君子の声が徐々に明るさを取り戻していく。

「じゃあ、今度こっちから電話して、その人が出たときには、ご挨拶しておくわね」

「いいって、そんなことしなくて」

「悪いわよ。そんな邪険《じやけん》な言い方したら」

最後になって、君子の声はまた陽気になり、「お手伝いさんじゃないんだから」と悪戯っぽく、くすくすと笑った。そして「おやすみ」という声を最後に、電話は切れた。

小さくためいきをついて振り返ると、相変わらず八重子がじっと一点を見つめている。同じ卓につき、次郎は黙って焼酎を飲んだ。九州で覚えた酒は、日本酒よりも次郎の口に合っている。この焼酎を旨く飲ませる、手頃な大きさの酒器なども、いくつか作ってみようかと思っている。

——土は何がいいか。釉薬は。

大きな羽音をさせて外から飛んできた虫が、かつん、かつん、と電球にぶつかり始めた。その忙《せわ》しない音を聞きながら、次郎はこれから自分の手が生み出す酒器の姿を思い描き始めた。厚み。軽さ。日本酒でなく、焼酎に合う風合い。

「——あんたも、あんなに喋ることがあるのね」

黙りこくっていた八重子が、ようやく苦しげに口を開いた。かつん、かつんと虫が当たる音がする。蚊取り線香の匂いが漂う茶の間で、次郎は、やはり黙っていた。

その年の夏、辞任した佐藤栄作首相に次いで、田中角栄が自民党総裁に選出され、「日本列島改造」を看板に掲げた内閣が誕生した。高等小学校卒の男は今太閤などと呼ばれて、連日のようにテレビや週刊誌に話題が上った。

「いやあ、日本も変わるかも知れん」

訪ねてきた喜多川が呟いた。

2

初めての智頭の夏を、次郎はひたすら土を練り、ろくろを回して過ごした。独りぼっちの工房には、杉の香に混ざって蚊取り線香の微かな香りが漂い、来る日も来る日も、染み入りそうな蟬の声が周囲を包みこむ。

「あなた、お昼」

夢中になって土と向きあっていると、八重子が控えめに顔を出す。次郎は「ああ」と答えて、切りの良いところで腰を上げる。

共に暮らし始めると、やはり八重子はそれなりに役立つ存在だった。三度三度の飯を作り、汚れ物を洗い、居心地の良い空間を作る。気がつくと、古ぼけた農家だった建物のそこここに鮮やかな色彩を放つ小物や花などが飾られるようになり、いつの間にか茶の間の前庭も雑草が引き抜かれて、すっきりとしていた。

「川を渡ったところの、外れの家の奥さんがね、色々と教えてくれるっていうから。私も、畑仕事でもしようかと思って」

「畑か。それなら、俺もやろうか」

「あなたが？」

「備前にいる頃には、やってた」

八重子は嬉しそうな顔になって、それでは農機具を調達してこようと言う。畑が出来れば、自分たちが食べる野菜くらいは、自分たちで賄《まかな》えるようになる。陶土でなくとも、やはり土に触れていられる作業は、次郎にはひとつの楽しみにもなるものだった。

「お花も、植えてみたいんだけど」

「これだけの庭だ。好きなように使えばいい」

杉の山に囲まれた里には、時折、どこからか木を切り倒す音が響く。あとは、鳥や虫の声が聞こえるばかりだ。向かい合って、ひやむぎを食べながら、八重子がほうっと肩を上下させた。

「嘘みたいだわ。こんな毎日――静かで、平和で、時間が、こんなにゆっくり流れて。皆、あなたのお蔭だわ」

ずず、とひやむぎを食べながら、次郎はちらりと八重子を見た。

「変わったな。俺の呼び方」

八重子は、まだうっとりしたような顔のまま、小首を傾げてこちらを見る。そして、少し恥ずかしそうな顔で「だって」と呟いた。

「変な言葉遣いして、あなたに恥、かかせないようにしなきゃと思って」

次郎は黙ってひやむぎを食べた。

辺りに秋の気配が漂う頃、次郎は再び喜多川の協力を得て、窯場の脇に薪用の倉庫を造った。穴窯は、一度の窯焚きに大量の割り木を必要とする。暮れに焚こうと思うなら、それまでに何トンもの、十分に乾いてよく燃える状態の赤松の割り木を用意しなければならなかった。当然、それらの薪を保管する場所が必要になってくるからだ。

「焼物って、ずい分と場所が必要なのね」

自分だって焼物で有名な唐津から来たくせに、八重子は驚いたように少しずつ広がっていく自分たちの空間を眺め回して、まるで素人丸出しの感想を口にした。工房の隣にもまた、釉薬や土などを保管する小屋が新しく出来ている。

「贅沢な仕事だわね。私の家なんて、ここの広さに比べたら、まるで物置小屋、ううん、犬小屋みたいなものだった。そこに、一家六人、ひしめき合ってたのに」

「何が言いたいんだ」

横目で見ると、八重子は慌てたように「べつに」と首を振る。その、犬小屋のような家に帰りたいと思っているのではないか、恋しく思っているのではないかと次郎は思う。だが、それを口にするつもりはなかった。余計な話はしたくない。面倒はご免だ。帰りたければ、勝手に帰れば良い。

やがて鉄骨製の倉庫が完成すると、いよいよ薪が運ばれてきた。

「周り中、こんなに杉の木があるっていうのに。どうして杉じゃあ、いけないの」

喜多川が手配した男たちが、トラックで何往復もしながら、倉庫に大量の割り木を積み上げていくのを眺めて、八重子はまたもや不思議そうな顔になる。

「そうでしょう？　ねえ、喜多川さんにも頼んで、一度、杉の木で試させてもらったら？」

「黙ってろ」

八重子はそのまま口をつぐんだ。

濃い緑に覆われた智頭の里に、ところどころ彼岸花《ひがんばな》の鮮やかな赤が見えるようになる頃、次郎は何かの拍子に、八重子が母屋で泣いているところを見た。畳の上にぺたりと座り込み、がっくりとうなだれて、八重子は肩を震わせていた。何があった、何を泣いているのかと思ったが、次郎は声をかけなかった。自分には関係ないと言い聞かせ、何も気づかないふりをした。

智頭の冬は、意外に早く訪れた。日増しに朝晩の冷え込みが厳しくなり、遠くに鹿の鳴き声が聞こえた。初窯が近づいてきていた。

そんな頃に城島先生のところにいた伝田が、何の前触れもなくやってきた。師走に入って間もない頃だった。

「いやぁ、こんな立派な窯を開いたんですか。こりゃあ驚きだ。これなら俺も心機一転、頑張ろうって気になるってもんですよ」

ずだ袋のようなものをひとつ提げただけの伝田は、相変わらずひょうひょうとした雰囲気で「で、俺の部屋は？」と頓狂《とんきょう》な声を上げる。彼に居場所を知らせたのは次郎だった。だが、はがきには、遊びに来いとは書いたものの、引っ越してこいとは書かなかったはずだ。

「そんな固いこと言わないでくださいって。次郎さんがいなくなってから、あそこも何だか雰囲気が変わっちゃってね、内弟子は増えたんですけど、結局、俺の場合は若先生の弟子じゃないわけだし、中途半端っていうかさ、俺としても、あんまり居心地良くなくなっちまったんですよ」

伝田は、それでも少しは辛抱したのだと胸を張る。そして、急に真剣な顔つきになって、是非とも次郎の工房で、一緒に仕事をさせて欲しいと頭を下げた。

「まあ——ちょうど初窯も近いしな」

伝田はにわかに表情を輝かせて、それならば良いタイミングだったと嬉しそうに言った。次郎に、断る理由はなかった。

「何なの、あの人」

ところがその晩、伝田が風呂を使っている間に、八重子が不服そうな顔で切り出した。

「俺の弟弟子だ」

「まさか、ここに住まわすつもりじゃ、ないんでしょうね」

「どうして。そのつもりだ」

八重子は眉をひそめ、目を精一杯に見開いて、信じられないといった表情になる。それから、子どものようにいやいやをした。

「私は、あなたと二人がいい——せっかく、こんなに静かな生活を手に入れたのよ。誰にも邪魔なんかされたくないの。二人きりの、今の生活を守っていきたいの！」

押し殺した声で、それでも次郎の袖にしがみつき、その袖を激しく揺すりながら八重子は言った。次郎は返事をしなかった。そんな勝手なことを言うのなら、お前が出ていけば良いと思ったが、それも、敢えて口には出さなかった。八重子は唇を噛み、目を潤ませて次郎を見つめていたが、やがて、そろそろと次郎の袖を離した。

伝田が加わったことにより、次郎の暮らしにまた変化が起こった。まず、八重子と二人きりで過ごす時間が減り、一方、朝食の風景から始まって、日常のあらゆる場面に、静かすぎたこの数カ月とはまるで異なる、新しい彩りとリズムが加わった。何より、工房にラジオが持ち込まれたことが、それらのすべてを象徴していた。

「今年のレコード大賞は、これで決まりだな」

ラジオから、ちあきなおみの『喝采』が流れるたびに、伝田は同じ言葉を繰り返した。

「いいよな、ドラマだよ。これ、本当にちあきなおみのことなのかな。だとしたら、可哀想だよなあ、ねえ。きっと、好きで別れたわけじゃないんだろうにさ」

伝田は相変わらずだった。次郎が相づちを打とうと打つまいと、まるで関係なく好き勝手なことを喋っている。こうして二人並んでろくろに向かっていると、備前での日々が戻ったような気分になった。

「そういうことって、あるんだよなぁ。他の誰にも分からないドラマってヤツがさ。ある日突然、こう、雷に撃たれるような出会いがあってさ。その瞬間に、世界がまるで変わっちまうような」

次郎の視界の片隅で、伝田は丸めていた背を伸ばし、天井を見上げる。

「こう見えてもね、俺だって色々あったんですから、備前までたどり着く前は。もう、すげえドラマがさ」

「雷に撃たれるような、か」

「そう！　まさしく、それなんだ」

「撃たれてそれで、どうなった」

すると今度は隣から深々とためいきが聞こえてくる。そして伝田は、がっくりとうなだれて「決まってんでしょう」と背中を丸めた。

「こうして未だに独り者なんだからさ。出会いが劇的なら、その後は波瀾万丈《はらんばんじょう》になるに決まってるんだ。で、結末は悲しく、傷は深い、と」

「何だよ、結局は捨てられたのか」

「そう簡単に言わないでくださいよ、もう。俺が女なら、今ごろは遠い昔を思い出して、泣きの涙でかき口説いてるような話なんですから」

「泣くんなら、後にしろよ」

「冷たいなあ。ねえ、でも、分かるでしょう？　次郎さんだって、いつの間にか八重子さんなんかとちゃっかり、こういうことになってるわけなんだしさ」

「いいから、手を動かせ。手を」

「動かしてますって。ねえ、次郎さん」

「うるせえんだよ、お前は」

「またまた、照れること、ないじゃないですか。ちょっと、聞かせてくださいよ。あの、八重子さんとは、どういう馴れ初めなんですか」

少しくらい小言を言ったところで、まるで自分のペースを乱さないのも、以前とまるで変わることがない。東京の妹ほどでないにしろ、伝田もまた、次郎が女と暮らしていると知ったときには、それなりに驚きを隠せない様子だった。

「要するに、どっか旅の途中で、出会いがあったわけでしょう?」

「まあ、そんなところだ」

「ほら、ねえ、やっぱりドラマがあったわけだ」

「そんなもん、ありゃあしねえよ」

次郎が鼻を鳴らして見せても、隣からは「またまた」という返事が聞かれるばかりだ。だが、本当のことだった。別段、この人生にそんなものが必要だとも思ってはいないが、「雷に撃たれる」ような出会いとは、果たしてどんなもののことを言うのだろうかと、次郎はぼんやりと考える。少なくとも、これまで出会い、離れていった中に、そんな感覚を抱かせた女はいなかったはずだ。

「あの次郎さんが落ち着く気になったくらいなんだから、きっと、すげえドラマなんだろうな。それでさ、こんな山奥の、知ってる人も誰もいないようなところに、二人でひっそりと落ちのびて」

「べつに、落ちのびたわけじゃねえだろうが」

それでも伝田は女の声色を使って、「次郎さん」と身体をくねらせた。

「お願い。私をつれて逃げて。あなたとなら、私、どこへでも行くわ——ねえ、そんな感じなんじゃないんですか。畜生、演歌だねえ」

確かにあの時、八重子は似たようなことを言っていたと思う。すると八重子は、一人で伝田が言うところの「雷に撃たれる」ような衝撃を感じていたのだろうか。だが、あいにくと次郎には、その衝撃は伝わっては来なかった。気配すらも感じなかった。だから、次郎には関係がない。

「ねえ、次郎さん——」

「いい加減に、手ぇ動かせって言ってんのが、分かんねえのかっ」

少し強い口調で睨むと、伝田はようやく、えへへ、という、次郎には馴染みのある笑いを浮かべて、おとなしくなった。結局、この男とも妙な縁で結ばれているらしい。次郎は一人でろくろに向かいながら、口元だけで小さく笑った。

備前では、初窯の時に限って「逆さ馬」と呼ばれる柄《がら》を入れた茶碗を焼く。これは、「馬」という文字を左右反転させたもので、「ひだり馬」ともいい、昔から縁起物とされており、長寿を約束するなどとも言われる。その茶碗を、初窯の挨拶も兼ねて配るのである。この習慣は、どうやら備前に限ったことではなく、他にも似たような風習を持っている焼物の土地があるという話は、旅の途中で何度か耳にした。

だから次郎も、初窯には「逆さ馬」を焼こうと決めていた。記念すべき初窯に向けて、忙しさが増していた。伝田と手分けをして「逆さ馬」のための湯呑み茶碗をいくつも作っている時、久しぶりに喜多川が顔を出した。

「もうすぐ雪が降りますからな。それまでに、間に合いそうですか」

「そのつもりですが」

「山は一面真っ白で、墨絵のような世界になります。きれいですよ。町中はそうでもないんだが、谷あいになると、一度、根雪《ねゆき》になったら、場合によっては春までは消えませんからな」

確かに山並みが陽射しを遮り、杉木立ばかりに囲まれた小さな集落の、このところの朝晩の冷え込みは、備前などとは比べものにならなかった。工房の外に出してある桶《おけ》やバケツなどには、既にしっかりと厚い氷が張っている。刑務所時代の冬もつらかった記憶があるが、この土地は、さらに寒い。まるで北国にでもいるような気分になる。これは、予定していたよりも窯焚きを早めなくてはならないかも知れない。次郎の気持ちはいやが上にも焦りを増し、緊張が加わった。

「ところで先生は、中国や韓国の焼物には、ご興味はないですか」

母屋の茶の間に腰を据えると、囲炉裏を囲みながら八重子が運んできた茶をすすり、喜多川はゆったりとした口調で話し始めた。少しでも早く工房に戻って仕事を続けたい思いを堪《こら》えながら、次郎は「中国ですか」と気のない返事をした。

「今のところ僕は、まだあまり」

喜多川はうん、うん、とうなずき、「実はね」と言う。

「先月、大阪の三越で、安宅《あたか》コレクションの展覧会を見てきたんです。偶然なんですがな」

「安宅、コレクションですか」

「御存知ですか、安宅産業の。いやあ、感動しました。見事なものだ」

喜多川は一人でうん、うん、とうなずいた。

「日本にあれだけのものが揃っているというのは、まさしく奇跡に近いように、私には思われましたね。大変なもんです。いやあ、真似したくとも、そう簡単に出来るもんじゃない」

それから喜多川は、展覧会で見た白磁《はくじ》や青磁《せいじ》の器について熱弁をふるい、コレクターの審美眼と経済力について言及して、最後には「うらやましい」とまで言った。だが次郎は、安宅コレクションというものを知らない。安宅産業とは何かとも思った。だが「それは何ですか」と聞くタイミングを逃したまま、曖昧に相づちだけ打っていた。下手な質問でもすれば余計に話が長くなる。

「陶芸というのはすごいものですな。作者が死のうと、持ち主が死のうと、割れない限りは延々と生き続けるわけですから。平気で千年、二千年と、そのままの形で残ることが出来る。そして、時代を超え、海を渡って、現代を生きる私たちの目に触れることが出来るんだ」

こちらは早く工房に帰りたいのだ。千年、二千年も前の焼物の話をされたところで、今の次郎には何の関係もない。

「先生の仕事は素晴らしい。実に意義深い。改めて思います。こうなったらですな、是非ともひとつ、人間国宝でも目指していただいて、後世に受け継がれるような、そういう作品を残していただきたいもんです。無論、この喜多川がですな、もう、先生のいちばんのコレクターとして、まずは手を挙げさせていただきますから」

喜多川は一人で喋り立て、一人で腹を揺すって笑っている。苛立ちを抑えながら、大半の言葉は聞き流していたが、人間国宝、という言葉だけは、次郎の気持ちを刺激した。

「人間、国宝、ですか」

つい呟くと、すかさず喜多川が「そうですとも」と大きな身体を乗り出してくる。

「これからはひとつ、そういう道筋も、考えられていいんじゃないですか」

「ですが――」

「今からでも遅くはない。先生さえ、その気になられれば、きっとなれます。無論、お手伝い出来ることがあれば、いくらでもお力添えさせていただきますよ。ねえ、どうです」

喜多川は何も知らないのだ。自分のようなものが「国の宝」になれるはずがないことを。だが、想像するだけでも、それはそれで愉快になる話だとは思った。

その日以降は、深夜まで工房にこもる毎日になった。伝田が自分の部屋に引き揚げた後も一人で工房に戻り、次郎は疲れ果てるまで作業を続けた。夜が深々と更けるにつれて、ストーブひとつくらいでは何の役にも立たないほどに冷え切ってくる。刑務所で鍛えた身体だと自分に言い聞かせてはいるものの、娑婆に戻って十年が過ぎようとしていれば、もはや関係ないのかも知れない。多少の焼酎を引っかけても酔いも回らず、母屋に戻る頃には歯の根が合わないほどに身体が冷え切る。

「終わったの」

その夜も、やっとの思いで冷たい布団にもぐり込むと、隣の寝床から、ひっそりとした声が聞こえてきた。そして、次郎が震える息を吐いている間に、八重子は次郎の布団にもぐり込んでくる。

「ああ、冷たい！　氷みたい」

「寝てていいって、言ってるじゃねえか」

「私だけ先になんか、寝られっこないじゃない」

八重子は自分の手足を次郎に絡め、細かくさするようにしながら「よしよし」などと言う。次郎は、その柔らかい温もりを、ほとんど反射的に抱き寄せた。不思議な安心感が広がる。やがて、強張っていた全身の筋肉が、少しずつほぐれていく。同時に、凍りついていた睡魔までが、いとも容易《たやす》くほどけて広がる感覚に、次郎は心地良く身を任せる。

「ねえ」

「——ああ」

「あなた、人間国宝になるの？」

「——知らねえよ、そんなこと」

「だって、こないだ喜多川さん、仰ってたわ」

そう。言っていた。人間国宝か。一体、何をどうすると、そういうものになれるのだろうか。以前、備前にいた頃に、城島先生についても、そんな話題が出たことがあったが、先生は確か、そういうものには関心がないと言っていた。

「あなたって、本当にすごい人なのね」

「——ああ」

「私も、あなたにふさわしい女になりたい。ううん、ならなきゃいけないわね。身の回りのことも、きちんとする。だから、ずっと傍にいさせてね」

「——好きにしろ」

まどろみが、靄《もや》のように全身を包み込んでいく。耳元では、まだ八重子が何か言っていた。しばらく見ていない炎の色を思い浮かべながら、次郎は眠りに落ちていった。

翌朝、伝田が早々と朝食を取り終えて席を立ったところで、八重子が「ねえ」と口を開いた。

「私は何をすればいい？」

空いた食器を重ねて盆に下げ、八重子は奇妙に媚びるような視線をこちらに向ける。次郎はみそ汁をすすりながら、そういえばこの女は、このところ妙に機嫌が良いなと考えていた。伝田が来た当初は、何かというと文句ばかり言って、時には涙さえ浮かべながら「二人きりでいたいのに」などと訴えていたはずが、いつの間にかその伝田に対してまで愛想が良くなっている。

「何でもするわ。言って」

「何を」

「だから、窯焚きの時。色々と。人手がいるんでしょう？」

「それは、喜多川さんに頼んである」

「あら、そんなのよその人を頼まなくたって。私がいるじゃない。あとは、伝ちゃんがいるんだし。三人で力を合わせれば――」

「素人が口出しをするな」

「でも――」

「女に出来ることなんて、ねえよ。窯に火が入ってる間は、近づくな」

八重子は「そんな」と言ったきり、唇を噛むようにしてこちらを見つめている。その眉間の辺りが神経質そうに細かく震えるのを見て、次郎は小さく舌打ちをした。分かっている。この顔つきになると、下手をすると八重子は涙を流す。

「朝っぱらから、何なんだっ」

ぱちん、と音を立てて食卓に箸を置き、次郎は八重子を睨みつけた。

「もう、日がないんだ！　そういうときに、ぐずぐずとわけの分かんねえこと、言うなっ」

途端に八重子は怯えた表情になって「ごめんなさい」と呟いた。それでも、まだこちらに未練がましい視線を送ってくる。

「でも私――あなたの役に立ちたいのよ。何でもいいから、手伝いたいの」

「だったら、人の足を引っ張るなっ！」

思わず乱暴に立ち上がり、次郎はさらに八重子を睨みつけた。頭に血が上ってくる。一体、この女は何なのだ。こういう女は、殴らなければ駄目なのではないかと思ったとき、「飯の方、頼みますよ」という声がした。

「徹夜が続くんで、とにかく腹が減りますから」

いつの間にか、伝田が戻ってきていた。次郎は伝田を一瞥《いちべつ》しただけで、そのまま何も言わずに入れ違いのように工房に足を向けた。

「可哀想じゃないですか。あんな言い方」

後を追うように戻ってきた伝田が、わずかに非難する表情でこちらを見ている。だが次郎は「何がだっ」と吐き捨てるように言った。

「ぐずぐずと、わけの分からんこと言ってるからだ」

「八重子さんなりに一所懸命なんですって。いじらしいじゃないですか」

ああいうのをいじらしいというのだろうか。出しゃばりで、図々しいだけではないか。次郎の足を引っ張り、苛立たせる女の、どこがいじらしいというのだろう。

「泣いてますよ。いいんですか」

「放っておけ」

「次郎さん。俺、少し気になってたんですけど」

工房の窓からは、小さな集落を形作る家並みの向こうに、抜けるような冬の青空と、深い杉の緑に覆われた山の稜線《りょうせん》が見えている。あの稜線がやがて金色に輝いて、ようやく太陽が顔を出すまで、この辺りは、たとえ日の出の時間を過ぎていても、その恩恵にあずかることが出来ない。

「ちょっと、八重子さんに冷たいんじゃないですか」

その遥かな景色を伝田の面長《おもなが》の顔が遮《さえぎ》った。

「最初は、俺の手前かなと思ってたけど、そうでもなさそうだし。もう少し、優しくしてあげた方が、いいんじゃ――」

「嫌なら出ていけばいいんじゃねえか」

伝田は半ば呆れたように肩をすくめた。しばらく無言で仕事をしていると、やがて遠慮がちに、八重子が顔を出した。伝田の言っていた通り、少しばかり目の周りを赤くしている。

「ストーブのやかん、取り替えに来たの。洗い物するのに、お湯、使わせてもらおうと思って」

おずおずと工房に入ってきて、八重子は煤《すす》けて黒ずんでいる大きなやかんを別のものと交換した後、「今日はお汁粉《しるこ》でも作るわね」と、探るようにこちらを見る。

「あなた、嫌いじゃなかったわよね」

甘いものは疲れを取る。次郎が「ああ」と答えると、八重子は嬉しそうに微笑んで、そっと戻っていった。「余計なお節介か」と伝田が呟いた。

窯焚きの日が来た。前日まで、それなりに考えを巡らせ、炎の通り道を計算しながら、丁寧に窯詰めを行った窯には、粗塩と御神酒《おみき》を上げてある。初窯ということもあるから、今回は特別に近くの神社から神官も呼んで、祝詞《のりと》をあげてもらうことにした。冷え切った冬の空気の中で、神官の声は厳《おごそ》かに響き、次郎と伝田、そして手伝いの数人の男たちは神妙にこうべを垂れた。

——土の神さま。火の神さま。俺に力を与えてください。

こんな風に祈ったのは生まれて初めてのことだった。ごく自然に、土の神、火の神への畏《おそ》れと祈りの気持ちがこみ上げてきた。これまで過ごしてきた年月が思い出され、胸の奥がざわざわと落ち着かなくなる。昨夜、電話を寄越した君子の声が、改めて蘇った。

——これでやっと、お兄ちゃんの本当の人生が始まるのね。遠回りしたわね。

そうだ。ここから新たな一歩が始まる、これから次郎は、確実に自分の足で歩むのだ。そう思うと、さらに緊張が高まり、全身に鳥肌がたった。

そして、窯に火が入った。最初はまず「焙《あぶ》り」である。今回は初窯ということもあって、窯を築いている煉瓦そのものも余計に湿気を多く含んでいる。また、内部の棚や、灰を嫌う作品を入れてある匣鉢《さや》も、作品と同様に、じっくりと乾燥させる必要がある。およそ三百度くらいまでは、徐々に温度を上げて、全体の水分を飛ばすのだ。その間は、一見すると穏やかにさえ感じられる時が流れる。

「もっと、大変なことになるのかと思ってたら、意外に静かなものなのね」

途中、何度か顔を出しては、八重子が遠慮がちに口を開いた。

まだ目覚めていない恐竜を眺めるような気分で、次郎は悠々《ゆうゆう》と煙草を吸いながら、何も知らない八重子に「まあ、見てろ」と笑顔を向けた。八重子は、微かに驚いたような表情で、そんな次郎と窯を見比べている。

「今はまだ、煉瓦を焼いてるんだ。これからだ」

次郎自身の身体の奥底にも、もう既に小さな火種が灯っている。これがやがて、窯の火と同じように大きく育っていくのだ。そして、ごうごうと唸りを上げて荒れ狂う。今は、焦らず、じっくりと、その時が訪れるのを待つ時だった。

それからの数日を、次郎は文字通り自分の持ちうる限りの全精力を注ぎ込んで過ごした。はじめの焙りの時期を過ぎると、さらに温度を上げる段階に入る。ここでも温度の上昇が急激では、素地が割れたり、また施釉《せゆう》してある作品なら釉薬がはがれたりするから、注意が必要だ。そして、およそ九百度から九百五十度を過ぎたと思う頃、今度は一気に本焼きに入るのである。

「倉庫の薪を、もっと運んでくれ！」

窯焚きの経験などあるはずもなく、まるで勝手の分かっていない手伝いの男たちに、伝田が細かく指示を出す。穴窯は、ただでさえ大量に薪を消費する窯だった。運んでも運んでも、窯の脇に積まれた薪は、見事なまでの勢いで減っていった。次郎は窯の前に立ち、窯の熱を全身に受けながら、ひたすら割り木をくべ続けた。パチパチという音がして、松脂《まつやに》の焼ける独特の匂いが、冬枯れの夜気に溶けていく。大切に育ててきた炎が、今まさに踊り狂おうとし始めていた。

やがて、地の底から響くような窯鳴りの音が、ごう、と聞こえてきた。炎が暴れているのだ。出口を求めて、窯の中で猛り狂っている。その凄まじい勢いの末端が、窯の天井からも、小さな隙間からも、蠟燭《ろうそく》が立つような赤い炎となって激しく、また鮮やかに洩れ出てくる。

「これが、窯鳴りの音――」

窯に火を入れて以来、ひたすら次郎たちの食物を用意し続けている八重子が、息を呑むようにして呟いた。窯門を開く度に、新しくくべられる薪からは激しい黒煙が立ち上る。この煙こそが赤松の木ならではのものであり、他の木からでは十分に得られない効果を生む。

「何だか、怖いみたい」

少しでも窯から遠ざかれば、そこには師走《しわす》の冷気が広がっている。八重子が差し出す握り飯を食い、熱い豚汁をすすりながら、次郎は「そうだろう」とうなずいた。

「あの中は、人間になんか及びもつかない世界になってるんだ」

「人間になんか――」

八重子は、怯えたような表情で窯を眺め、そして、寒そうな白い息を吐き出した。

「まるで地獄の音みたいね」

「一度、地獄を味わったものは、強くなる」

次郎は、自然に口元がほころぶのを感じていた。

朝が来て夜になる。空が白み、やがて陽が昇る。日増しに時間の感覚が鈍っていく中で、それだけが分かる。

もっとも激しい「攻め」の段階が終わると、最後は「ねらし」という締めくくりに入る。十分に炎と煙に翻弄《ほんろう》された窯の内部に、さらに酸素と薪を送り込んで、もう少しだけ温度を上げる。それから、今度はおもむろに窯に空いているすべての隙間を煉瓦や砂、粘土などで塞いで、炎が自然におさまるのを待つのである。この「ねらし」の間に、施釉されている作品の場合は釉薬の表面が滑らかに仕上がり、また、素地もよく焼き締まるといわれている。

「急いで風呂、沸かすように言ってくれ」

終わりが近づいたことを知ると、次郎は伝田に言って、八重子に風呂の支度をさせた。気力も体力も限界に達している。ここまで来たら、あとは煤《すす》だらけの身体を洗い清めて、うまい酒を飲み、ぶっ倒れて眠ることしか頭にない。

――ご苦労さん。

初めて炎にさらされ、猛火に耐えきった窯を、次郎は愛おしい気持ちで眺めた。窯鳴りの音はとうに止んだが、まだ十分に熱を含んでいる。

「いやあ、すごい経験をさせてもらった」

「あの炎は、他ではまず見られんもんだな」

風呂で煤を落として、強張《こわば》った筋肉をわずかでもほぐした後、暖かい窯場での酒宴が始まった。日頃は林業に携わっているという手伝いの男たちは口々に、初めての窯焚きに携わった感想を口にした。

「炎っていうのは、見てるだけで飽きねえもんだな。ただのたき火とも違うしよ」

「こういうのを見ると、やってる人の気持ちが少しは分かるような気になるもんだなあ」

最初は顔も知らず、喜多川からの指図なだけに、ただ従うしかない様子で、面白くもなさそうな顔をしていた男たちだった。だが、交代で仮眠を取りながら、こうして数日を共に過ごし、あの燃えさかる炎を見た後には、独特の連帯感のようなものが生まれていた。

「世話になりました」

次郎は、彼らの一人一人に酒を注いで回った。

「何もありませんけど、今日はもう腹一杯、食って、飲んでってください」

どこで都合をつけたのか、見たことのない大皿に料理を盛りつけて、八重子も精一杯に動き回っている様子だった。その夜は、次郎自身もしたたかに酔った。

「あなたって、別人になるのね」

寝床の中で八重子が言ったのは、窯焚きの興奮も冷めた翌晩のことだ。

「あなたのあんな顔、初めて見た」

けだるい脱力感の中で、次郎は八重子の呟きを聞いた。

「火を見てるときのあなたって、まるで違う」

「当たり前だ。真剣にやってるんだから」

「ただ真剣っていうだけじゃないと思ったわ、私」

八重子は次郎の肩に自分の頭をのせている。彼女の呟きは細かい振動になって、次郎の胸に伝わってきた。

「あの顔は、ただ真剣ていうだけの顔じゃない。何ていうか——獣みたいだった」

「けもの？」

「違うのかしら。獣っていうか——何だか、野生の生き物みたいな雰囲気っていうのかしら」

「俺が、か」

すると、八重子はすっと顔を上げて、小さなオレンジ色の明かりだけを頼りに、次郎の瞳を覗き込んできた。

「素敵だった——情熱的で、いかにも荒々しい感じで。私、ああ、これが私の惚《ほ》れた男の本当の顔なんだって、つくづく思った」

何を言っているのだと思った。次郎は大きなあくびをしながら「そうか」としか答えなかった。八重子の手が伸びてきて、頬《ほお》を撫でる。

「本当は、昨日すぐにでも抱いて欲しかったのよ」

「馬鹿言え。あんなに疲れ果てて、ぼろぼろだったときに。何、考えてんだ」

「でも、あなた、ギラギラしてた。あんなあなた、見たことないくらいに」

確かに、窯の火を見ていると興奮してくることは間違いがない。八重子の言う通り、自分の身体の奥底にある何かが呼び覚まされるような気がする。炎は美しい。妖しい魔物のようだと思う。見ているだけで恍惚《こうこつ》となり、陶然《とうぜん》となり、いっそこの身も焼かれてしまいたい誘惑さえ感じるほどだ。だが、だからといってその勢いで女を抱きたいなどと思ったことはなかった。

「ねえ、ずっと傍に置いてね。ずっとね。私、あなたに尽くすから。一生懸命、するから」

そういえば八重子はよくやったと思う。だが、礼の言葉も褒め言葉も思い浮かばなかった。「好きにしろ」とだけ言って、次郎は寝返りを打った。

窯出しの朝、智頭に今年初めての雪が降った。喜多川が言っていた通り、辺りは墨絵のような風景に変わり、すっかり温度を下げた窯の周囲にも、独特のひっそりとした静寂が、冷気と共にしのび寄った。鉄の扉で塞ぎ、隙間を砂で埋めた窯門を開くと、ぼわりと暖かい余熱が洩れ出てくる。こうして窯の口を開かれ、初めて外の大気にさらされると、作品の中には、釉薬がさらに収縮するために貫入《かんにゅう》が出来るものがある。その音が、内部のあちこちで、ぴんぴん、ちんちん、と鳴った。

後戻りもやり直しも出来ない、賭《かけ》の結果を知らされる瞬間だった。楽しみよりも不安の方が大きい、安心よりも落胆が優位に立つ時でもある。コードで引いた裸電球を持ち込んで、次郎は穴窯の内部に入り込み、ひとつひとつの作品を手に取っては、まず破損していないかどうかを確かめながら、外で待ちかまえている伝田に手渡していった。

――畜生、これにひびが入ったか。

——何だ、こんなところで釉薬が剝げ落ちやがった。

いちいち口には出さないが、何個かにひとつずつ、必ず失敗作がある。成形も施釉も間違っていなかったはずでも、火の通りみちを読み切れず、炎を御せなかった結果は如実《にょじつ》に現れる。結局、今回は全体の四割あまりが、どこかに問題を起こしていた。一見して使い物にならない、思っていた出来と異なるものは、その場で叩き割る。伝田の後ろに控えていた八重子が、眉をひそめた。

「もったいないわ」

「売り物にもならんから、割るんだろうが」

「だって——」

「多少の失敗はつきものなんですよ、奥さん。今回は、まあまあ、いい方じゃないですかね」

伝田がとりなしても、八重子は「そうなの?」と、まだ納得しきれないという顔をしている。

「だとしたら、ずい分効率が悪いものなのねえ。材料費だってかかってるわけだし、手間だってかかってるのに。あんなに薪も使ったし。そういう元が、取れるのかしら——あら、これなんかうちで使えるんじゃあ——」

「馬鹿野郎っ！　捨てたものを拾うなっ！」

叩き落としたつもりで割れ残った作品を、腰を屈めて拾おうとする八重子を、次郎は摑《つか》みかかりそうな勢いで怒鳴りつけた。八重子は「ごめんなさい」と、飛び退《の》くように後ずさった。

3

しんしんと雪が降り積もる。灰色の空から、大きな花びらのような雪が絶え間なく舞い降りてきて、瞬く間にその嵩《かさ》を増やしていく様は、静かでありながら、いや、音が聞こえない分だけ、恐ろしくさえ感じられる。

昭和四十八年も、既に二月に入ろうとしていた。君子は仕事で北海道に来ていたが、前の晩から大雪になって、今日はロケが中止になり、ホテルに足止めを食らうことになった。

——雪は嫌い。大嫌い。

否応なしに何年も前のことを思い出した。死に目にさえ会えなかった、恋人のことだ。今にして思えば幻のように淡く、輝いていた頃のことだ。本気で猛を愛していることに気づくのが遅すぎた。その上、その愛を成就《じょうじゅ》させる術といっても、当時の君子には、何一つとしてありはしなかった。

あれから何年が過ぎたことだろう。仕方がなかったとはいえ、結局は、あんなに純粋だったはずの思いまでも、君子はこの世界で生き抜くための道具にした。そして、決して派手ではないものの、それなりの地位を築いてきた。無我夢中で走り続け、気がつけば今年で、もう三十二歳になろうとしている。

——このまま、私はずっと一人なんだろうか。一人きりで、年をとっていくんだろうか。

普段は考えたこともなかった。だが、退屈と孤独感とが、ふいにそんなことを考えさせた。今回のドラマも、役どころとしては小学生の子どもを抱えた未亡人ということになっている。出稼ぎに行っていた亭主に死なれた後、この寒い土地に残され、ラーメン屋で働いているという設定で、その店に主人公の刑事が立ち寄るのだ。

このところ特に、君子には「過去を背負った女」という設定の役が多くなった。幸福に見離されている、満ち足りた暮らしを送れない、そんな女ばかりを一年に何人分、演じてきていることだろう。それでも私生活の方が、それなりに充実しているときには、何の苦にもならないのだ。だが今は、昨年の秋ごろに、それまでつきあっていた愛人と別れたままだった。一人の時だからこそ、陰のある女の役が続くと、本当に気持ちが沈んでしまう。

ふと思いついて、鳥取にでも電話してみることにした。数回の呼び出し音の後で、八重子という女の声が「もしもし」と言った。

「君子です」

「あ——あら。はい。どうも」

君子たちは未だに互いの顔を知らない。だが君子は、こういう電話の応対だけでも、もう八重子を嫌だと思っている。何とも愚鈍《ぐどん》な印象を受けるのだ。いかにも気が利かない、無神経な女のような気がしてならない。こちらの方から、ふた言三言、時候の挨拶などしてみることもあるのだが、まるで思ったような反応もないのが常だった。

「兄は、おりますか」

「ああ——ええ、いますけど。呼びますか」

「お願いします」

兄にしか用がないに決まっているのだから、「呼びますか」とは、どういう言いぐさなのだと、君子はまた腹が立つ。望月小夜子として生きている限り、もう何年間も君子は、こんな応対をされたことはない。つまりそれだけ八重子もまた、顔も知らない君子に対して良い印象を抱いていないことが、如実に感じられた。

――いっそのこと、一度会いに行ってやろうかしら。誰に向かって、ああいう態度をとってたのか、思い知らせてやりたいわ。

思わず、そんなことを考える。慌てさせてやりたい。南部次郎の妹は、そんじょそこらの女とはわけがちがうということを、思い知らせてやりたかった。だが、考えてみれば、頭を下げなければならないのは、やはり君子の方かも知れないのだ。何しろ、兄には人に言えない過去がある。本当のことを知らないとはいえ、その兄と、ひとつ屋根の下で暮らして、君子に代わって身の回りの世話をしてくれているのだと思えば、もう少し感謝の情を表すべきなのかも知れなかった。

「どうした」

今度、電話に出たときには、もう少し愛想良く何か話しかけてみようかと考えていたとき、ようやく兄の声が聞こえてきた。君子は、北海道に来ていると伝えた。

「北海道？　寒くないのか」

「寒いなんてもんじゃないわよ。ものすごい大雪なんだから」

「こっちも、今日は雪になった」

「あら、鳥取にも雪が降るの」

「降るさ。何しろ山の中だから」

兄の声は明るく、また穏やかに聞こえた。その穏やかさをもたらしているのが八重子なのかと考えると、一人の君子は、やはりどうしても素直に喜べない気分になった。

「それより、ちょうどこっちからも電話しようと思ってたんだが」

何となくつまらない気分になりかけた時、兄の声が「実はな」と言った。

「今度の春に、東京に行くことになった」

「あら。いつ頃？」

「四月。デパートで、作品展をすることになったんだ」

君子は思わず「本当なの？」と声を上げた。

「暮れの初窯の後、喜多川さんが、話をつけてきてくれてな」

「喜多川さんが？　まあ。つまり、お兄ちゃんの個展ていうことなの？　本当に？」

微かな空調の音だけが広がっていたホテルの客室に、自分の声が響く。君子は、まるでドラマの台詞でも喋っているような気分で、大きな声を出した。

「ああ、おめでとう、お兄ちゃん！」

「まあ——デパートってところは金さえ払えば、場所は貸してくれるらしいから。そう大げさに喜ぶようなことでもないんだが」

「何、言ってんのよ！　いくらお金払ったって、そこに並べるだけの、ふさわしい作品がなきゃ、どうしようもないんじゃないの。お兄ちゃん、すごい、すごいわ！」

目の前に兄がいたら、手を取り合って飛び跳ねたいくらいだ。もうこれで、人目を気にして、こそこそと会わなければならないようなこともないかも知れない。望月小夜子の兄は一流の陶芸家ですと、胸を張って言えるときが、ようやく来たような気がした。

「どっちみち、作品が売れなきゃあ、どうしようもない。そのための個展なんだから。浮かれてばっかりも、いられないんだ」

「売れるわよ、きっと！　私も協力するし」

「頼もしいな。お得意さんに、なってくれるか」

「もちろん！　知り合いも紹介するわ」

張り切った声で応えながら、君子は俄然、張り切り始めている自分を感じていた。自分も負けてはいられない。たとえ相手が最愛の兄でも、住む世界が違っていても、ただ拍手と祝福を送っているだけで、それで満足するような望月小夜子、いや、南部君子ではない。

——これからは足並みを揃えて、一緒に上る。

とにかくやっと、かつて流した涙を取り戻すところまで来た。これからだ。これから。降りしきる雪を見つめながら、君子は改めて気持ちを奮い立たせていた。

二月に入ると、日本の円はそれまでの固定相場制から変動相場制へと移行した。一ドル三百六十円の時代が終わりを告げた途端、一挙に二百七十円を割り込もうという円高の時代が来たのである。それまで好調な対米輸出で景気を支えてきた業界では不景気への不安が取り沙汰され、野党は政府の責任を追及した。

三月には熊本地裁で水俣病訴訟に患者側勝訴の判決が言い渡された。敗戦から四半世紀あまりの間、死にものぐるいで復興にかけてきた日本が抱え込んだ、歪みやひずみの象徴が公害ともいえる。それらのうちでも被害の深刻な新潟水俣病、四日市大気汚染、富山のイタイイタイ病についで四件目も、責任のすべては企業と国にあることが明らかとされた。

世間は、どこか退廃の匂いを漂わせ始め、何となくとろりとした緊張感のなさが支配しようとしていた。コインロッカーに嬰児《えいじ》の死体が捨てられるという事件が続発し、子どもたちはザ・ドリフターズの加藤茶を真似て「ちょっとだけよ」と笑う。大人も子どもも関係ない、面倒なことは考えない、働き過ぎは戒めたい——そんな雰囲気が徐々に蔓延《まんえん》しようとしていた。

そして四月の下旬、君子は、かつてないほど晴れやかな、また誇らしい気持ちさえ抱いて、兄を迎えた。何年かぶりで会う兄は、いつの間にかひげを蓄えるようになっていた。ハイネックにジャケットという出で立ちで、君子が密かに不安を抱いていたほど田舎じみていないどころか、無造作になでつけただけのような前髪が軽く額にかかっている様子などは、実に芸術家らしい印象を与える。

「立派よ。すごく」

以前にもそうしたようにホテルの客室で落ち合うと、思わず君子は目を細めた。兄も、微かに口元をほころばせて「元気そうだな」と言う。もちろん、というように、君子はうなずいて見せた。兄の個展のことを聞いて発憤し、その直後、君子は新しい恋人を作った。以前から顔だけは見知っていた若手の作曲家だ。彼は、君子に曲を贈ってくれた。

「それで——あら、八重子さんは？」

「八重子？　どうして」

どうしてって、と言いながら、君子はツインの客室を眺め回した。置かれている旅行鞄は一つきりだった。

「一人で来たの？」

「手伝いで伝田が来てるが、部屋は分けた」

「だから、八重子さんは」

「来るわけないじゃないか。あいつは関係ないんだから」

本当なのか。本当に、電話で聞かされていた程度の存在なのか。君子は、内心でほっと胸を撫で下ろしながら、それでも一応は眉をひそめて見せた。

「そんな言い方。初めての個展じゃないの。普通、こういうときは奥様を同伴してくるものじゃないの？」

「だから、あれは女房なんかじゃないって」

「実質的には、同じことでしょう」

少し意地悪な、からかいたい気持ちがこみ上げてくる。君子は悪戯っぽく微笑みながら、兄の顔を試すようにのぞき込んだ。

「そんなに冷たくしてると、そのうち、捨てられちゃうから」

兄は憮然《ぶぜん》とした表情で「勝手にすればいい」と鼻を鳴らす。

「それより、お前、何日くらい俺につきあえる？　今回は、俺は最後まで東京にいることになるけど、お前の都合を優先させたとして、あとは喜多川さんとか、デパートの関係者なんかとも、一席もうけなきゃならんから」

君子は「そうねえ」とハンドバッグから手帳を取り出した。兄もジャケットの内ポケットから手帳を取り出している。ふいに、胸の奥が熱くなった。かつて、金網越しにしか会うことの出来なかった兄だった。ひらがな以外は読み書きすらできなかった兄だった。それが今、こうして互いの予定をすり合わせて、手帳をのぞき込みながら食事の相談などしようとしている。こんな日が来ようとは、誰が想像出来ただろうか。

「──どうした」

君子は、つい目頭を押さえた。慌てて首を振り、笑って見せようとするが、やはり、涙が溢れた。

「なんだか──夢のようだと思って」

「本当だな──あの、俺がな」

「私が今あるのは、お兄ちゃんのお蔭。私のために、あんな思いまでしてくれた。そのお兄ちゃんが、今やっと、日の目を見られるんだものねえ」

ここに他人がいたら決して口に出来ない、重たい歴史を自分たちは共に背負ってきている。だからこそ、兄が八重子を伴わずに来てくれたことが、やはり君子には嬉しかった。何年かに一度の、兄妹だけのこの時間は、誰にも邪魔されたくなかった。

兄の個展は、新宿のデパートで開催されていた。二人で相談した結果、やはり今まで通り、兄妹であることは気づかれない方が良いだろうということになったから、君子は兄がいないと分かっている日時を狙い、一人でデパートを訪れた。

美術工芸品売り場の片隅に設けられたそのスペースは、意外なほど手狭な、こぢんまりとしたものだった。兄の口からも「ちゃちなものだ」とは聞いていたものの、君子は落胆した。以前、備前の師匠が開いた個展とは、どう見てもスケールも扱いも違っている。

──駄目。こんなところでがっかりしちゃあ。

何しろ初の個展ではないか。最初から大々的に扱われるはずもない。第一、この小さなスペースさえ、要するに金を払って借り受けているのだということを、君子は兄から聞いている。広ければ広い分、借り賃も高くなるのに違いない。そんなことより問題は、売れ行きだ。良い評価が得られて、それが、少しでも高く売れるという結果につながることだ。

小さな個展会場には、デパートの店員らしい男の他にステッキをついた恰幅《かっぷく》の良い初老の男と、ひょろりとしたのっぽの男とがいた。喜多川と伝田であろうということは、すぐに察しがついた。だが、挨拶するわけにはいかない。ことに喜多川は、電話で何度も話している相手だが、それでも自己紹介するわけにいかない後ろめたさと、もどかしさがある。

「ご署名をお願い出来ませんでしょうか」

さて、どの作品を買ってやろうかと考えながら、展示されている兄の作品の一つ一つを眺めていると、ふいに声をかけられた。振り返ると伝田に違いない男が、恥ずかしげに笑っている。

「あの、望月小夜子さん、ですよね」

君子がうなずくと、伝田は顔を赤らめて「やっぱり」と瞳を輝かせた。

「僕、あの、ファンなんです。前からずっと」

思わず笑いそうになってしまった。確か、この男は歌謡曲と漫画が好きで、どこかちゃらんぽらんな、何をするにも真剣味の感じられない男だと聞いている。そのことを君子が「伝田さんでしょう」などと言って指摘してやったら、彼はどんな顔になるかと想像すると、おかしかった。

「陶芸、お好きなんですか」

「詳しくはございませんが、この方のお作品は、好きです。確か以前も、大阪で拝見しましたわ」

伝田は「へえっ」と目を丸くした。

「それなら、今のうちに買っておかれたらいいかも知れないですよ」

伝田は意気込んだ様子で君子を見つめてくる。君子が「え」と小首を傾げて見せると、彼はちらりと喜多川らしい男に視線を走らせた後で、「この人はね」とわずかに声をひそめた。

「そのうちきっと、人間国宝になるんじゃないかって言われてるんです。値打ちが出ます。家宝になります」

心臓がわずかにせり上がったように感じた。君子は思わず真剣に、男の顔を見つめ返した。今、この頼りなさそうな男は何と言っただろうか。

「あの——」

「あ、僕はですね、南部次郎の弟弟子にあたるんです。今も、同じ工房で仕事をさせてもらっています。僕ら、もとはといえば——」

伝田はどこか興奮した様子で、兄の経歴について滔々《とうとう》と語り始めた。君子はただ「まあ」とか「そうですの」などと相づちを打ち続けた。兄のことを、いかにも自慢気に話す伝田を、不快に思うはずがない。君子より少し年上だと思うが、伝田はまだ青年のような面影をどこかに残して、なかなかの好人物にさえ見えてきた。

「師匠が生きていた頃から、僕の方は何かというと叱られて、まあ、不器用だし、どちらかというと向いてないかも知れないなんて、自分でも思うときがあるんですけど、南部次郎は違うんです。集中力も、センスもですね、才能も」

「この方——備前のご出身ですの？」

内心でドキドキしながら、試すように言ってみた。だが伝田は、こともなげに「いえ」と首を振っただけだった。

「彼は大阪の出身です」

「——大阪の」

「備前に来たのは、十年前くらいですかね」

「その前は？　ずっと大阪で？」

「いえ、他の土地で、焼物の修業を積んでたそうです。師匠が亡くなって、備前から離れた後も、やっぱり全国各地で修業しまして、それが、独自のスタイルを形作ってるわけです」

いともあっさりとした説明だった。大丈夫だ。兄は完全に、一人の陶芸家としてこの社会になじみきっている。君子は初めて、ほうっと胸を撫で下ろすことが出来た気分だった。

それからも伝田は、君子が兄の作品の前に立っている間中、うるさいほどに話しかけてきた。なるほど、これが兄の言っている「おしゃべり」の実態かと、思わず苦笑しながらも、君子は伝田の話に耳を傾けていた。そこには君子の知らない兄の横顔があった。考えてみれば中学に入って間もない頃に、君子はもう兄から離れてしまっている。だから、大人になってからの兄については、まるで何も知らないのと同じだった。それだけに、伝田の話は興味深い。

「残念だな、今日に限って席を外してるんです。望月小夜子さんがファンだなんて知ったら、あの気むずかしい兄弟子だって、きっと喜ぶに違いないんだけど」

「気むずかしい方ですの、南部次郎さんて」

伝田は、わずかに「しまった」というような表情を浮かべつつ、芸術家など、そんなものだとごまかすように笑った。

「何しろ焼物のことしか頭にない男ですからね。世の中の動きになんかもまるで興味がないし――ああ、もしかすると、望月さんのことも知らないくらいなんじゃないかな――。あ、いや、すみません。失礼だとは思うんですが、要するに彼は、テレビドラマとか映画とか、ほとんど観ないんです。僕はそういうの大好きなんですが、彼はひたすら田舎の山の中で、土ばっかりこねてて」

君子は「まあ」と微笑んで見せる。

「奥さんだってため息ついてるくらいなんですからね」

「あら、奥様が、ですか」

伝田は、ただでさえ八の字に下がっている眉尻《まゆじり》をさらに下げて、人の好さそうな笑顔になる。

「まだ新婚なんですが、自分のことなんか放ったらかしで、土とばっかり戯れてって、言ってますから。ありゃあ、そのうち下手すると捨てられます」

君子が「まあ」と眉根を寄せて見せると、伝田は初めて、自分が喋りすぎたことに気づいた表情になり、「すみません」と小さく頭を下げて離れていった。君子は晴れ晴れとした気分で、兄の作品を眺めて歩いた。これは愉快な話を聞いたものだ。

「あの馬鹿は、そんなことまで言ったのか」

結局、大振りの花瓶と揃いの小鉢とを買うことにして、その晩、兄と落ち合うと、君子は早速、伝田のことを話題にした。ビールグラスを片手に、兄は苦虫を嚙みつぶしたような顔になった。

「それで、人間国宝って、どういうことなの？」

食卓に肘をついて、君子はわずかに身を乗り出し、ひげのせいで前にも増して厳めしい顔つきに見える兄の瞳をのぞき込んだ。兄は、ちらりとこちらを見ると皮肉っぽく口元を歪めた。

「どうっていうことも、ない。ただ喜多川さんが、どうせなら、そういうものを目指したらどうだって言っただけだ」

「目指せば、なれるって？」

さらに顔を突き出すと、ようやく兄の瞳に穏やかな光が宿った。

「国宝だぞ。そう簡単になれるものか」

「でも、なる人だっているでしょう？　本気で目指せば、六十歳くらいまでには、もしかするとなれるんじゃないの？　ねえ」

兄は薄く微笑みながら、君子のグラスにビールを注いでくれる。君子は、そのビールと兄の顔とを見比べながら「ねえ、ねえ」と駄々をこねるように子どもっぽい声を出した。すると兄は、微かにため息を洩らしながら、何ともいえない静かな、そしてどこか疲れたような表情になった。

「分かってるだろう——そんなことが、夢のまた夢だっていうことくらい。俺みたいな人間には」

無防備に、子どものようにはしゃごうとしていた心が、瞬く間にひやりと冷たくなる。君子だって、頭では分かっているのだ。十分すぎるほどに承知している。

「——そういう、ものなのかしら。もう、終わったことなのに」

「だが、消えたわけじゃあ、ない」

分かっている。だからこそ、君子だって苦しんできた。未だに兄妹だということさえ名乗れない、人目をはばからなければならないのは、すべて、消せない過去のせいに違いなかった。それでも君子は簡単に「そうね」とは言いたくない気分だった。

「もう好い加減、いつまでもこだわるの、やめにしたら？」

これからは未来のことだけを考えていけば良いのではないかと言いたかった。だが兄は、気むずかしい表情のまま口をつぐんでしまった。少しの間、重苦しい沈黙が流れた。

「まあ、どうでもいいか、人間国宝なんて。ねえ」

こちらから折れるより仕方なかった。数分後、君子は、わざとらしいほど陽気な声を上げた。励ますつもりが責めるような雰囲気になってしまったことが、兄に申し訳なかった。

数日後、兄は鳥取に帰っていった。ちっぽけな個展ではあったが、評判は売り上げと共に、予想を超えてまあまあだったらしく、最後の晩に会ったときには、兄は晴れ晴れとした表情で、機嫌も良かった。

「来年もまた開かないかとさ。今度は、そう急ぐ必要もないわけだから、もっと時間をかけて、作品数も増やして」

「デパートの方から?」

兄は満足げにうなずいている。人間国宝の話は、忘れた方が良いのかも知れないが、とにかくこれで、兄も軌道に乗ろうとしていることだけは確かなようだ。もう心配いらないと思うと、嬉しいのと同時に何ともいえない安堵感が広がっていく。今後再び道を踏み外しさえしなければ、やがて自然に、陶芸家・南部次郎として、たとえ地味でも、きちんと世間に認められる存在になってくれるに違いない。そして、兄らしい人生を歩んでくれれば、それがいちばんだ。

「いい道が見つかって、本当によかった」

兄は笑っているのか、口元を歪めただけか分からない顔つきで「まあな」と言う。

「これも、まあ、ムショ暮らしのお蔭だ」

料亭の個室だった。誰に気兼ねの必要もないとはいえ、「ムショ暮らし」などという言葉を、兄の口から直に聞いたのは初めてだった。思わずドキリとして、君子は兄を見ていた。兄は、どこか遠くを見る目になって、ゆっくりと煙草を吸っている。

「入れられたところが別だったり、または――あそこまでのことをしでかさずに、適当に街のチンピラのまま暮らしていたら、今ごろはまた全然、違ってただろう」

「――そう、なんでしょうね」

「お前も、女優になんかならなかったかも知れないな。俺が傍にいたら、何とか大学にも行かせてやってさ。たとえ、陶芸なんか知らなくたって、その方がよかったに決まってるんだ」

君子は、自分も遠い昔に思いを馳せた。君子の進路を心配してくれた、女教師の顔が思い浮かぶ。金網の向こうの兄に向かって、大学に行きたいと訴えたときのことも思い出した。

「――私は、これでよかったと思ってる。全部、なるようになったって」

兄は一瞬、真っ直ぐにこちらを見て、それから小さく「そうか」と言った。

夏に入る前から、自分たちが口にする魚が水銀やPCBに汚染されているという話が一斉に広がった。小アジなら一週間に十二匹、鰯《いわし》なら十匹程度までが限度だなどという基準が発表されて、漁業関係者はもちろん、魚好きも悲鳴を上げた。

「つまり、ずっと寿司が食えねえっていうことかなあ。それは嫌だよなあ」

「いくら肉好きだって、飽きるぞ、こりゃあ」

仕事先でも、そんな話の出ることが増えた。だが、芸能界の陽気な連中は、とりあえずは憂鬱そうな顔をしつつも、それなら海外にでも行って魚を食べ尽くしてこようなどと笑っている。

「ハワイ、いいじゃねえか。ハワイ」

「ハワイの魚なんて、熱帯魚じゃねえのかよ」

いつの頃からか、君子はそういう会話をうとましく感じるようになっていた。気がつけば、周囲には年下の連中ばかりが目立つ。それは何もドラマの世界だけでない。テレビ界全体に、新しい風が吹き始めていた。山口百恵、森昌子、桜田淳子といった少女たちが中三トリオなどと呼ばれ、また、男性アイドルの方でも、郷ひろみ、西城秀樹、野口五郎が「新御三家」と言われた。

「学芸会みたいなもんね」

どのテレビ局でも歌番組を持ち、ブラウン管で彼らを見かけない日はないくらいだった。その日も仕事が終わった後、君子は日下《くさか》と二人でテレビを眺めて夜を過ごした。

「明らかに時代が変わってきてるってことさ」

この冬からつきあい始めた日下は、ビートルズとジャズが大好きという男で、泥臭い演歌などは好みではないと常日頃から口にしている。かつては自分自身もグループサウンズに所属していたことがあると言い、二言目には「新しい音楽」という言葉を連発する癖があった。

「まあ、少しずつアメリカナイズされてきてるっていうかな。そういう時代の変化についていくのは、何ていったって若い子じゃなきゃあ」

彼が好きなのはアメリカだ。いつか移住したいとさえ言っている。

「アメリカナイズされるって、そんなに大切なことかしら」

君子は、どこか白けた気分で、そんな日下を見る。

「私には、ちゃちな学芸会にしか思えないけど」

ふん、と小さく鼻を鳴らす君子を、日下はさも愉快そうに眺めている。

「その学芸会みたいな連中が、もう時代を引っ張り始めてるんだぜ」

「それは結構。だけど、そのしわ寄せで、こっちの仕事が減るのだけは、勘弁してもらいたいわ」

君子の肩を抱き寄せながら、日下は一人で笑っている。君子は、彼の手を軽く払いのけて「なによ」とわずかに唇を尖らせた。

「君が欲張りなのは知ってるけどさ」

「だから、なあに」

「あんなガキどもと張り合って、どうすんのさ」

大きな革張りのソファにもたれていた君子は、すっと背筋を伸ばして、テーブルの煙草に手を伸ばした。

「この世界に、ガキも大人もありゃしないわよ」

「だとしたって、一つの役を取り合うような立場でもないだろう？」

「そりゃあ、そうだけど――」

その途端、日下の腕が君子を抱き寄せる。

「こういう連中をいかに上手に利用させてもらうか、それを考えなきゃあ」

日下の息が耳元にかかった。抱き寄せられたまま、君子は煙草の煙を吐き出した。

「俺も、そうしていくつもりだ。こういうガキどもの喜びそうな曲を作っていくよ。だから君も、こいつらがドラマや映画に進出してきたときには、せいぜい利用させてもらえよ」

「この連中が――？」

「そういう話が、もう動き出してるらしい。どうせ、後から後から新鮮なのが出てくるんだ。売れそうなヤツは、稼げるうちに骨の髄までしゃぶり尽くす世界じゃないか。だとしたら、上手に食い込むことだ。せいぜいヒロインをいじめる敵役でも取ってさ、話題になるっていうのも、手だぜ」

こういうタイプの男だとは思わなかった。ひたすら純粋に、美しいメロディーだけを追いかけていたい、夢ばかり見ていたい男なのかと思っていた。君子は小さく「そうね」と答え、改めて間近から日下の顔を見つめた。

——合うかも知れない。思ったより。

ただ利用するばかりでもなく、また、互いの欲望を満たし、一時しのぎに孤独を癒すばかりでもなく、共に同じ目標を持って、計画を立て、歩んでいかれる——もしかすると、そういう相手なのかも知れない。

「なに」

わずかに首を傾げる日下に、君子はゆったりと微笑みかけた。急いで結論を出す問題でもない。もう少し、この男を知る時間が欲しかった。

夏には永遠のアイドルだったはずの吉永小百合が結婚した。近い世代でありながら、結局は女優としてはまったく異なる扱いしか受けられず、ついに追いつけないまま現在にいたった君子にしてみれば、結婚という形でも遅れをとることになったかと、密かにためいきの出る思いだった。

——結婚。

別段、吉永小百合に刺激されたわけではない。だが近ごろ、君子もそれを考える。以前は初めから考えないようにしていたことだ。だが、一人で走り続けるにも限度があるのではないか、もう少し楽になっても良いのではないかという気がし始めていた。

それに、日下も言っていた通り、時代は明らかに変わりつつあった。新しいアイドルたちは日増しにその数を増し、まるで着せ替え人形のような派手な衣装を着た十代の連中が、テレビ局にもスタジオにも、溢れるようになった。

「まるで託児所みたいな騒ぎじゃないの」

「昔のさ、角兵衛獅子《かくべえじし》みたいなもんだわね」

「あんな、おむつも取れてないような感じの子たちが、とてもじゃないけど人の心をうつような歌が歌えるとは思わないわねえ」

「格が違うわよ、格が。同じ歌っていったってさ」

「やれやれ、気の毒だわねえ。本物の歌い手さんたちは」

古参の連中は、時に鼻白んだ表情で、または無理矢理のように余裕のある笑みを浮かべて、いかにも皮肉っぽく、そんなことを言い合った。内心では、人ごとではないと思っている。やがて間違いなく、ドラマの世界にも何らかの変化が起こるのではないかと、誰もが密かに怯えている。

君子は日下にアドバイスされた通り、マネージャーや事務所にも言って、常にさり気なく、そういったアイドルたちの動向を探るように注意を払っていた。彼らのうちの誰が、いつ、映像の世界に進出してくるか、主演する映画やドラマの企画が浮上していないかという情報を、いち早く得ておく必要があると思っていた。

テレビの世界では低年齢化が進んでいても、世間では「高齢化社会」という言葉が聞かれるようになっていた。十月、第四次中東戦争が始まり、その後、原油の生産削減、価格引き上げが決定された。石油危機が日本を襲った。

日本中のいたるところで、トイレットペーパーを求める行列が出来た。砂糖が足りないといっては並び、洗剤や石鹼が足りないといっては並ぶ。君子自身がその列に加わることはなかったけれど、新聞やテレビは連日その模様を報じていたし、第一、君子の家でも住み込みで置くようになった家政婦が毎日のように新聞の折り込み広告を眺め回しては、何かしらの行列に加わっている様子だった。

「お一人様一品限りっていうんで、今日は三度も家とスーパーとを往復したんです。子連れで来てる人なんか、よちよち歩きの子どもまで並ばせて、もう大変な騒ぎなんですから」

家政婦は、時にはいかにも得意げに、また時には疲れ果てたという表情で、「戦利品」ともいえる品を見せることがあった。いつの間にか、家中の戸棚や押入には、トイレットペーパーや洗剤の買い置きが山になった。

「どうなるのかしら。今さら昔の生活になんか、戻れやしないのに」

日下と過ごす夜、君子は言ったことがある。これから冬に向かうというのに、国を挙げて「暖房は控えめに」と連呼し始めている。ガソリンスタンドも休業日が増えたというし、第一、都心からネオンの明かりが一つ、また一つと減ってきているのが、見て分かるのだ。

「確かにな。戦後の焼け跡とは違うけど、こういうひっそりした闇は、俺は嫌いだ」

見晴らしの良い都心のマンションの窓辺に立っていた日下も、外の景色を眺めながら呟いた。この頃ではテレビ番組さえ、深夜の時間帯の放送は自粛しようという動きが出てきている。足下から、ひっそりとした闇と静寂が忍び寄ってきそうな不安が、君子にも感じられた。

「終戦の頃も、あなたは東京にいたの」

君子はソファから声をかけた。彼は「終戦か」と言いながら、君子の傍に戻ってくる。

「千葉に疎開してたんだが、すぐに戻ってきた。だから、辺り一面の焼け野が原を、よく覚えてるよ。君は？」

君子は、ちらりと日下を見て、わずかに逡巡《しゅんじゅん》しながら小さく首を振った。

「私は――終戦当時は満州」

「何だ、そうだったのか」

日下は「初耳だ」と、意外そうに首を傾げた。

「引き揚げてきたんなら、色々と苦労もあったろう」

「――まあ、色々とね」

それ以上の話をすることは危険だった。どこからボロが出るか分からないと思う。敢えて思い出したいことなど何一つとしてないのだし、第一、望月小夜子として公表している履歴とは明らかに異なってしまう。だが、これまで誰に対しても、ひと言も聞かせたことのなかった自分の過去について、君子は、この日下にになら話しても良いような気持ちになっていた。少しくらいなら。

「ひどい時代だったわね」

日下は「あの頃は皆、そうさ」と言いながら、今度は酒を注ぎ足すために立ち上がる。

「あの時代に戻りたくないからこそ、皆、がむしゃらにやってきたんだろうけど。その挙げ句が、また暗闇っていうのは、皮肉な話だ」

それから彼は、政府の政策について話し始め、中東関係とオイルショックの仕組みについて、意外なほど熱っぽく語り始めた。君子が、自分の過去を吐露《とろ》する機会は失われた。ほっとしたような、悔しいような気持ちが残った。

その年の紅白歌合戦の出場歌手から美空ひばりが落選した。身内の不祥事が原因と言われたが、やはり時代が変わり始めていることを誰もが感じつつあった。物価高は止まらない。紙不足を理由に新聞や雑誌が薄くなった。正月三ガ日は全国のガソリンスタンドが全面休業するという。このまま、すべてが先細っていってしまうのではないかという不安が、漠然と広がっていた。

もはや勢いだけで突き進む時代ではなくなったのかも知れない。余力があるうちに、今後の人生の基盤をしっかりと築いておくべきときかも知れないと、君子は考え始めていた。結婚でも、または他の事業などに投資するのでも良い。とにかく女優という職業が、いかに頼りないものであり、よほど注意しなければ、その立場は年齢と共に弱くなることを、きちんと自覚しなければならない。

「小夜子さんのお兄さんという方が、事務所にみえてるそうなんですが」

そんなことを考えるようになっていた年の瀬のある日、撮影に入っていたスタジオに、事務所から連絡が入った。自分の出番を待っていた君子は、思わずマネージャーの顔を凝視した。

「兄？　私の？」

そんなはずがあるものか、あの兄が、自分から名乗って、しかも事務所に訪ねてくることなど、あるはずがない。咄嗟《とっさ》に「冗談じゃないわ」と言おうとして、次の瞬間、君子は何を考えるよりも早く、心臓がとん、と跳ねるのを感じた。

「名前は？　何て名乗ってるの、その人」

「待ってください。何だか全然違う名字を言ったっていうんですが――」

マネージャーは肌身離さずに持っている黒い手帳を取り出して、ページを繰る。その手元を、君子はじっと見つめていた。鼓動が速くなる。

「ええ——南部、満男さん、と」

本番に向けて集中させていた気持ちが一遍《いっぺん》に四方に飛び散った。君子は、呆然と宙を見つめたまま、しばらくは身動きも出来なかった。

——満男、兄ちゃん。

やっと。どうして。今さら。この時期に。

ありとあらゆる思いが、いっぺんに駆け巡った。頭の中で渦を巻くように、時が逆流していく。中学の制服のまま、坊主頭で呉の家から就職先へ向かったときの、兄の姿が思い浮かんだ。あの、じめじめと暗く、寒い物置小屋のような住まいの戸口で、君子は満男に手を振り、声を張り上げた。元気でね。頑張ってね——。

「小夜子、さん？」

気がつくと、マネージャーが心配そうな表情で君子の顔をのぞき込んでいる。君子は思わず小さく舌打ちをした。

「本番前なのよ。余計な話を聞かせないでって、いつも言ってるじゃない」

「——すみません」

長いつきあいになるマネージャーは、神妙な顔つきでうなだれて見せる。君子は付き人を呼び、荒々しく息を吐きながら、とうに台詞は入っているはずのシナリオのページをめくった。すると、すかさずヘアメイクが歩み寄って、そんな君子の髪を撫でつける。そうすれば、ある程度は君子の気持ちが落ち着くと、知っている。

「――それで？　その人は、どうしてるの」

「まだ事務所においでだそうですが」

「――どこか、ホテルに部屋をとって、そこでお待ちいただいて」

シナリオから目を離さず、努めて平静な口調で言った声が、かすれていた。

4

満男が見つかったという連絡を、南部次郎は雪に降り籠められ、ひっそりとした智頭の家で受けた。古い農家は間取りも広く天井も高いから、いくら囲炉裏に火をおこし、ストーブを焚いていても、どこかすうすうと風が抜ける。

「本当なのか」

「信じられる？　もう、諦めてたつもりだったのに。それなのに満男兄ちゃんたら、けろりとした顔で『よう』なんて言うのよ、『よう』って！」

君子の声は興奮のあまり上ずり、また震えてもいるようだった。

「前からテレビで見る度に、私じゃないかって思ってたって」

「それで？　どんな様子なんだよ、満男は」

受話器の向こうで鼻をすする音がする。思いもしなかった連絡に、次郎もどう対処したら良いか分からないまま、ただ落ち着きを失っていた。すぐには何をどうすれば良いかも分からない。満男が、満男がと、そのことばかりが頭の中を駆け巡る。

「おい、どうなんだっ」

「そうね、太ってねえ、何か、気のいい親父さんっていう感じ。でも面影は、昔のまんま」

十畳の茶の間は、隣の台所とは下半分が板張りになっている障子戸《しょうじど》で仕切られている。次郎たちが越してくる前に、きれいに張り替えられたらしい障子はまだ白い。全体に古びて黒ずんでいる室内だが、その障子のお蔭で、まるで雪明かりを受けているように、ほの明るく感じられた。その真っ白な障子戸の向こうでは、おそらく八重子が聞き耳を立てているに違いなかった。さっきまで米を研ぎ、水で流していた音が、今はぴたりと止んでいる。

「それで、今、満男は？」

「何しろ急な話だったから、今夜はホテルに泊まってもらったわ」

「一人でか」

「違う、違う。奥さんとよ。二人で来たの」

「あいつ、結婚してるのか！」

宙を見たまま、次郎は思わずぽかんとなった。幼い頃、近所の子どもたちに馬鹿にされて、からかわれて、常に次郎がかばってやらなければならなかった満男が、女房と現れたという。どこかで野垂れ死にでもしたのかも知れないと諦めていた弟が。

「とにかく、電話で話してても埒《らち》が明かない。ねえ、お兄ちゃん、この年の瀬に来て大変だとは思うけど、出て来られない？」

受話器に向かって、次郎は即座に「もちろん、行くさ」と応えた。

「明日、出来るだけ早い列車で行く」

「本当？　じゃあ、兄妹三人で会えるのね？」

「お前の方は、大丈夫なのか」

「ちょうど今日が、年内最後の撮りだったの。石油ショックからこっち、省エネとかで、いつもの年より早めに終わったのよ。もう年内は何もないわ。ゆっくり出来る」

君子の声は弾んでいた。その声を聞きながら、次郎は、自分自身もいやが上にも興奮するのを感じないわけにはいかなかった。

「どこに、行くの」

妹との電話を切り、興奮を鎮《しず》めるように辺りを見回していると、台所との境の障子戸が開いて、八重子が顔を出した。

「明日、東京に行って来る」

「満男って、誰なの」

「寒いな、閉めろよ」

厚手のタイツの上に毛糸の靴下を重ね履きしている足を茶の間に踏み入れ、八重子は後ろ手に障子を閉める。微かに首を傾げ、彼女は上目遣いにこちらを見つめた。

「ねえ、誰。満男って」

次郎は電気ごたつに向かい、煙草に手を伸ばしながら「弟だ」と応えた。頭上から「弟？」という声が降ってきた。そして八重子も次郎の向かいから、こたつに足を入れてくる。

「あなたって、弟もいるの」

まるで次郎を鼻で嗤《わら》うような、さも軽蔑《けいべつ》した表情で、八重子はこちらを見ている。その顔は、次郎を苛立たせる。君子からの電話を取り次ぐときも、八重子はいつもその顔をするのだ。何の興味もなさそうな、それでいて、どこか人を小馬鹿にしたような、皮肉っぽい顔をする。

「そんなこと、ひと言も言ったこと、なかったじゃない」

「行方が分からなかったんだ。もう二十年近く」

「そうじゃなくて。あなた、最初に私と会ったとき、唐津で何て言った？　自分には、頼れる身内も誰もいないって、そう言わなかった？　それが、妹はいるわ、次には――」

「そうじゃなくてって、どういうことだっ！」

思わず声を荒げた。途端に、八重子の肩が小さく震えた。

「二十年だぞ、二十年！　それだけの年月、行方が分からなくなってたんだっ。それを、どうして平気な顔で『そうじゃなくて』なんて言えるんだよっ、ええ？」

八重子は、さっきまでの小意地の悪そうな顔を一変させ、野良犬のように卑屈《ひくつ》な表情になって、肩をすくめている。その顔つきもまた、次郎を苛立たせるものだった。腹の中では舌を出しているかも知れないのに、そういう顔をしさえすれば、こちらが黙るとでも思っているのか。次郎は、八重子を睨みつけたままで「何とか言え！」と、さらに大きな声を出した。

「だって――」

「だって、何だよっ。はっきり言え！　お前に、俺の気持ちが分かるか。生きてるか死んでるかも分からない、何の音沙汰もない、そういう姉弟を抱えてるものの気持ちが！」

「ごめんなさい。でも――」

「ただでさえ、満男は——弟は、少し馬鹿なんだ。人が好くて、誰にでもすぐにだまされて、利用されて。そんな奴が、やっと中学を卒業して、何とか就職も出来たと思ったら、そこから姿を消しやがった。それを聞いたときの、俺らの気持ちが、お前なんかに分かってたまるかっ」

「知らなかったのよ！」

ふいに、八重子の悲鳴のような声が部屋中に響いた。

「私はてっきり、あなたっていう人は天涯孤独なんだと思ってたんだから。ここに来るまで。君子さんのことだって、知らなかったんだからっ。何にも話してくれてないのは、あなたじゃないのっ！私が、知るわけないじゃないのよぅ！」

八重子の細い目に、見る間に涙が盛り上がって、やがてびしょびしょと頬を濡らし始める。八重子の言うことはもっともだった。確かに次郎は、自分の生い立ちについても、身内についても、無論、前歴についても、何一つとして語っていない。そんな必要はないと思っている。成り行きとして君子の存在だけは知られることになったが、それにしたって、まさかそれが女優の望月小夜子だとまでは、八重子は想像すらしていないだろう。

「結局、私のことなんか、まるで信じてくれてないのよね。あなたは、私を認めてなんかいないのよぅ！」

八重子は突然こたつに突っ伏し、声を上げて泣き出した。

激しく肩を震わせて泣く八重子を、次郎は黙って見ていた。もう、うんざりだった。どうして自分が、ことあるごとに百面相ほど表情を変え、泣いたりわめいたりする女と一緒にいなければならないのかと思う。

「——あのなあ。八重子」

嗚咽が、やがて尻すぼみになり、しゃくり上げるような泣き声に変わったところで、次郎は何本目かの煙草を灰皿に押しつけ、深々と息を吐き出した。泣き声が止まった。

「お前、唐津に帰れよ」

その途端、八重子はさっと泣き腫らした顔を上げた。まるで信じられないといった表情で、唇を薄く開けて、八重子はこちらを見る。濡れた瞳が落ち着きなく左右に震えた。次郎は舌打ちをして、その顔から目をそらした。

「そうしろ。帰れ」

「そんな――ごめんなさい。私が悪かった。ねえ、本当に私が悪かったわ」

八重子がこたつの向こうから手を差し出してくる。次郎が受けとめてやるのを待つように、しばらくの間は宙に浮かせ、やがて化粧合板の天板の上におろして、八重子はさらに「ねえ」と言った。

「本当。ごめんなさい。ねえ、ねえ？　事情を知らなかったとはいえ、生き別れになってた弟さんが見つかったっていうのに、変に突っかかったりした私が、馬鹿だった。馬鹿なのよ。ねえ」

そっぽを向いたままで「もう、いい」と呟くと、視界の隅で、八重子が激しくかぶりを振っている。「よくなんかない」と彼女は言った。

「私って、本当、駄目だから――。分かってる、分かってるのよ。焼き餅なの、みんな！　私は何もかも捨ててきたのに、あなたには可愛い可愛い妹がいるっていうし、その上、今度はまた弟さんまで出てくるのかって――何だか私だけが、置き去りにされるようで、淋しかったの。それだけなのよ、ねえ！」

こたつから抜け出して、次郎の傍までにじり寄ってくると、八重子は次郎の腕につかまりながらたしかいないの。他に行くところなんか、ありゃしないんだから！」
から。妹さんも、弟さんも大切にする。あなたに気に入られるようになるから！　私にはもう、あな
「だから、出て行けなんて言わないで。お願いよ。私、尽くすから。今よりもっと、あなたに尽くす
「ねえ」と繰り返した。

棄てないで、棄てないでと八重子は泣いた。次郎は黙って立ち上がり、明日のために荷造りをすることにした。幅の広い、黒光りのする階段を上がっていく寝室は、昔は蚕部屋《かいこべや》だったらしい。だだっ広いばかりの板壁の部屋は、今も当時の面影を残して、片隅に蚕棚が残っている。何本もの竹竿を平行してかけるようになっている蚕棚は、今は洋服かけとなり、上段の方は板を渡して荷物置きの棚として使用していた。

その棚から、次郎と共に日本中を旅してきた旅行鞄を下ろして、着替えを詰め込んでいると、背後から「ねえ」と、ひっそりとした声がした。地厚の靴下のためか、まるで猫のように足音をさせず、いつの間にか八重子がついてきていた。


「お正月までには、帰ってくる？」

「分からねえな。行ってみないことには」

「――私も行っちゃあ、駄目？」

「行って、どうする」

「皆さんに、ご挨拶したいと思って。君子さんにも、ずっと電話だけで失礼しちゃってるし。その、二十年ぶりっていう弟さんにも」

「何て言って」

二、三日分の着替えを詰め込みながら、次郎は小さく振り返った。細かい格子の入った障子戸にもたれるようにして、身体の半分だけをのぞかせながら、八重子は相変わらず泣き腫らした目で「何てって」と口ごもる。
「これが、亭主と子どもたちを残して、俺についてきた女ですっていうのか。だから籍も入れられないんですって」

絶句しているらしい八重子の顔を一瞥しただけで、次郎は荷造りを続けた。

翌日は雪も止み、朝から青空が広がった。八重子に、半分泣いているままのような笑顔で、手を振って見送られ、次郎は伝田の運転する車で智頭駅まで向かった。朝陽が雪景色を眩しく輝かせる。タイヤのチェーンがごとごとと雪道を踏みしめる音を聞きながら、次郎は、かつて経験したことのないような胸のざわめきを覚えていた。あと何時間か後には、本当に満男に会えるのだろうか。

「正月までには、帰ってくださいよね」

駅前で車を降りるとき、やはり伝田も八重子と同じ台詞を口にした。そういえば、自分が留守になれば、彼らは二人きりになる。いっそ、その間に何か起こってくれれば良いと思った。

だが列車に乗り込み、智頭から遠ざかるにつれて、次郎の頭の中からは、八重子のことも伝田のことも、きれいさっぱり消え去っていった。幼い頃の顔しか思い出すことの出来ない満男のことを考える。そして、もどかしいほどのろのろと、それでも確実に東京に近づくにつれ、頭の中で時が逆流し、次から次へと昔の出来事が蘇った。

五歳違いの満男が中学を卒業して、集団就職で故郷を去っていった頃、家族は文字通り、どん底の状態だった。あの、呉の汚らしい物置小屋で、怒りと恨みと憎しみと、不安と絶望と餓えばかりを抱えて暮らしていた。家族のためにと我が身を捨てた姉からは、仕送りだけは細々と続いていたものの居場所は分からずじまい、母の容態は日に日に悪化していた。窓さえない小屋の中は常にひんやりとじめついており、悪臭がしみついていて、まるでどぶ川の底に澱んでいるような気持ちにさせられた。

――今度からは、兄ちゃんは傍にいてやれないんだ。誰にいじめられても、助けにいってやれないんだぞ。お前は馬鹿なんだから、人に刃向かったりするんじゃない。いいな。我慢するんだ。お前が相手にならなけりゃあ、相手だってそのうち諦めるんだから。

満男が家を出ていく前の日、次郎はヤミ市で盗んできた肉と野菜を使い、鍋料理を食わせてやった。米の飯も炊いた。満男は「うまい」「うまい」を連発し、目を細めながら、夢中になって箸を動かしていた。白く光っている飯を思う存分腹につめこみながら、次郎の話などほとんど聞いていないように見えた。そして翌日、まるで遠足にでも行くように「行って来まぁす」と大きく手を振って、にこにこしながら行ってしまった。まだ小さかった君子に寄り添われて、あの時は母も小屋の前まで出て、満男を見送った。

――いつかまた、きっと家族揃って暮らせるよね？　そうなるよね？

君子は涙を浮かべながら言っていたものだ。だが、その後間もなくして母が死に、次郎は罪を犯して警察に捕まった。そして現在に至るまで、家族はすべて散り散りのままだ。

満州から引き揚げてきた当時は、五人家族だった。いや、もっとずっと遡《さかのぼ》れば、父もいて、兄もいて、立派な九人家族だったのだ。あの大家族の中で、考えてみれば満州でも日本でも、きちんと誰かに見送られ、手を振って笑顔で家から出ることが出来たのは、戦死した父と、あの満男だけだったことになる。父は簡単に死んでしまった。そして満男は、行方が分からなくなった。それが、現れたというのだ。太って。女房を連れて。

もしかすると、兄弟の中でいちばん運の強いのは満男かも知れない。そう考えると、つい口元がほころんだ。まず最初に何と言おう。すっかり大人になった弟に、開口一番「馬鹿野郎」と言うのもまずいだろうか。次から次へと想像が膨らんでくる。

ところが、ようやく東京のホテルまでたどり着くと、珍しく自らロビーで待ちかまえていた君子は、素早く歩み寄って来るなり、挨拶もそこそこに「困ったことになったわ」と声を落とした。

「満男兄ちゃんに会う前に、耳に入れておきたいことがあるの」

すぐさま満男と会えるとばかり思って、柄にもなく緊張を高めていた次郎は、その君子の様子を訝《いぶか》しく感じた。とりあえずコーヒーラウンジに寄り、人目につきにくい席に着くと、君子は即座に、苛立ちを抑えるように煙草をくわえる。

「今日になって――実は、行くとこがないって」

ふう、と唇をすぼめて煙を吐き出すなり、君子は眉を険しくさせて呟いた。次郎は、心のどこかで、やはり、と思い、そう思う自分に内心で驚いていた。たとえ兄弟とはいえ、何か、よほどの理由がない限り、今さら妹や、また自分の前に姿を現すようなことはないに違いないと、漠然と考えていたことに改めて気づいた。

「何でも、勤め先がつぶれて、住むところがなくなって、この不景気で、新しい仕事が見つからなくてって」

君子は昨日、電話をかけてきた時の調子とは打って変わって、疲れて憂鬱そうな声を出した。

「それで、行くところもなくて、他にあてもないし、いよいよ困り果てて、一か八かで私のところに来たらしいのよね。この際、人違いでも仕方がないっていうくらいの気分でね」

「どこで、どういう仕事をしてたんだ、あいつ」

「何しろ満男兄ちゃんでしょう？　何を聞いても要領を得ないんだけど、とにかく、どっかの会社の独身寮に、一家で住み込んでたんですって。管理人とか、賄《まかな》いとかを兼ねるような格好だったらしいけど」

君子は、また煙草の煙を吐き出しながら「まったくね」と、小さく舌打ちをする。

「満男兄ちゃんなりに、頑張ってきたらしいことは分かるのよ。ほめてあげなきゃ、とも思う。でも、こう、何て言ったらいいの。何しろ、いきなりでしょう。それに奥さんていう人も、どうも同じくらいのレベルなのよ。見てると仲は良さそうで、それは結構なんだけど、二人そろって、ぼんやりしててねえ。よくもまあ、あれで子どもまで作ったもんだと思うような感じ」

「おい、満男に子どもかよ」

次郎は目をむいて妹を見た。君子も小さく肩をすくめている。

「もう高校生になるんですってよ。男の子」

「で、その子は」

「まあ、もう高校生だから、留守番くらいは出来るんだろうけどね。どこかに預かってもらってるようなこと言ってるわ」

「その子は、あれか——ちゃんと、してるのか」

運ばれてきたコーヒーに視線を落としていた君子は、そこでようやく小さく微笑んだ。ほんのわずかに口元をほころばせるだけで、周囲の空気がすっと変わる。それが女優の力量というものだろうかと、次郎はいつも不思議になる。

「自慢の子らしいわよ。満男兄ちゃん、言ってたもの。俺と違って頭がいいんだよぅって。もう、にこにこしちゃって」

その口真似だけで十分に、昔の満男が思い出された。要するに、変わっていないのだろう。

「とにかく、会うのが先だ。それから考えよう」

君子が途方に暮れている理由は、次郎も分からないではない。だが、どんなことよりも、とにかく満男が生きていた、我々の前に現れたことを大切にするべきだった。ほとんど口をつけなかったコーヒーを残し、席を立ちかけて、次郎はふいに妹を見た。

「俺の――ことは、話したのか」

君子は、潤んだ瞳で小さく首を振る。

「必要ないことは、言わないわ」

「――まあ、そうだな」

そして次郎は、君子に案内される形でホテルの客室に上がった。これまで何度か上京してきて、東京にも多少は慣れてきたつもりだが、そういう時に次郎が泊まる宿とは比べものにならないほどの高級ホテルだった。高い天井にシャンデリアの輝くロビーには外国人の姿が数多く見られ、敷き詰められた毛足の長い絨毯《じゅうたん》は、靴音のすべてを呑み込んでしまう。

「また、豪勢なホテルを取ったもんだな」

「満男兄ちゃんも、目をまん丸にしてたわ。こんな大きな建物、見たのも初めてだって」

「あいつ、どこにいたんだ」

思わず苦笑しながら、エレベーターに乗り込んで、次郎自身も周囲を見回していた。満男ならずとも驚く世界だ。少なくともこの東京という街は、日常そのものからして、次郎の生活とも著しくかけ離れている。

目的の階に着いた時には、緊張のためか、互いに無言になっていた。やはり渋い色調の絨毯が敷きつめられて静まりかえった廊下を進み、やがて、君子は一つの客室のドアをノックした。少し間が空いて、ドアの向こうから、大きな顔がのぞいた。

「わあ、兄ちゃん！　兄ちゃんだろう？　わあ、兄ちゃんだぁ！」

まるで子どものような口ぶりと笑顔だった。ドアが大きく開かれる。脂気のない髪に古びた服を着た、どこから見ても冴えない中年男が、満面の笑顔で「兄ちゃん！」と声を上げた。

「何だよ、お前。満男か、ええ？」

君子の言葉通り、満男はずい分太っていた。肉のたるんだ大きな顔には、そり残しのヒゲがある。その弛緩《しかん》した顔で、満男は「えへへ」と嬉しそうに笑った。

「兄ちゃんー、わあ、元気だったかい」

「そっちは、どうなんだよ。心配したんだぞ、この野郎」

部屋に入るなり、次郎は巨大なスイカのような満男の頭を両手で抱え込み、ぼさぼさの頭を大きく揺すった。

「勝手に工場をやめやがって。一体、どこでどうしていやがったんだ」

次郎の手の中で「痛いよ、痛いよ」という声がする。ようやく手を離すと、満男は「えへへ」と笑いながら「やっぱり兄ちゃんだぁ」と言った。

「そうだ、兄ちゃんだ。お前、この兄ちゃんに黙って、どうして勝手なことしたんだ。ええ?」

「勝手なことぉ?」

「やめただろうが、工場を。中学の先生が、やっと探してきてくれた就職先の工場」

ぽかんと天井を見上げ、わずかに考える顔をした後で、満男はまた笑いながら「昔の話だよぅ」としまりのない身体を傾けた。

「やめちゃったんだぁ、俺」

「分かってるよ。だから、どうしてだって。何の連絡もよこさねえで」

だってよぅ、と言って、満男は後ろを振り返った。そこには、小柄で小太りの、お多福豆のような印象の女が、長い髪を巫女《みこ》さんのように一つにまとめて、もじもじと立っていた。

「かみさんか?」

「俺の、カアちゃん。千代子《ちよこ》っていうんだ」

千代子は、ひょこりと頭を下げる。地厚のぼったりとしたスカートの下からは大根のようなむっちりと太い足と、足首で折り曲げられたピンク色の靴下が見えている。

「千代子がねえ、いじめられてたんだよぅ。だから、一緒に逃げようって。なあ」

つまり、この二人は集団就職した工場で知り合い、そのまま今日の日まで、共に生きてきたということらしかった。

「俺なぁ、子どももいるんだよ。勝《かつ》っていうんだ。誰にも負けんなよ、勝てよって意味なんだ。だから勝ってつけたんだ。すげえ、頭、いいんだよぅ」

満男は嬉しそうに「あはあはあは」と笑っている。すると、後ろに控えている千代子も、それに合わせるように、あやふやな表情で「んふふふ」と身体を揺らした。次郎は、胸の奥を微かにかき回されるような気分を味わいながら、「馬鹿野郎が」「この馬鹿」と繰り返し、ひたすら笑っている弟の頭や腕や、背中や腹を幾度となく叩いた。とにかく生きていた。無事で。丸々と太って。それが、こんなにも嬉しい。

「何だよぅ、兄ちゃん、痛いってばぁ」

満男は、ただ機嫌良さそうに笑うばかりだ。そのだぶついた肉の向こうに、幼い頃の面影が見え隠れする。次郎は、これが生きているということかと考えていた。

——死んだ者には、永遠に来ないとき。

ふいに「谷やん」の顔が思い出された。途端に、背中がずしりと重たくなったように感じた。自分はこの手で一人の人間の未来を永遠に奪ったのだということが、突然、全身で感じられた。さっき、君子は「必要ないこと」と言った。確かに、敢えて言葉にする必要はない。だが、過去は消えてはいなかった。何よりも、この背中の重みが、それを物語っている。

——罪滅ぼし。

生前、城島先生が口にしていた言葉を、とうに理解したつもりでいたが、本当は何も分かっていなかったのかも知れない。

「何だか夢みてえだなあ。あの、テレビで観る望月小夜子が、俺の妹なんだぞ。カアちゃんだって、俺のことウソつきって言ってたのになあ。で、あれだってな。兄ちゃんは、えらい先生になったんだってな。すげえなあ。本当に、本当に、夢みてえだなあ」

そして満男は、また「あはあはあは」と笑う。その笑顔を見ながら、次郎は決心していた。とにかく、せめて身近にいるものだけでも守り通すことだ。こうして生きているものを、決して粗末にはしない。今の自分に出来る罪滅ぼしといったら、せいぜい、それくらいのことだ。

「ここでこんなことをしていても、きりがないわ。ねえ、皆でうちに来ない?」

君子が気分を変えるように言った。次郎は「いいのか」と君子を見た。君子は、片方の頬だけで、わずかに悪戯っぽく笑った。

「平気よ。もう小娘じゃないんだもの」

自信ありげに言う君子には、確かに相応の貫禄のようなものが備わっていた。

その後、勝と名付けられた満男の子どもも呼び寄せて、結局、それから正月三が日の間、次郎たちは揃って君子の家で過ごすことになった。

「信じられない! こんなお正月が迎えられるなんて。ねえ」

君子は数え切れないほど同じ台詞を繰り返しては、その都度、目に涙を浮かべた。初めて案内された君子の住まいは都心に建つマンションの最上階で、その階のすべてを占めていた。まるで外国ドラマに出てくるような豪華な調度で飾り立てられている部屋に案内されたとき、次郎は、その華やかさに圧倒されると同時に、それらのすべては、あの幼かった妹が自分一人の力で獲得したものなのだと、胸に迫るものを感じた。

「夢みたいだ」

「本当、夢みたいだ」

誰ともなく同じ言葉を繰り返す。何もせず、どこへも行かずに、次郎たちはひたすら一つの部屋に集まっては、同じ時を過ごした。千代子と勝までもが、同様の言葉を口にした。

「だって、よその家には必ず親戚とかいるのに、どうして僕の家には誰もいないんだろうって、ずっと思ってきたから」

徐々に打ち解けてくると、高校一年になるという勝は、わずかに恥ずかしそうな顔で、そんなことを言った。満男が自慢するだけのことはあって、少年は知能の発達にも問題はないらしく、また、しっかりと良い子に育っているようだった。それだけに、両親のことでいじめられることも少なくなかったという言葉は、君子や、そして次郎の胸を打った。勝の説明によって、次郎と君子はようやく、満男一家がどこでどんな生活を送ってきたかということを知った。

「さて。そろそろ、先のことを考えなきゃいけないわね」

正月三日の夜、君子が改まった口調になった。

「夢みたいな時間は、すぐに過ぎちゃう。あっという間だわ。そうしたらまた、いつもの暮らしが始まるんだものね。お兄ちゃんも、私も。満男兄ちゃんたちだって、ここにずっと、こうしていてもらうわけにはいかないのよ」

満男夫婦は相変わらず呑気な顔をしている。唯一、現実を理解しているらしい勝が、ふう、とため息をついた。

「母さんは、いつも父さんと一緒じゃなきゃ駄目なんです。何でも自分で出来るんだけど、とにかく父さんと一緒じゃなきゃ」

だから、満男の仕事さえ見つかれば良いということではないのだと勝は言った。彼は、中学までは両親と共に暮らしていたが、学校の教師の薦《すす》めもあって、現在は寮生活を送っているという。

「僕のことは、いいんです。今は寮に入ってるわけだし、僕は、一人でも大丈夫だから」

次郎の目から見て、君子は、初めて目の前に現れた甥という存在を、ことさら愛おしく感じている様子だった。おそらく、かつての自分の姿と重なる部分があるのだ。施設から高校に通い、出来れば大学に行きたいと言っていた、あの頃の君子のことは、次郎もよく覚えている。

「いつも一緒じゃなきゃあ、か。と、なると、結局、夫婦で住み込めるような職場っていうことよね。そういうところを見つけないとって」

満男夫婦だけが、人ごとのような顔をして、二人並んでみかんを食べている。千代子が馬鹿丁寧なほどに黙々と皮をむくと、それを満男に手渡すのだ。すると満男は、当たり前のようにみかんを頬張る。二個でも三個でも、食べ続ける。頬杖をつき、そんな夫婦の様子を眺めながら、君子は「夫婦で住み込みか」と呟いた。

「これから先のことも考えると、一時しのぎっていうわけにもいかないだろうし、せめて夫婦二人が生活出来る分だけでも、ちゃんと稼げる仕事じゃないと、困るわねえ」

「智頭に来てみるか」

しばらく考えた末に、次郎は口を開いた。この何日間か、考えていたことだ。

「都会で暮らすのは何かと大変だろうし、俺のところに来れば、とりあえず寝る場所と食うものだけは、何とかなる。少しずつ簡単な作業でも覚えさせていけば、段々、役に立つようになるだろうし、まあ、多少の格好はつくんじゃないか。二人一緒に」

君子の顔がぱっと明るくなった。満男は相変わらずみかんを頬張って笑っているばかりだ。その頭を、幼い少年に対するように撫でてやりながら、次郎は「なあ」と笑いかけた。

「そうしたら、かっちゃんのことは、私が引き受けるわ。もし、そのつもりがあるんだったら、こっちの高校に移ってもいいし、その気があれば、大学にも行けばいい」

君子の言葉に、今度は勝が「本当ですか」と目を丸くした。

「すげえ――本当に夢みたいだ」

ため息混じりの勝の呟きに、満男が初めて「本当だなあ」と笑い返す。千代子も一緒に笑っていた。翌日、東京から帰る列車は、三人の旅になった。

昭和四十九年は年明けから節約、節約という言葉ばかりが耳につく年になった。テレビ局は民放だけでなくNHKでも午後十一時以降は放送が打ち切られることになり、都心部では電車の暖房も切られた。物不足は生活のありとあらゆる部分に影響を及ぼし、それに伴う物価の高騰は「狂乱物価」という言葉まで生み出した。

三月、フィリピンのルバング島に二十八年間潜伏し、前の月に日本人旅行者によって発見された元陸軍少尉・小野田寛郎《おのだひろお》が帰国した。豊かな生活に慣れきり、その挙げ句の石油ショックに右往左往していた人々は、久々に戦後が終わっていないことを思い出した。小野田の透徹した眼差しと、多くの日本人が忘れ去った立ち居振る舞いに、誰もが息を呑み、彼が失った時の重みに嘆息した。

「どんなにか辛抱したんでしょうねえ。たった一人で、どんな思いでジャングルの中で」

ニュースの映像を見て、八重子は時には涙ぐみそうになっていた。

「この方の目に、今の日本はどんな風に見えるのかしら。生命をかけて守った国は」

次郎が満男を連れて帰った後で初めて、八重子は自分の親兄弟について語った。彼女は父親と二人の兄とを空襲と戦死とで喪っていた。母親も既に他界しているという。結局、婚家を飛び出した今、実際に八重子が頼れる場所は、どこにもないということだった。

それにしても、正月までに帰らなかった上に、何の断りもなく満男夫婦を連れて帰った次郎に対して、八重子は意外なほど冷静だった。

「すごいもんだわ。お米の減り具合が段違い」

日々の暮らしでの変化は、何より八重子の負担の増大という形で如実に現れたはずだ。それに対して、いつ感情を爆発させるか、または、何ごとに対しても反応の鈍い満男たちに、実はもう既に、次郎の目の届かないところで辛く当たってでもいるのではないかなどと、それなりに警戒しているが、現在のところ、八重子は、たとえば千代子に対しても細々とした家事などを手伝わせて、よく面倒を見ている。以前はあんなにも二人きりの生活を望み、伝田が来たときにも激しく抵抗した八重子が、どういうわけか今回は、こちらが薄気味悪く感じるくらいに、文句のひとつも言わなかった。ただ、口止めなどの通用しない満男の口から君子の正体を知らされたときだけは、さすがに驚いた顔になり、「それならそうと教えてくれれば」と、悔しそうな顔をした。そして、あの望月小夜子と、何度となく電話で話していたことになるのかと、興奮を隠し切れない様子で、何度もため息をついた。

雪解けを待って、次郎は新しく電気窯を設置した。比較的短時間で、しかも低コストで焼ける電気窯は、同時に作品の出来不出来を大きく左右せず、安定した成果を期待出来る。それだけに、たとえば備前焼のように炎と降灰が生み出す窯変が必要不可欠というわけではない作品の場合や、また、いわゆる生活雑器として同じ品を大量に焼く場合には、かえってその方が良い場合もある。その信頼性は刑務所で使っていたほどだから、次郎にはよく分かっていた。

五人の暮らしを支えていくためには次郎自身、そういう器も焼かなければならないし、何よりも、満男に満足な仕事をさせるためには、穴窯ではとても無理だった。

「だけど、案外いい筋してるかも知れないですよ」

満男を直接、指導するのは伝田の役目になっていた。最初のうちは次郎が傍について、いちいち指図をしていたのだが、相手が弟だと思うせいか、いつになく短気を起こしてしまう次郎に、伝田の方が役割を替わると申し出てきた。そして現在のところ満男の毎日は大半が、土を砕いたり、水で漉《こ》す作業に費やされており、午後の短い時間、菊もみなどの練習もしている。

「怒ったら可哀想です。のんびり、見守ってあげないと」

伝田は、次郎の性格は弟子を育てるのには不向きだと言った。

「それで、いいんじゃないですかね。次郎さんは、とにかく自分の作品に打ち込めば」

半分、面白くない気分だったが、肩の荷が下りたことは確かだった。以来、次郎は直接には満男のすることに口出しをせずに、伝田が教え込む様子を遠巻きに眺める格好になった。

五人の暮らしは微妙なバランスを保ちながら、思ったほどの波風も立たずに過ぎていった。

「いわゆるニューファミリーみたいなもんですかな」

夏頃になると、汗をふきふきやってきた喜多川が、そんなことを言うようになった。

「何ですか、ニューファミリーって」

「ご存じありませんか。最近、雑誌やテレビなんかで言っておる。まあ、直訳すれば新しい家族ということなんでしょうが」

そう言われてみれば、家族に見えないこともないのだと、初めて思った。満男はともかく、あとは他人ばかりの寄せ集めだと思っていたが、これはこれで、家族なのかも知れなかった。

その年の十月、巨人軍の長島茂雄が引退した。同じ月、自民党総務会で『文藝春秋』に掲載された立花隆の「田中角栄研究――その金脈と人脈」が取り上げられ、やがて首相の人脈や金脈問題は国会で追及されることになった。十一月の末、田中首相はついに辞意を表明した。

「この不景気で庶民は青息吐息だっていうのに、一体どれだけ儲けたんだろう」

「だまされてたんだよ、国民は。結局、庶民的に見せてただけってことだろうよ」

「本当、汚ねえよなあ」

窯焚きの手伝いに集まる村の連中も、こぞって政治の問題を口にした。十二月、田中内閣に次いで三木武夫内閣が「クリーン」をキャッチフレーズに掲げて成立した頃、次郎の工房ではまた穴窯による窯焚きが行われていた。

「すげえ、すげえなぁ。あんなに燃えてらあ」

夏に次いでの窯焚きだったが、前回同様、満男はすっかり興奮して、ひたすら「すげえ」を連発し、子どものようにはしゃいだ。

「生きてるんだな。火が。生きて、吠えるんだ」

やがて窯鳴りが響き始めると、タイミングをはかって赤松の割り木をくべ続ける次郎の隣に立ち、満男は、魅入られたような表情で呟いた。

「怖がらせてよう、試すんだよな。それで、びっくりして壊れるようなヤツは駄目なんだ。ねえ、兄ちゃん」

「面白えこと考えるよ、おまえは」

えへへへ、と笑い、また窯の方を向いて、ほとんど見とれているばかりの満男に代わって、倉庫から薪を運んだり、伝田や村の男たちと一緒に身体を動かしているのは勝だった。学校が休みに入る度に、東京の君子の家からやってくるのが習慣になった勝は、会うごとに背も伸びて、都会的な雰囲気の青年に育ちつつあった。

「血って、不思議なもんねえ。満男さんより、あなたに似てる。満男さんとあなたは、あんまり兄弟っていう感じがしないのに」

八重子は感心したように言うことがあった。それは次郎も、初めて会ったときから気づいていたことだ。だが、そんな甥の存在は、次郎には嬉しい一方で気の毒な気にもなる、何とも複雑なものだった。勝には、平凡で構わないからまっとうな人生を歩んで欲しい。顔立ちが似ているからといって、決して中身まで似て欲しくはない。父に代わって懸命に働く姿を見るにつけ、次郎が思うのはそのことばかりだった。

その勝も交えて、昭和五十年の正月は智頭で迎えることになった。君子は暮れから海外旅行に出ているという話で、勝によれば、どうやら男と一緒らしいということも分かったから、そう心配することもなかった。

「去年の正月とは段違いだよ。本当、悲惨なもんだったから」

伝田までが浮かれた表情をしていた。八重子も嬉しそうにうなずく。その顔には、いつの頃からか穏やかな、諦めにも似た表情が浮かぶようになっていた。そういえば、この頃、八重子は泣かなくなった。とにもかくにも昨年は、大きな波風も立たずに平和だった。それが今年も続いてくれれば良いと願うばかりだ。

だが世の中は相変わらず、石油危機をきっかけに始まった不況を、そのまま引きずっていた。年明け間もなく、前年の倒産件数は過去最高だったと報じられたし、大卒予定者に対しても、就職先から採用内定が取り消されたり、または自宅待機を通達されたりしていると、新聞でもテレビでも、暗いニュースばかりが報じられる。

「困るよなあ。生活に余裕がなくなるっていうのは。花瓶だ壺だなんて、買ってる場合じゃなくなるかも知れねえし」

「いつの世だって、持ってるヤツは、ちゃあんと持ってるさ。そういうもんだ」

「じゃあ、つまり、そういうヤツらに買ってもらうようにしなきゃあ、駄目ってことか。だとすると、面倒なつきあいも、増えるよね」

「妙なもんだ。自分で一生懸命にこしらえたもんを、気に入らない客に売るっていうのもな」

時として、次郎は伝田とそんな話をすることがあった。実際これまでも、自分なりに気に入った出来になり、少しばかり気が引けるような思い切った値をつけた作品ほど、自分とはまるで縁のなさそうな、または気に入らない客に買われることが多かった。喜多川のような存在は、本当に稀有《けう》だった。無論この頃は、美術商やデパートが間に入るようになって、自分さえ望まなければ面倒なつきあいの必要はほとんどないから、それで助かっている。

だが現実問題として、今、次郎たち一家にとって馬鹿にならない収入源となりつつあるのが、実は満男の仕事だった。伝田から一つのことを教わると、あとは呆れるほど我慢強く、ひたすら土に向かうことの出来る満男によって作り出される大量の安価な生活雑器が、意外によく売れていた。

「やっぱり、血ですかね。これも」

誰かに話しかけられるまで、無駄話一つするわけでもなく、ただ黙々と土をいじり続ける満男を眺めながら、伝田は苦笑混じりに言った。

「次郎さんの集中力も相当なものだと思ってきたけど、満男さんもすごいっていうか、下手すりゃあ次郎さん以上だもんな」

　確かに満男は、意外な才能を発揮しつつあるようだった。急に家族が増えたことで、当初、今後の生活をどう成り立たせていこうかと頭を痛めていた次郎にとって、それは嬉しい誤算だった。それどころか、この分だと逆に、満男が安定した収入を生み出すことによって、次郎の方が自分なりの思い切った仕事に取り組みやすくなる可能性さえ生まれてきそうだ。

「結局、俺みたいに中途半端なのがいちばん駄目なのかなあ」

　すぐ横で、次郎たちが無駄口を叩いていても、まるで何も聞こえないかのように陶土をいじっている満男を眺めながら、伝田は微かにため息をつく。呑気そうに見える男でも、多少は悩むこともあるらしかった。

　三月、山陽新幹線の岡山―博多間が開業し、東京と博多は約七時間で結ばれることになった。同じ月に大関の貴ノ花が横綱北の湖を下して初優勝を果たした。翌月にはサイゴン政府が解放軍に無条件降伏し、ベトナム戦争が終結した。アメリカが北爆を開始してから、実に十年の月日が流れていた。いつの頃からか、喫煙者の間で使い捨ての百円ライターが愛用されるようになり、「アンタあの娘《こ》の何なのさ」という言葉が流行った。

「今度、いつこっちに来られる？」

　君子から電話があったのは、山あいに夏の雲が湧き、蟬の声が響き始めた頃だ。

「個展は九月だから、その頃には行くけど」

「もう少し、早くならない？」

「どうして」

首から下げたタオルで顔の汗を拭いながら、次郎は君子の「実はね」という声を聞いた。最近の君子は、アイドル歌手が主演するドラマに出演しているが、主役の都合で撮影のスケジュールがめちゃめちゃになると、電話のたびにこぼしていた。

「お兄ちゃんに、会って欲しい人がいるのよ」

その声は、喜んでいるのか不安がっているのか分からない、不思議な響きを持っていた。

「会って欲しいって。男か」

次郎は受話器を握る手に思わず力をこめた。

「まあ――そんなところ。ああ、ねえ、勝ちゃんから、何か聞いてる？」

「具体的には聞いてないが。正月に海外旅行したときか、誰かと一緒らしいとは、言ってたがな」

「その人なんだけど」

胸の奥がぎゅっと締まるような気分だった。咄嗟に思い浮かびながら、途中で詰まって、容易に口に出てこない言葉がある。

「ねえ、お兄ちゃん」

「――ああ」

「私――」

ひんやりと薄暗い茶の間の片隅にあぐらをかいて、次郎は受話器の向こうに耳を澄ませた。

「いい、わよねえ？　その――普通に、人並みに幸せになりたいと思っても」

「——当たり前じゃないか」

「誰に責められることも、ないわねえ？」

大きく吸い込む息が、なぜか震えるようだった。次郎は「誰が責められるっていうんだ」と呟くように言った。ようやく君子が幸せになる、普通に結婚するつもりになったのかと思うと、背中に負い続けている重石《おもし》が、半分に減ったような気がしてくる。

「一緒になるつもりなんだな？」

「向こうがね——そう言って、くれてる。だからお兄ちゃんにも一度、挨拶したいって」

それから君子は、結婚したいと考えている相手について簡単に語った。音楽関係の仕事をしているという。自分で作曲もしているが、他の曲の雰囲気を変えたり、レコードを吹き込む際の手伝いもしたりする仕事のようだった。

「彼、前からアメリカに行きたいって言ってるの。向こうで仕事したいって」

「アメリカ？」

「それで、色々考えたんだけどね。そりゃあ、私自身の仕事のこともあるし、勝ちゃんのこともあるから、本当、あれこれ悩んだんだけど——私、彼と一緒にアメリカに行こうかと思って」

呆気にとられた。あの大都会の、あんな高いマンションのてっぺんで暮らしているというだけでも驚きなのに、君子は、ついに海を渡るというのか。すぐには返事も出来ないまま、次郎は君子の声を聞いていた。

「まあ——お前が思った通りにすればいい。これまでだって、そうやって生きてきたんだ」

最初の衝撃が薄れたところで、次郎はようやく口を開いた。

「俺はいつだって、このままお前が、ずっと一人だったらって気になってたんだから。いい相手がいるんなら、よかったよ」

「本当？　そう思ってくれる？」

だが、秋の個展を前にして、今はそう簡単に東京まで行っている時間は作れそうにない。そのことを言うと、君子はがっかりした声を出していたが、では相手の男と相談して、改めて連絡すると言って電話を切った。

「君子さん、何ですって？」

大きなザルに野菜を入れて、千代子と二人で運んできた八重子が居間をのぞき込んだ。その顔は、もう笑顔になっている。

「べつに」

「そう。元気だって？」

未だに対面はかなっていないが、君子の正体が分かってからというもの、八重子は自分が電話をとったときでも、まるで別人のように愛想良く、また丁寧な応対をするようになった。その変化は、次郎の目には浅ましく映ったが、君子自身が不快な思いをするわけではないのだからと、放っておくことにした。

「もうすぐ夏休みに入ったら、勝ちゃんがそっちに行くでしょう？　その時、私たちも一緒に行こうかって話してるんだけど」

数日後の晩、再び電話を寄越した君子は、弾んだ声を出していた。その声が、今の君子の幸福を伝えている。以前から一度、智頭での暮らしぶりも見せたいと考えていた次郎は、「待ってるよ」と応えた。

「つまり、ここに望月小夜子が来るっていうことでしょう？　まあ、どうしましょう。ねえ、どうやっておもてなししたらいいかしら」

八重子は飛び上がらんばかりに喜んで、早速、隣近所にその話をして歩いた。工房に蚊取り線香の香りが漂い、谷あいの道が陽炎《かげろう》で揺らいで見えるようになる頃、次郎は会う人ごとに「妹さんはいつ来るかね」と尋ねられるようになった。

「しかし、先生のお宅はすごいわなあ。大したもんだ。兄弟揃って芸術家ときてる。そういう家系なんだな。凡人とは違う」

善良な表情で、感心したように言われるたびに、次郎は曖昧に顔を歪めなければならなかった。

5

七月も末になった頃、君子たちはやってきた。よく晴れた暑い日の午後、とろとろと眠たいような空気を震わすように、車のタイヤが砂利を跳ね飛ばす音が聞こえたかと思うと、濃い緑色の風景の中に、鮮やかなレモン色のワンピースを着た君子の姿が降り立った。

「来た！」

朝からそわそわと落ち着きのなかった八重子は、まるで助けを求めるような顔でこちらを見る。蝉の声ばかりが四方から響き渡る中で、サングラスをしたままの君子は、全身で智頭の空気を感じ取ろうとするように、その場でくるりとひと回りして辺りの景色を眺めている。その隣には、やはりサングラスをして、派手なアロハシャツを着た男が立った。

「お兄ちゃん！」

やがて次郎の姿を認めて、大きく手を振りながら歩いてくる君子は、まさしく太陽の雫《しずく》が降り立ったように輝いて見えた。既に三十代も半ばになっているとは、とても思えない若々しさだ。後ろからついてくる勝とアロハの男とは、まるで従者のようにしか見えない。次郎は、くわえ煙草のまま、目を細めて三人の様子を眺めていた。

「やっと来たわ！　ああ、やっとね！」

明るい笑顔で声を弾ませ、それから君子はまるで小さな風が舞い起こるかと思うような勢いで古い家に飛び込み、また飛び出して、満男と千代子とに駆け寄り、伝田に「あら」と笑いかけた。そして、最後にようやく八重子に目を止めた。ゆっくりとサングラスを外して、君子は軽く小首を傾げ、この上もなく晴れやかな笑顔を見せた。

「ご挨拶が遅れまして、お義姉さんとお呼びして、失礼じゃございませんわよね？」

白いレースの手袋をはめた手をすっと差し出し、君子は八重子の顔をのぞき込むようにする。八重子だって今日は化粧をしていた。だが、君子と比べてしまっては、まるで顔に靄《もや》でもかかったように、ただぼんやりと見えるばかりだ。香水の匂いが辺りに広がる。

「やっとお目にかかれましたわ。いつも兄がお世話になっておりますうえに、下の兄夫婦までご厄介になることになって、さぞかし大変でいらっしゃるんじゃないかって、わたくし、いつも気にかけておりましたの」

いつの間にか次郎の隣まで来ていた勝が「すげえ気合い、入ってるね」と耳元で囁いた。次郎はつい、小さく笑いそうになった。なるほど、気合いか。

君子が連れてきた男は日下圭一といい、君子よりも二歳年下ということだった。いかにも芸能界で仕事をしているらしい雰囲気の、ある意味で軽薄そうにも見える男に、次郎はあまり良い印象を持たなかった。だが、君子が日下に向ける視線はいかにも熱い。そこには次郎の知らない君子がいた。これまで苦労のし通しだった君子が、ようやく幸せを摑んだのだということを、何よりもその笑顔が語っている。次郎に祝福の言葉以外、言うべきことの見つかるはずがなかった。

「それで、アメリカにはいつ行くんだって？」

その晩、縁側で涼みながら、次郎は傍にやって来た君子を眺めた。田舎の家を珍しがり、出てくる料理でも、風呂でも蚊帳《かや》でも、何に対しても歓声を上げた君子は、八重子から借り受けた浴衣《ゆかた》を、八重子とはまるで異なる雰囲気に着こなし、ゆったりと団扇を動かす。

「今やってるドラマの撮りが終わったら。多分、九月には入ると思うわ。まあ、最初のうちは、行ったり来たりになるとは思うんだけど」

聞けば、日下はこれまでにも日本とアメリカとを頻繁に往復していて、仕事の足がかりと共に、ある程度の生活の基盤は既に築きつつあるのだという。きちんとした受け入れ態勢が出来たところで行くつもりだと君子は笑った。

「だって、はい、到着しました。でも、明日からどうしたらいいか分かりませんっていうんじゃあ、あんまりだものね」

「そりゃあ、そうだ。じゃあ、仕事は」

薄暗がりの中で、君子の吸う煙草の炎が、赤い蛍のように息づいて見える。ふう、と煙を吐き出した後で、君子は「仕事はねえ」と呟いた。

「もちろん、引退なんて考えてないのよ。だけど少しの間、お休みをいただいてもいいかなと思ってる。この辺でひと息入れさせてもらっても、罰は当たらないんじゃないかって」

当たらないどころか、褒美《ほうび》をやりたいくらいだと思った。だが、適当な言葉が見つからない。結局は、今よりもさらに遠く、いよいよ次郎の手の届かない世界に行こうとしている妹の幸福を祈ることしか、出来ることはなかった。

「心配しないで。電話だってあるし。東京より、少し遠くなるくらいのものよ」

夏の虫が鳴いていた。次郎は「そうだな」と応え、闇の中に自分の煙草を投げた。赤い火が、すうっと弧を描いて落ちていった。

翌日、君子と日下とは朝食を取り終えると早々に帰っていった。まさしく嵐のようだった。

「もう帰られたんですか。せっかく、こんな遠くまで来たっていうのに、たったの一泊で」

昼前、汗を拭き拭きやってきた喜多川は、柄にもなく君子と会えることを期待していた様子で、いかにも残念そうにため息をついた。やがて次々に近所の人がやってきて、「望月小夜子」についての、色々な話を聞きたがった。

「何しろ、いい匂いなんだよなあ。俺、あんな匂い嗅いだことねえよ。『その節は、ごめんなさいね。他人のふりなんてして』とか言っちゃってよう、にこっとするじゃねえか。はっきり言って、小夜子さんがあと十歳、いや五歳でも若かったら、俺、ぶっ倒れてたな。東京で会ったときより、もっときれいになってたしなあ」

来客の応対をするのは、もっぱら伝田の役目だった。来る人ごとに何度でも同じ話を繰り返し、次郎などが気づかなかった小さな仕草や会話の内容についてまで、事細かに話して聞かせる。

「伝ちゃんは、君子が好きなんだな」

普段は、周りのことなどまるで気にする様子のない満男までが、そんな伝田を眺めてニヤニヤと笑うくらいだった。とはいえ満男と、ことに千代子にしてみれば、君子に会ったことよりも勝が来たことの方が、よほど嬉しいに違いない。高校三年になっている勝は、君子が渡米した後は学校の寮に入り、そこで本人の希望通り、大学受験に備えることになっていた。

「いくら可愛がってるっていったって、所詮《しょせん》はそんなものなのね。自分が受験を勧めておいたくせに、その甥っこだけ残して、さっさと外国に行くっていうんだから」

機嫌が悪いのは八重子だった。昨日一日は、まるで打ちひしがれたように押し黙っていた八重子は、長い間の魔法が解けたように、突然、表情を険しくして文句を言い始めた。

「本当、結構なもんだわ、女優さんていうのは。いくつになっても小娘みたいな気分で、ああやって愛想だけ振りまいて。そりゃあ、漬け物もつけなきゃ、こうやって、お米ひとつ研がないんだもの。きれいなまんまでいられるでしょうよ」

次郎が聞いているとも知らず、千代子もいない暗い台所で一人、流しに向かいながら、八重子はひたすら呟き続けていた。

君子が帰っていって一週間しても、夕食の時などの話題は、やはり君子のことが多かった。君子の出ていたドラマについて、役どころ、本人との違い。どんなことでも尽きるということがない。次郎自身、これまで誰にも言えなかった話を、こうして皆で持ち出せることが愉快だった。

「あの時の小夜子さんは、本当、可愛かったよ。主役の女優なんかより、よっぽど可憐でさ」

「だけど、悲しい思いもしてるんだよな。ほら、前に恋人に死なれたって、一時期騒がれてたこと、あったもんなぁ。健気だったよなぁ」

「ああ、俺、本人に聞いてみたいことが山ほどあったのに」

ことに伝田が、いつも率先して君子の話題を出す。これだけ長いつきあいになりながら、妹が望月小夜子だと教えなかった次郎に対して、伝田はずい分しつこく、「水くさい」「薄情だ」などと怒っていたが、実際に本人に会った後は、その怒りも何もかも、消し飛んだ様子だった。

「なぁ、勝。小夜子さんて、家にいるときはどんな感じなんだよ」

「普通だよ」

「二人で飯とか、食うわけ?」

「叔母さんの帰りの早いときはね」

「畜生！　お前、自分の置かれてる立場が分かってるか？　望月小夜子と二人で飯食ってる高校生なんて、他にいねえんだぞ」

「だけど、学校の友だちとかは、びっくりするんだ。ほら、今のドラマで怖い役やってるから。『あんな鬼みたいな女と』ってね」

そんな話でも、食卓には笑いが広がった。君子に関する話が出れば、常に食卓は賑やかになった。ごく些細《ささい》な、たとえば、君子が日頃使用している石鹼の銘柄まで聞きたがる伝田は、時には箸を振り回し、飯粒さえ飛ばしそうな勢いで喋る。その興奮した様子がおかしいと、珍しく千代子までが甲高い声で笑った。

「もう、好い加減にしてよっ」

ある晩、ついに八重子が声を張り上げた。一瞬のうちに食卓は静まりかえった。開け放った戸の外からジィジィという虫の声が入ってくる。少し前に飛び込んできたカナブンが、頭上の電球にコンコンと当たり続けていた。

「何なのよ、いつまでもいつまでも」

次郎は黙って八重子を見ていた。

唇をへの字に曲げて、微かに肩を上下させ、八重子は鼻から荒々しく息を吐いて、ぱちん、と箸を置いた。

「私、前から一度、聞きたいと思ってたんだけど。ねえ、あなた」

心持ち顎をしゃくるようにして、八重子は挑戦的にこちらを見た。

「大体、妹が女優だっていうこと、どうして黙ってたわけ？」

「理由なんか、ない」

「あら、そう？　そうかしら」

その言い方が癇に障った。次郎はそらしかけていた視線を戻して、八重子を見返した。

「何が、そうかしら、なんだ」

「だって、何か変じゃない？　私だけじゃない、伝ちゃんにまで隠して、嘘ついてたわけでしょう？兄弟弟子なんでしょう？　どうして、そこまで隠す必要があったのよ」

次郎は、ゆっくりと息を吐き出した。

「何が言いてえんだ」

それでも八重子は怯《ひる》まない。細い目の奥に挑戦的な炎を燃やして、彼女は以前、よく浮かべていた人をあざ笑うような表情を浮かべた。

「私は何も言いたくなんかないわよ。ただ、何か変じゃないかって思うだけ」

「だから、何が」

「ねえ、伝ちゃんだって、そう思わない？　もしも普通の兄妹なら、どうして他人のふりする必要があったんだろうって」

伝田が、わずかに身を固くした気配が伝わってきた。茶の間全体が、凍ったような重い空気に包まれる。

「お前なあ。つまり、俺らは普通の兄妹じゃねえっていうのかよ」

ようやく八重子の表情がわずかに動いた。だが彼女は、それでもなお顎をしゃくり上げ、挑むような顔つきを変えようとはしなかった。

「普通の兄妹じゃなかったら、俺たちは何なんだよ、ああ？　どう普通じゃねえっていうんだ。言ってみろっ！」

卓袱台《ちゃぶだい》を拳で殴りつけた。だん、という衝撃が空気を震わし、ほとんどすべて自分たちで焼いた食器ばかりの食卓が、がちゃん、と音をたてた。

「言ってみろっ！　おいっ！」

「君子は、小さいとき、三つ編みをしてたんだ」

ふいに、満男が口を開いた。

「姉ちゃんがいなくなっちゃって、母ちゃんが病気になっちゃって、そしたら、君子の髪をとかしてやる人がいなくなっちゃったんだ。君子、泣いたんだ。わーん、わーん、て。兄ちゃんが、髪の毛切れって言ったから」

「――やめろよ、満男」

次郎は顔をそむけた。すっかり忘れていた光景が突然、蘇ってきた。胸の奥がざわめいた。

「君子、夜じゅう泣いたんだ。わーん、わーん、てな。だから兄ちゃんは、怒って家から出てっちゃった。だけど次の日から、兄ちゃんが君子の髪の毛、三つ編みにしてやることになった。最初は母ちゃんから教わってなぁ」

のどの奥に熱いものが引っかかる。どうして男の俺がと腹立たしく思いながら、猫の毛のような、細くて柔らかい君子の髪を編んだときのことが思い出された。次郎の前に後ろ向きに立ち、君子はおとなしかった。そして次郎は、ヤミ市から盗んできたゴムで、髪を結んでやった。他の少女のように人形一つ持っていない妹から、お下げ髪まで奪うのは、あまりにも可哀想だと思ったからだ。

「君子は、兄ちゃんに編んでもらった三つ編みで、ぴょん、ぴょん、て学校に行くんだ。俺は、学校なんか行きたくなかったけど、行けば給食が食えるからなぁ、君子と一緒に行ったよ」

「叔母ちゃんも、言ってたよ。毎朝、伯父さんに髪の毛編んでもらって、いつもうちのお父さんと、手をつないで学校に行ったんだって。だけど次郎伯父さんは、うちの父さんや叔母ちゃんたちの面倒を見なきゃならなかったから、自分は学校には行かれなかったんだって」

勝も、妙に神妙な表情で言った。

「だったら――」

八重子が声を震わせた。

「だったら、どうして隠す必要があるの。べつに隠すことなんか何もないじゃないのよ。そうやって、助け合って生きてきたっていうんなら、それでいいじゃないの。隠すから、変だと思うんでしょう？　何か秘密があるのかなあと——」

「お前には関係ねえだろう」

押し殺した声で、歯を食いしばるようにして次郎は呟いた。八重子は口を半開きにしたまま、呆気にとられたように目をむいている。

「他人にどうこう言われる筋合いは、ねえんだよ」

その途端、八重子の表情がさらに変わった。

「他人？　他人？　私はまだ、他人なわけ？　ここまでしてるのに、こんなにまでして、あなたと、あなたの弟たちにまで尽くしてるのに、他人？　あなたって人は、私をまだ——」

「どうやって認めろっていうんだ。そこまで言うんなら、俺も言うぞっ。ええっ！」

その途端、八重子の瞳からすっと力が抜けて、彼女はがっくりと肩を落とした。

「——結局、その話になるわけよね」

「てめえの立場もわきまえねえで、安っぽい焼き餅なんか、焼いてんじゃねえ。だいたい君子が来るって分かっただけで、近所中触れ回って大騒ぎしたのは、誰なんだ。君子が女優だって知った途端に態度から何から、すっかり変えやがって。いいか、君子は君子なんだ。俺は、そういう安っぽいのが嫌だから、黙ってただけのことじゃねえか」

伝田が、そっと腰を上げる。それを待っていたかのように、勝も満男たちを促して、食卓を片付け始めた。頭上から、カナブンのカツン、カツンという音ばかりが聞こえてくる。

「所詮、お前はそういう程度の女なんだよ。そういう女だから、普通じゃ考えられもしねえことが、出来るんだ」

「――そのことを持ち出されたら、私が何も言えないと思って」

やがて、八重子は疲れ果てたような表情で、虚ろに一点を見つめたまま呟いた。二人きりになった茶の間で、次郎は窓の外を向いて煙草を吸っていた。

「だけど、私、分かってるんだから」

八重子の押し殺した声が広がる。

「たとえ私が、自分の身の回りをちゃんとしたって、あなた、私を籍に入れるつもりなんか、ないんでしょう」

次郎は、ゆっくりと瞬きしながら、吐き出した煙の行方を追っていた。

「そうなのよ。私、知ってるんだ。分かってる」

「そう思うんなら、それでいいじゃねえか」

「開き直らないでよ。そうだって、言ったらいいじゃないのよ！」

こういう気分は久しぶりだ。次郎はうんざりしながら、改めて八重子を振り返った。知り合った当時は、抜けるように肌の白い女だったが、智頭へ来て、畑仕事などもするようになったせいだろうか、いつの間にか日焼けして、髪のパーマも取れ、すっかり田舎じみた雰囲気になった。

「そうだったら、どうなんだ」

つやのない髪を耳にかけ、唇を噛みしめている八重子を見据えて、次郎は「ええ？」と、わざとらしく目を細めた。

「――ひどい人」

「何が、ひどいんだ。お前が勝手についてきたんじゃねえか。俺は前にも、唐津へ帰れって言ったはずだろう。それを、どうしてもここに残りたいって言い張ってるのは、お前だろうが」

「そりゃあ――そうだわ。だけどそれは、一生懸命に尽くせば、きっとあなただって分かってくれると思ったからよ。だから、伝ちゃんのことにしたって、満男さんたちのことにしたって、結局、あなたのためだと思うから、私、呑んできたんじゃないの。何もかも」

「何だ、俺のため、俺のためって。そういう、恩に着せたような言い方されるくれえなら、何も、いやいや我慢してもらう必要なんて、ねえ」

ふん、と鼻を鳴らして言い放つと、八重子は、まるで見知らぬ人間を見るような表情になり、それから長いため息をついた。

「あなたには、人間の真心ってもんが分からないのかしらねえ」

その言葉を聞いた途端、次郎の中ですっかり忘れていたはずの感覚が蘇った。カチリ、と何かのスイッチが入ったように、突如として怒りが湧いてきた。「てめえ」と八重子を睨みつけながら、次郎は自分でも一瞬、今の言葉の何が癇に障ったのか、どうしてこんなに腹が立つのだろうかと、不思議な思いにとらわれた。だが、そんな疑問も、煮えたぎる怒りが、いとも簡単に吹き消した。

「誰に向かってものを言ってるんだっ！」

言うが早いか、もう卓袱台に身を乗り出して、八重子の薄いブラウスの胸ぐらを摑んでいた。ぐらりと頼りない手応えがあって、急に接近した八重子の顔が恐怖で引きつる。

「真心だとっ。真心だ？　ええっ」

「——だって、そうじゃないの。もう少し、人の気持ちが分かる人なら——」

「じゃあ、お前には分かってるのかよ、ええっ！　その、真心ってヤツが、お前のどこにあるんだっ。お前には、俺の気持ちが分かってるのかっ！」

「——す、少なくとも、あなたより分かってるはずだわ。そうよっ、分かってるわよっ！」

「てめえで産んだ子どもを置き去りにしてくるような女が、えらそうなこと、言ってるんじゃねえっ！」

摑んでいた胸ぐらを、今度は思い切り突き放す。毎日、力を込めて陶土をこね、ろくろを回している腕は、身体とは不釣り合いなほどに筋肉が張り、血管が浮き出ている。その手に力を込めたのだから、八重子は意外なほど簡単に、まるで飛ぶように畳の上に倒れ込んだ。次郎は、さらに立ち上がり、今度は卓袱台を回り込んで、八重子の前に仁王立ちになった。

「てめえの子どもも守りきれねえような女がっ」

畳に手をつき、ようやく身体を起こしかけた八重子を、次郎は踏みつけるようにして蹴った。小さな悲鳴を上げて、八重子は身体を丸めた。

「てめえなんかに、俺の何が分かるっ！」

興奮のために、耳鳴りがした。次郎は八重子の二の腕をつかんで引きずり起こし、もう片方の手で顎を押さえて、乱れた髪に隠れていた顔を無理矢理にこちらに向かせた。八重子の顔が、苦痛と恐怖で歪んでいる。

「何が分かるんだっ！　この野郎っ！」

振り下ろした手が、確実に八重子の顎を捉えた。八重子は再び悲鳴を上げて畳の上に倒れ込み、今度は、這うようにして、その場から逃げようとする。その後ろ姿に馬乗りになり、次郎は、八重子の髪をわしづかみにした。

「――ひ、人殺し、人殺しぃっ!」

のどの奥から、空気の洩れるような声がした。その言葉を聞いた瞬間、次郎の頭の中はさらに真っ白になった。

――人殺し。

遠くで雨の降る音がする。手のひらに角材の感触が蘇った。次郎は呆然と、自分の下でもがいている八重子を見下ろしていた。人殺しだ。お前は人殺しだと、誰かの声が聞こえる気がした。

「次郎さんっ! やめてくださいって!」

突然、伝田の声がしたかと思うと、次郎は背後から強烈な力で羽交《はが》い締《じ》めにされた。その力の強さを感じた途端、まるで夢から覚めたように、次郎は現実に戻った。さらに、ぐっと力が加わり、八重子の上から引き離される。次郎は、後ずさるように立ち上がりながら、叩かれた頬をおさえ、畳に突っ伏して泣いている八重子を、ぼんやりと眺めていた。

「次郎さんらしくないじゃないですかっ。相手は女なんですよ。何も、暴力までふるうことっ!」

伝田の激しい言葉が飛ぶ。次郎には返事をする力も残っていなかった。めまいがしそうだ。

――人殺し。人殺し。人殺し。

今、自分は再び殺人を犯そうとしていた。この女の息の根を止めるところだった。そう思うと、恐ろしさに身震いがした。次郎は、伝田の手から解放されても、ただ呆然としていた。

「八重子さんも。ねえ、八重子さんも、謝った方がいいです」

伝田一人がおろおろと動き回っていた。

大声を張り上げたい、わめき散らしたい、どうしようもない気持ちが次郎の中で渦を巻いた。そのまま、よろけるように茶の間を出ようとして、次郎はふいに立ち止まった。振り返ると、心配そうな顔の伝田がこちらを見ている。

「八重子に言ってくれ。もう、唐津へ帰れって」

それだけ言い残して部屋を出かかると、間髪入れずに「いやよっ」という悲鳴のような声が聞こえた。

「私、帰らない！　私はあなたから離れないって決めたんだからぁっ！」

伝田は、すっかり当惑した表情で、次郎と八重子とを見比べている。駄目なのだ。このままでは、自分はまた罪を犯しかねないのだと、喉元まで出かかっている言葉を呑み込んで、次郎は逃げるように母屋を飛び出し、工房にこもった。動悸が、いつまでも静まらない。耳の底には、まだあの日の雨音がこびりついていた。

——結局、一生、逃れられないのか。

夜更けの工房で、次郎は頭を抱えた。いくら繰り返して、時が解決したことだ、償いは終わったのだと言い聞かせていても、何かの時に、こうして蘇ってくるではないか。第一、あの時の興奮だ。いくら頭では分かっていても、ひとたびスイッチが入り、火がついてしまったら、次郎自身どうなるか分からない。自分で自分の感情を御《ぎょ》しきれない不安がある。

額には汗が滲んでいる。それなのに、首筋から二の腕にかけては鳥肌が立っていた。ぞくぞくと、身体の奥底から寒気が這い上ってくるようだ。何とか気持ちを静めたい、思いをひとつにまとめたい一心で、次郎は陶土を取り出し、ひたすら練り始めた。

「まだ寝ないの」

どれくらいの時間が過ぎたか、気がつけば寒気も遠ざかり、頭の中がしんと静まりかえった頃、八重子が入ってきた。夏の虫が鳴いている。工房に吊した裸電球を目当てに飛んでくる蛾《が》が、窓ガラスに張りついて羽根をばたつかせていた。

八重子は足音を忍ばせるように、そっと近づいてくる。片方の頬を赤く腫らして、泣き腫らした目で、八重子はわずかに媚び、わずかに怯えながら、ゴム草履の足を前に出す。

「ねえ、私――」

「ここにいたいなら」

次郎は手を休めずに口を開いた。

「いればいい。だが、俺には近づくな」

作業台に向かって、ひたすらに陶土を練りながら、次郎は「いいな」と呟いた。八重子が身を固くしたのが分かる。何か言おうとしている。また金切り声を上げられるのはたくさんだ。

「何も言うな。俺を怒らせるな」

「あの、私――」

「喋るな。頼むから」

ひんやりと冷たく湿った陶土は、次郎の怒りを手のひらから吸い取るようだ。さっき、八重子の頬を叩いた感触も、かつて「谷やん」に向けて振り上げた角材の感触も、すべてをこの土が吸い取って、そして、やがて次郎の怒りを含んだまま、一つの器となって炎にさらされる。喜多川は、次郎の焼物には独特のエネルギーがこもっていると言う。それが本当ならば、それは次郎が焼物に封じ込めた、人さえ殺そうとする激情なのかも知れなかった。

その晩から、次郎は八重子と寝室を分けた。八重子は、まるでこちらの出方を探ろうとするように、黙って次郎のすることを見守っていた。何しろ個展の会期が迫ってきていた。暑い夏を、次郎はひたすら一人で、ただ身体を動かして過ごした。

九月の半ば、次郎は伝田を伴って上京した。その翌々日、君子はアメリカに旅立った。いつものようにサングラスをして、彼女は女優としての表情を崩さないまま、「じゃあね」と手を振って去って行った。

「楽しみが、なくなっちまったなぁ」

小さな点になっていく飛行機を見送りながら、伝田は心底がっかりした声を出した。次郎も、何かしら力が抜けたような気分を味わっていた。これで、東京に来る意味が一つ失われた。仕事の成果を君子に見せたい、妹を安心させたい一心で今日まで来たということが、改めて感じられた。

準備の段階では何かと忙しかったが、飾りつけも終わって、個展が始まってしまうと、次郎が会場にいなければならない必然性は、ほとんどない。むしろ、いない方が気持ちが楽だった。面倒なことは伝田に任せて、次郎は東京の街を、あちこち歩き回って過ごした。例年になく残暑が厳しく、東京はさらに湿度の高さと空気の悪さとで、息苦しいくらいに感じられた。

ある日、思いついて日本橋に行ってみた。多少なりとも江戸らしい雰囲気が残っているかと思ったのに、とんでもない話だった。もう少し、君子から色々なことを聞いておけば良かったなどと考えながら歩く。暑さのために、すぐに喉が渇いた。ちょうど三越があったから、ここは少しデパートで涼むつもりになった。

外の蒸し暑さが嘘のように冷房が効き、白々とした蛍光灯に照らされたデパートの店内には、買い物客が溢れかえっていた。少しでも人の少ない階を探して、次郎はエスカレーターに乗り、上階へ向かった。その時ふと、エスカレーターの脇に貼られている「催し物」の告知に目がとまった。『安宅コレクション中国陶磁《とうじ》名品展』という文字の下に、薄い緑色をした花瓶らしい器と、鯉《こい》のような魚の、染付の絵柄の入っている白っぽい壺の写真が出ている。

——安宅コレクション。

どこかで聞いたことがある。少しの間、考えて、そういえば以前、喜多川が口にしていた名前ではなかったろうかと思い出した。あの時、喜多川はずい分、興奮した口調だった。次郎自身は中国陶磁に、さほどの興味は湧かなかったが、あの喜多川が、果たしてどういう陶磁器を見て、あそこまで感心していたのか、探ってみたい気がした。次郎はそのままエスカレーターを乗り継いでいった。考えてみれば、こういう形でいわゆる「展覧会」というものを見るのは初めてだった。

『中国陶磁名品展』は、入り口に大きな看板が掲げられた、実に大がかりな展覧会だった。同じデパートでも、次郎の個展などとは、その扱いがまるで違う。単なる古いものを集めて見せているだけでないことは明らかだった。

実際に会場に足を踏み入れた途端、まず人の多さと、それでいながら静寂が保たれていることに驚いた。ことに中高年の、スーツ姿の男性が多い。彼らは、いずれも無言のまま、ゆっくり、ゆっくりと展示されている作品の数々を眺めている。次郎は、自分もそれらの見学者に混ざって、端から作品を見始めた。

作品の傍には、作品の名称と窯の名、制作年代が記されたプレートが貼られていた。たとえば唐代の三彩の壺は、八世紀と記されている。八世紀頃といったら、日本はどういう時代だったのか。今は二十世紀なのだから、少なくとも十二、三世紀も昔のことになる。

——千年以上も前か。

なるほど、これが中国の古陶磁《ことうじ》というものか。それなりに感心しながら見て歩くうち、ふと一つの花瓶が目にとまった。さっき見た広告に使用していた青磁《せいじ》だ。次郎は、何気なくその器が展示されている陳列ケースに近づき、足を止めた。

その空間は、他のコーナーと、どこか印象が違っていた。次郎は最初、半ばぼんやりと、その雰囲気の違いがどこから来るものかを探ろうとした。目の前には何点かの青磁の器が並べられている。それだけだ。

——色だ。

一点、『国宝飛青磁　花生』とされている青磁だけは、鉄錆色の斑点《はんてん》のようなものが表面に散っていたが、その他の青磁はすべて、何の文様も、絵柄も入ってはいなかった。そこにあるのは静かな形と、そして淡く柔らかな青磁の色合いだけなのだ。

——何だ、これは。

同じ青磁といいながら、一つ一つの器を見れば、その色調は渋く緑がかったものから空色、薄水色と呼んでも良いようなものまで、様々な違いがある。だが、その全体の軽やかさと、華美とは異なるまろやかな明るさ、辺りの空気まで変えそうな、静かな存在感は、明らかに他とは違っていた。奇妙な感覚だった。腹立たしさのようなものが、腹の底でうごめいた。個性がない。アクがない。

野暮ったいくらいに凡庸《ぼんよう》だと思う。少なくとも次郎が日々、取り組んでいる姿勢とは、それはまるで逆の方向にあるものだ。刑務所から出て、城島先生に師事して以来、次郎は常に言われ続けた。型にはまるな、個性を出せ。また、自然に学べとも言われた。自然に溶け込みつつ、自らの姿勢を貫くことこそが独自の作品世界の確立につながると、城島先生は確かそんなことも言っていた。

——逆じゃねえか。そのどれとも。

それなのに、どうしてこうも人を惹きつけるのだろう。

面白くなかった。それなのに、会場内をひと渡り歩き回り、結局、次郎は再び青磁の器の前に戻ってきてしまった。中でも片隅に置かれている、小判形の弁当箱のような形をした器が、奇妙に印象に残った。『青磁水仙盆《すいせんぼん》』と題された器は、北宋時代に汝窯《じょよう》という窯で焼かれたとある。口縁の部分には覆輪《ふくりん》がつけられており、その分だけ重たい印象になっているが、実際の色合いの際立ち方は、他の青磁とはまるで異なっていた。安っぽい艶《つや》がないのだ。しっとりと、脂でも引いたような、人の肌を連想させるような深い輝きを放っている。その色は、次郎が知っている限りの言葉の中には見つからない。海の色でもなく、花の色でも、生き物の色でもないと思う。それは、決して触れることの出来ない、果てしない空の色だった。

——何なんだ、これは。

見ているだけで動悸がするようだった。次郎は汝窯の前で立ち尽くしていた。

（下巻につづく）

この作品は学芸通信社の配信により、徳島新聞（2002年7月22日～2003年8月22日）、北國新聞、宮崎日日新聞、秋田魁新報、山形新聞、山梨日日新聞、日本海新聞、岩手日報等に順次連載された同名小説を改稿したものです。

乃南アサ（のなみ・あさ）
1960年東京生まれ。'88年、『幸福な朝食』で日本推理サスペンス大賞優秀賞を受賞しデビュー。'96年、『凍える牙』で第115回直木賞を受賞。最近のおもな作品に『あなた』『晩鐘』『女のとなり』『嗤う闇』などがある。

N. D. C. 913　364 p　20cm

火《ひ》のみち（上）

第一刷発行　二〇〇四年八月三日

著者　乃南《のなみ》アサ

発行者　野間佐和子

発行所　株式会社　講談社
東京都文京区音羽二-一二-二一　〒一一二-八〇〇一
電話　出版部　〇三-五三九五-三五〇五
販売部　〇三-五三九五-三六二二
業務部　〇三-五三九五-三六一五

定価はカバーに表示してあります。

印刷所　株式会社精興社

製本所　黒柳製本株式会社

Printed in Japan　**ISBN4-06-212576-5**